그 품
안에

DANS CES BRAS-LA
by Camille Laurens

Copyright ⓒ P.O.L éditeur, Paris, 2000
Korean translation copyright ⓒ Munhakdongne Publishing Corp., 2004

This Korean translation is published by arrangement with
P.O.L éditeur, Paris
through Sibylle Books Literary Agency, Seoul.
All Rights Reserved.

국립중앙도서관 출판시도서목록(CIP)

그 품안에 / 카미유 로랑스 지음 ; 진인혜 옮김. — 파주 : 문학동네, 2004 p. ; cm 원서명: Dans ces bras-là 원저자명: Laurens, Camille ISBN 89-8281-725-5 03860 : ₩8800 863-KDC4 843.92-DDC21　　　　CIP2004000002

그 품 안에

카미유 로랑스 장편소설 진인혜 옮김

Dans
ces bras-là

문학동네

내 손은 매력적입니다.
당신은 잘 알고 있지요,
나와 함께가 아니면
당신은 필요한 힘을 얻지 못하리라는 것을,
그리고 내가 남자라는 것을.

폴 클로델

차례

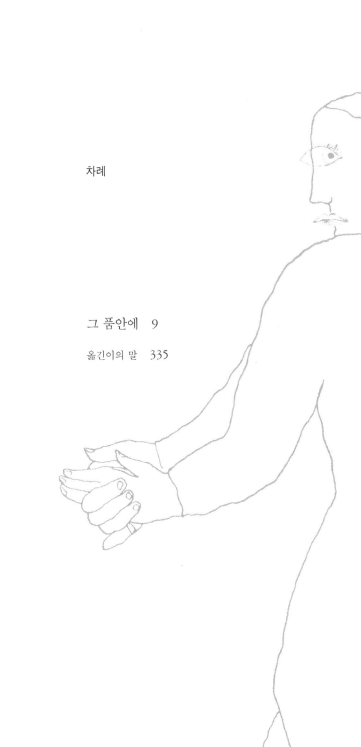

그 사람이었다. 내 심장이 두근대는 걸 보니 틀림없었다. 이런 갑작스런 확신은 믿기 어렵지만, 사실이었다.

나는 가득 찬 술잔을 탁자 위에 그대로 남겨둔 채, 일어나서 돈을 치르고 그의 뒤를 따라갔다. 그는 빨리, 나만큼 빨리 걸었고, 나는 그의 옷차림과 좁은 엉덩이, 아름다운 어깨가 마음에 들었다. 나는 그를 놓치고 싶지 않았다. 그는 두세 거리를 지나, 어떤 현관으로 들어가더니 사라졌다. 내가 육중한 문을 밀고 들어섰을 때는 이미 여러 아파트들 중 하나로 들어가버린 후였다. 어느 아파트일까? 계단에서는 아무 소리도 들리지 않았고, 승강기는 그대로 1층에 머물러 있었다. 어떻게 알아내지?

층계에는 양탄자가 깔려 있어서, 나는 소리 내지 않고 올라갈 수 있었다. 그 건물은 층마다 두 집씩 있는, 4층짜리 중상류층 아파트였다. 대부분 동판으로 장식되어 있었는데, 어떤 집은 조용했고 어떤 집에서는 사람의 목소리와 전화벨 소리가 흘러나왔다. 나는 문 앞 깔개 위에 꼼짝 않고 서서 엿보고 엿듣다가, 들킬까봐 겁이 나서 다시 내려와야 했다.

편지함에서는 거의 아무런 정보도 알아낼 수 없었다. 이름뿐이었고, 어떤 것은 이름조차 없었다. 손을 집어넣을 수 있도록 틈을 만들어놓은 구식 편지함이었다. 밖에 나오자, 얼굴이 일그러진 모습으로 비치는 반짝이는 표지판에서 좀더 자세한 내용을 알 수 있었지만, 그렇다고 수색이 용이해지는 것은 아니었다. 모든 거주자가 의료 분야에서 일하는 사람들이었고, 한 사람만 법원에 소속된 변호사였다.

그가 누구인지, 그 남자가 누구인지 어떻게 알아낼까? 분명 그는 변호사일 것이다. 그의 거동이 변호사 같았다. 지금까지 내가 만난 변호사라고는 몇 주 전에 만난 단 한 사람뿐인데다 마치 무기 밀매상처럼 보였지만 말이다 — 그는 그 즉시 과부와 고아를 연상시키는, 무기 밀매상의 화신 같았다.

하지만 의사일 수도 있었다. 그곳에는 여러 명의 의사가 있었다. 나는 그들의 명단을 죽 훑어보았다. 갑자기 이름들이 임의적인 것이 아니라, 무슨 기호처럼 보였다. 나는 미지의 얼굴을 대하듯 거기서 어떤 의미를 읽으려고 애썼다.

그 제3공화국 시대 건물에 사는 사람들은, 장소와 사람 사이의 신비한 조화 때문인지, 모두 구식 이름과 낡아빠진 성(姓)을 지니고 있었다. 레이몽 르쿠앵트르, 라울 뒬락, 폴레트 메지에르, 아르망 동, 아니 아니, 내가 잘못 읽었다. 아르망(Armand)이 아니라 아망(Amand), 파리 의과대학의 실습조수였던 소아과 의사, 아망 동브르. 아망, 그렇다. 내가 지어낸 것이 아니라 실제 존재하는 이름으로, 인명사전에도 있다. '사랑을 위해 선택된' 이라는 뜻의 라틴어 아만두스(amandus)에서 따온 아망딘(Amandine)의 남성형이다. 그날 저녁 참고서적을 찾아보고 알아낸 바에 따르면, 아망이라는 인물들 중 가장 유명한 사람은 680년대에 골 지방에 복음을 전파한 수도사였다. '사랑을 위해 선택된' 이라니, 그 사람일지도 몰랐다. 확실히 그럴 것이다. 소설에서라면 작위적으로 보일 수도 있으나 현실에서는 아무도 놀라워하지 않는 필연적인, 그런 우연의 일치가 있는 법이다. 아망 동브르, 틀림없이 그 사람이었다. 사랑을 위해 선출되고, 일급 비밀을 지킨다는 조건으로 나에게 선택된 아망 동브르, 한시바삐 먹이로, 빛으로, 햇빛으로 변모시키고 싶은 연인의 그림자.*

그렇지만 혹시 또 모르는 일이어서 나는 다른 이름들도 쳐다보았다. 외상 후 재활을 담당하는 안마 및 마사지 요법사 로제 보스

---

* 프랑스어로 연인의 그림자는 '옹브르 다망(ombre d'amant)' 이므로 단어의 순서만 바꾸면 아망 동브르라는 이름과 발음이 같다.

크가 있었고, 역시 제일 위층에 그와 같은 부부문제를 전문적으로 치료하는 정신분석학자 아벨 베유가 있었다. 말하자면 그들은 전공이 같은 셈이었다. 어쨌든 나는 거기서 망설이지 않았다. 내가 그를 뒤따라 홀에 도착했을 때, 만약 그가 4층까지 올라갔다면 열쇠 돌아가는 소리와 문이 열리고 닫히는 소리가 들렸을 테니까. 나는 처음의 내 직관에 만족하고 (2층 왼쪽 집인) 그의 전화번호를 적었다(당시 내 큰 딸아이는 오랫동안 감기를 앓고 있었다).

그때 현관문이 열리더니 장뇌 냄새와 함께 한 늙은 여자가 의심스러운 듯 나를 뚫어지게 바라보았다. 저 여자가 대체 여기서 뭘 하는 거야? 관리인인가? 나는 수첩으로 시선을 떨구었다가 그녀가 마치 집에서 항상 스케이트를 신는 사람처럼 복도를 따라 유연하게 미끄러지듯 멀어져서 길모퉁이로 나가는 것을 바라보았다. 나도 언젠가는 저런 모습이 될까, 저렇게 굼뜬? 그러다가 나 또한 더 민첩할 것도 없다는 생각이 들었다. 어쩌면 그녀도 손님일지도, 그러니까 환자일지도 모른다는 생각이 그제서야 들었기 때문이다. 나는 얼이 빠져서 멍하니 수첩을 응시했다. 내가 대체 여기서 뭘 하는 거지?

나는 기다렸다. 그가 돌아오기를, 그가 다시 나타나기를 기다렸다. 나는 계속 자리를 떠나지 않았다. 모든 것이 와르르 무너질까봐, 멀리서 본 그 모습이 더이상 아무것과도 흡사하지 않을까봐, 아무것도 아닐까봐 두려웠다. 나는 그를 다시 보고 싶었고, 그것이 사실이기를, 그림자가 실체를 지니게 되기를 바랐다. 거리에는 기다림을 달래기 위한 카페도, 기다림을 줄이기 위한 진열대도, 기다림을 정당화하기 위한 정류장의 간이 대기소도 없었으므로, 기다림은 건물 발치의 초라한 내 존재 밑에서 동상처럼 굳어졌다. 마치 샘물의 흐름을 관장하는 요정 하나를 잠깐 인도 위에 옮겨놓은 것처럼…… 다른 사람이라면 나처럼 행동하지 않았을 것이다. 대기실을 살펴보고, 급한 일이라고 핑계를 대면서 비서에게 묻기라도 했으리라. 하지만 나는 그러지 못했다. 나는 단념할 수도, 뭔가를 시도할 수도 없었다. 단지 기다렸다. 하지만 누군가를 기다린다는 것, 그건 그 사람과 함께 있는 하나의 방식이 아닐까?

그는 오지 않았다. 나는 혼미한 정신으로 잔뜩 움츠린 채 한 시간 가까이 기다렸다. 그가 몹시 그리웠다. 여러 사람이 나왔지만, 결코 그는 아니었다. 나는 그가 손님이 아니라 거기서 일을 하는 사람이라고 결론을 내렸고, 어디서 그를 다시 찾을 수 있을지 알 것 같았다. 나는 결국 그곳을 떠났다. 네시가 다 되어 가고 있었고, 출판업자와 약속이 있었기 때문이다. 나는 숨을 헐떡이면서 미친 듯한 모양새로 늦게 도착하는 걸 싫어하는 사람이니까.

이것은 남자에 대한, 남자의 사랑에 대한 책이 될 것이다. 사랑받는 객체, 사랑을 하는 주체, 그들이 이 책의 주제이며 소재가 될 것이다. 성(性) 말고는 전혀 알려진 게 없는 사람들, 그들은 남자다, 라는 말밖에는 그들에 대해 말할 게 없는 일반적인 모든 남자들, 그리고 몇몇 특별한 남자들. 이것은 한 여자가 말하는 그녀의 모든 남자에 대한 책이 될 것이다. 아버지, 할아버지, 아들, 오빠, 친구, 애인, 남편, 사장, 동료 등을 그녀의 삶에 나타나는 순서대로 혹은 순서 없이 이야기할 것이다. 그녀의 눈에 그들을 달라 보이게 하고, 떠나버리게 하고, 다시 돌아오게 하고, 머무르게 하고, 생성하게 하는 현존과 망각의 신비한 움직임 속에서, 첫 남자부터 마지막 남자에 이르기까지. 그러므로 책장을 넘길 때마다 그녀와 그들 사이의 끈을 이어주고 풀어주는 왕복운동, 진전, 단절이 잘 표현될 수 있도록 이 책은 단편적인 형식을 취할 것이다. 남자들은 연극에서처럼 입장하고 퇴장할 것이다. 어떤 남자는 단 한 장면에만 나올 것이고 또 어떤 남자는 여러 번 나올 것이다. 그들은 삶에서처럼 많든 적든 중요성을 가질 것이다. 마치 추억에서처럼.

책 속의 여자는 내가 아닐 것이다. 이것은 하나의 소설이며, 만난 남자들에 비추어 보아야만 명확하게 그 모습이 드러나는 한 인물의 이야기가 될 것이다. 그녀의 윤곽은 빛을 향해 들어올려야만 모습이 나타나는 슬라이드와 같은 방식으로 차츰차츰 밝혀질 것이다. 남자들이 바로 그녀를 밝히는 빛이 될 것이며, 그 빛은 그녀를 눈에 보이게 해주고, 그녀를 창조할 것이다.

당신이 무슨 말을 할지 나는 알고 있다. 그러면 여자들은? 다른 여자들은? 어머니, 언니, 여자친구…… 그녀들은 한 인생에서 더 많이는 아닐망정, 같은 양만큼의 무게도 지니지 못한단 말인가? 그녀들은 포함되지 않는가?

그녀들은 포함되지 않을 것이다. 이 이야기에서는, 거의. 나는 내 성격의 뚜렷한 특성을 인물에게 부여할 것이다(나도 어머니로부터 물려받은 것이지만……). 그 오랜 세월 동안 남자에게만 관심을 가진, 아니 관심을 가질 수밖에 없었던 내 성격 말이다.

그런 까닭이다. 원한다면 결점이라고 해도 좋다. 주의력 부족, 지성의 결핍이라고 해도. 언제나 그녀는 남자만 바라보고, 그 외에는 아무것도 바라보지 않는다. 풍경도, 동물도, 물건도 바라보지 않는다. 그녀가 아이를 바라보는 것은 그 아이의 아버지를 사랑할 때뿐이고, 여자를 바라보는 것은 그 여자가 남자에 대해 이야기하고 있을 때뿐이다. 그녀는 다른 모든 대화를 지루해하며 헛되이 시간을 보낸다. 세상에서 가장 아름다운 나라를 방문하고, 대초원, 사막, 박물관, 교회를 구경할 수도 있지만, 모든 여행이 그녀에게는 헛되게 보일 뿐이다. 설사 그것이 어떤 반사영이나 환영, 그림자 놀이, 청색 인간, 남미의 목동, 혹은 그리스도의 흔적으로 나타난다 해도. 그녀의 지형도는 지극히 인간적이다. 그녀는 해돋이, 절벽, 또는 몽블랑의 머나먼 능선을 홀로 바라보기 위해서라면 단 1킬로미터도 가지 않을 것이다. 그것에 흥미를 느끼지 못하고, 그것들이 죽어 있다는 인상을 받을 뿐이니까. 그녀는 〈여인들〉이라는 쿠커의 영화를 보고 반쯤 미쳐서 뛰쳐나왔다. 그 영화에는 여자들만 나올뿐더러 이따금 한 여자가 문 쪽으로 고개를 돌리면서 "어머, 저기 존(또는 마크, 또는 필립)이 있어" 하고 소리치지만 절대로 그 남자는 화면에 등장하지 않기 때문이었다. 그 영화에는 남자의 육체도 없고 심지어는 목소리조차 없었다. 그건 정말 참을 수 없는 일이었다. 그러나 그녀는 또한 여자가 지갑 속의 사진이나 죽기 직전의 감동적인 추억으로만 등장하는 전쟁영화, 남성적인 잠수함 이야기나 남자들의 우정 이야기도 싫어한다. 그녀가 남자에 대해 품는 열정적인 관심을 남자들도 그녀에게 돌려주어야 하는 것이다. 그녀는 여자를 생각하는 남자를 사랑한다. 그녀는 어디를 가든 도착하자마자 남자가 있는지부터 살핀다. 그것은 반사작용이요, 자동적인 현상이다. 마치 다른 사람들이 일기예보를 듣는 것처럼, 그녀는 그렇게 다가올 미래를 예상하고 어떤 모습일지 알려고 한다. 처음에 유혹은 육체적인 것이 아니다. 그리고 종종 육체적인 것이 된다 하더라도, 반드시 그런 것은 아니다. 그녀가 선호하는 특정한 유형이 있는 것도 아니고, 금발, 갈색 머리칼, 키가 큰 사람, 마른 사람, 통통한 사람, 연약한 사람 등 특별히 매혹을 느끼는 요소도 없다. 물론 더 좋아하는 유형에 대한 기호는 있지만, 정해져 있는 것은 아니다. 처음에는 특징을 지닌 개인으로서보다는 현존하는 존재로서 남자를 받아들인다. 즉각 눈으로 보고 확인하며 남자가 있구나, 하고 마음이 안정되는 전체적인 실체인 것이다.

그녀는 남자를 만나러 가지 않는다. 적어도 사람들이 생각하는 것처럼 그러지는 않는다. 그녀는 손아귀에 넣고, 사로잡고, 말을 걸려고 남자에게 덤벼들지는 않는다. 그녀는 그들을 바라본다. 호수가 반사된 하늘로 가득 차듯, 그녀는 자신을 그들의 영상으로 가득 채운다. 우선 반사될 수 있는 거리 안에 그들을 고정시킨다. 그러니까 남자들은 그곳, 그녀의 맞은편에 오랫동안 머무른다. 그녀는 그들을 쳐다보고, 관찰하고, 주시한다. 그녀는 오랫동안 그들을 바라본다. 요즘은 찾아보기 힘들지만 서로 마주 보게 좌석이 배치된 기차 안에서 자기 맞은편에 앉은 여행객을 바라보듯이. 같은 방향으로 나란히 앉은 것이 아니라, 그녀가 쓴 책이 놓인 선반 건너편에 마주 앉은 여행객. 그들은 거기에 있다. 그것이 반대의 성(性)이다.

따라서 내가 바로 그 인물일 수도 있고, 그렇게 생각할 수도 있다. 내가 글을 쓰고, 그들에 대해 말하는 페이지들을 우리 사이에 늘어놓는 사람이 바로 나니까. 완전히 부인하기는 어렵다. 하지만 사실 여부에 관한 것은 상관이 없다. 내 아버지와도, 내 남편과도, 그 누구와도 관계 없을 것이다. 그 점을 이해해야 한다. 이것은 일종의 상상 속의 이중 구조, 상호적인 창작이 될 것이다. 나는 그들에 대해 내 눈에 보이는 대로 쓰고, 당신은 그들에 의해 내가 어떻게 만들어지는지, '내 인생의 남자들'이라는 이 목록을 만들면서 내가 어떤 여자가 되는지 읽게 될 테니까. '내 인생의 남자들'이라는 상투적인 표현을 문자 그대로 받아들여야 한다. '두근대는 내 가슴'이라고 말하는 것과 마찬가지로.

그렇다, 그것이 바로 나의 계획을 가장 정확하게 정의한 것이다. 계획의 실현은 성대한 무도회 이후가 될 것이다. 나는 술이 취한 상태에서 이 품에서 저 품으로 옮겨다니며 일정을 무난하게 소화하고, 수첩에 면면을 기록했다. 그리고 그 수첩을 넘겨가며 춤과 이름, 불규칙하게 연결되는 댄스 파트너들, 그들의 독특한 태도는 물론 빙빙 돌아가는 춤 동작, 이편에서 저편으로 옮겨가며 잡았다가 놓아주고 다시 잡아서 껴안는 그 모습, 두근대는 가슴, 춤추는 여자의 감동에 취한 희미한 얼굴을 한눈에 다시 볼 수 있으리라.

무도회 수첩. 그것이 이 책의 제목일 것이다.

*

　이상적으로는, 내가 출판업자에게 말하고 싶었던 것은 바로 그
것이다. 물론 나는 아무것도 하지 못했다. 그저 글을 쓰는 것이 내
가 바랄 수 있는 전부니까. 그는 넥타이를 매지 않은 채 흰 셔츠를
입고 있었고, 갈색으로 그을린 피부였다. 그는 내게 어떻게 지내
는지, 잘 지내는지, 요즘 무슨 영화를 보았는지, 무슨 책을 읽었는
지 물었다. 나는 그에게 몇 가지 제목을 일러주었고, 그중 특별히
좋았던 것을 하나 말해주었다. 그는 내게 그 이유를, 그 영화의 어
떤 점이 내 마음에 들었는지 물었고, 나는 그것이 대단히 훌륭한
영화라고 설명했다. 그리고 그가 매우 흥미롭다는 표정으로 나를
쳐다보길래, 나는 그 영화가 정말로 마음에 들었고, 당신도 꼭 보
러 가야 한다고, 참 좋았다고 덧붙였다. 그는 자기도 그 영화를 보
았는데 그 이전 것이 더 좋았다고 하면서, 그 영화에서는 히치콕
의 인용이 다소 서투르고 생략 기법을 철저하게 사용하는 바람에
흑백영화에서 얻을 수 있는 기쁨이 일부 망가졌고, 마지막 십 년
은 별의별 사건들로 가득 채웠는데 똑같은 주제로 1965년에 가도
슈키가 만든 것이 훨씬 좋았다고, 그렇지 않으냐고 말했다. 어쩌
면 그럴지도 모르죠, 나는 그 영화를 보지 않았으니까. 나는 차를
더 따르면서 그에게 말했다. 홍차 주전자도 비었고 내 잔도 비었
지만, 어쨌든 나는 엄지손가락과 집게손가락으로 설탕을 부서뜨

리면서 차를 마셨다. 물론 당신 말이 틀리지는 않아요, 하지만 —
나는 잔을 입술에 대고 있었다 — 그래도 그 영화는 볼 만해요. 그
는 내게 차를 더 마시겠냐고 물었고, 나는 아니라고, 필요 없다고
말했다. 당신은 글을 쓰고 있나요? 뭔가 쓰기 시작했어요? 내게
그것에 대해 말해줄 수 있어요? 그러죠 뭐, 아니, 나는…… 웨이
터가 계산을 해달라고 하자, 그가 지갑을 꺼냈고 나도 지갑을 꺼
냈다. 천만에요 말도 안 됩니다, 아 그럼 고마워요.

　논리적으로는, 책은 아버지에 대한 이야기에서 시작되어야 할
것이다. 자신을 낳아준 사람에 대해서는 항상 할말이 많은 법이
라, 이야기는 대개 거기서 시작된다. 그렇지만 나는 먼저 출판업
자를 등장시키고 싶었다. 왜냐하면 내가 쓰는 것은 내 실제의 삶
이 아니라 하나의 소설이기 때문이다(내 삶에 대해 말하자면, 그
것은 나 없이도 저절로 쓰여진다는 것을 나는 알고 있었다. 나의
개인적인 템포를 거기에 새겨넣고 가락을 부여하기로 결심했다
할지라도 말이다. 그렇게 하지 않으면 꼼짝도 하지 못하고 죽을
테니까). 그래서 나는 집으로 돌아가자마자, 우선 소아과 의사와
약속을 한 후, 무도회 수첩을 펼쳤다. 무도회장의 첫 일주, 두 박자
왈츠.

출판업자

    일요일이다. 그가 처음으로 전화를 한다. 그녀의 시계로는 열시인데, 그에게는 정오다. 그는 막 그녀의 소설을 읽었고, 그녀는 하도 더워서 홀딱 벗은 채 깊이 잠들어 있다. 그녀는 세 번인가 네 번벨이 울리는 소리를 듣고, 전속력으로 계단을 내려가 수화기를 든다.

    그는 그녀가 여자라고 생각했고, 바로 그렇게 말한다. 남자 이름 같았지만, 그래도 그녀가 여자임을 확신하고 있었다고.

    그는 책이 마음에 들었다고 말하기 위해 전화를 걸었다. 그는 그럴 용기가 있다. 책에 대해 말하는 것이기 때문에 훨씬 더 쉬운 것일까? 그녀는 그것에 관해서는 모른다. 확실치 않다. 적절한 단어를 찾아서 고백해야 한다. 사랑을 말이다.

    그는 직업적인 이유로 전화한 것이 아니다. 그는 일하고 있지 않다. 오늘은 일요일이다.

그는 사랑 때문에 전화를 했다. 갑자기 말하고 싶어진 것이다. 그녀의 말을, 그녀의 목소리를, 그녀가 그에게 정말로 주고 싶었고 들려주고 싶었던 것을 사랑한다고, 그것을 사랑한다고.

그녀는 그에 대해 아무런 생각이 없고, 마음속에 그를 그려볼 수도 없다. 그러나 그의 목소리는 마음에 든다. 게다가 그는 남자다. 출판업자가 남자라는 것, 그건 당연한 일이다. 그 반대의 경우는 상상도 할 수 없으리라. 글을 받아들이고 감사를 표하는 사람이 남자가 아니라면 글을 쓴다는 것이 무슨 소용이며, 그런 행동이 무슨 의미가 있겠는가?

그는 바다 저편에서 전화를 해서, 여름에, 그녀가 원하는 때에 만나자고 하고는 그녀가 오기를 기다릴 것이다.

그녀는 벌거벗은 채 햇빛 아래서 오랫동안 깡충깡충 뛰어오른다. 사랑받는다는 건 정말 좋은 일이야.

장면은 재빨리 창조적인 성격을 띤다. 삶이 이야기되자마자, 그것은 그것이 지향하는 가공의 이야기 속에서 그 날짜로 알려지게 되니까. 6월 17일의 전화벨 말이다.

아버지

아버지가 처음으로 그녀를 품에 안는 순간 그는 이미 아버지이고, 그녀가 딸인지 아들인지 안다. 뭐예요? 여전히 마스크를 쓰고 조금씩 공기를 들이마시고 있는 어머니가 묻는다. 딸이야.

처음으로 그녀를 부를 때, 그는 잠시 머뭇거린다. 그는 자기 아버지의 이름인 장을, 그리고 자기 자신의 이름인 피에르라는 이름을 염두에 두고 있었다. 장 피에르. 쇠퇴한 개념은 고쳐 불러야 하고, 사람에게는 이름을 지어줘야 하는 법이다.

그는 그녀를 카미유라고 부른다. 어머니는 후산통(後産痛)으로 약간 불편하지만, 심하지는 않다. 별거 아니에요, 산파가 말한다.

아버지는 카미유를 아기 침대에 내려놓는다. 그는 거리를 걷는다. 11월 10일이다. 그는 이제 두번째로 아버지가 된 것이다. 두 딸의 아버지.

큰딸의 이름은 클로드이다.

일 년 후, 아버지는 또 이름을 짓는다. 딸이다. 이제 그는 딸이 셋이다.

그는 꿈의 저편에서, 희망의 머나먼 기슭에서 전화를 한다. 그는 아이를 보러 가지 않는다. 그는 이미 아이가 뭔지 알고 있다.

딸아이는 숨을 제대로 쉬지 못해서, 새파랗게 질려 있다. 아기는 다음날 죽고, 아버지는 죽은 아기를 본다.

그 아기는 피에레트라고 이름 지어졌다. 아버지인 피에르의 이름을 땄다. 세번째로 아버지가 된 아버지의 딸이다.

클로드와 카미유는 조부모님 댁에 있다. 아버지가 두 딸을 찾으러 간다 — 클로드? 카미유? — 딸들이 온다. 카미유는 햇빛 속에서 손을 흔든다 — 아빠. 사랑한다는 건 정말 좋은 일이다.

"아이가 있습니까?"

아버지가 말한다.

"아뇨, 딸이 둘 있습니다."

아망 동브르는 근사하고 열성적이며 접근하기 쉬운 사람이었다. 그가 작은 침을 이용해서 고슴도치로 변신시켜주겠다고 하자, 딸아이는 까르르 웃음을 터뜨렸다. 그는 침술 학위도 있었다. 한마디로 굉장한 사람이었다. 그의 아버지는 한국과 베트남을 돌아다녔고, 네이팜탄으로부터 살아남아 가계를 이었다. 어쨌든 그렇게 구석의 의자에 주저앉아 현실의 원칙을 따르는 동안, 나는 갑자기 내 이야기를 대신하게 된 사랑 이야기를 마음속에 떠올렸다. 그는 약 1미터 63센티미터에 45킬로그램 나가는 아시아계 남자이며, 미소띤 그의 얼굴은 전날 얼핏 본 미지의 남자의 우울한 얼굴과는 전혀 달랐다. 나는 이제 그 얼굴을 잊어야 한다고, 다른 모든 것처럼, 숨을 쉬거나 머리 위로 하늘이 있다는 사실을 잊고 살듯, 잊어야 한다고 생각했다. 하지만 슬프고 황망한 기분으로 그곳을 나오다가 기계적으로 계단 위쪽을 향해 눈을 들었을 때, 4층에서 열쇠를 돌리고 있는 모직 재킷을 입은 그의 모습이 보였다. 그리고 지금 나는 쿠션을 댄 문이 열린 입구에서 그의 완전한 윤곽을 알아보았다. 그는 심리치료의 첫 면담을 위해 나를 맞이하고 있었다. 나는 아벨 베유에게 면담을 간청하지 않을 수 없었다. 그가 바로 내가 찾던 그 사람이었으니까.

어쩌면 미친 짓인지도 몰랐다. 하지만 한편으론 도박을 해볼 기회이기도 했다. 평소처럼 모든 것을 숨기고서, 본질적인 것을 감추고서가 아니라, 반대로 모든 것, 각자 알려져야 할 부분, 사랑받거나 혹은 사랑받지 못하기에 충분한 것, 본질적인 것을 내보이며 남자를 유혹하는 것 말이다. 궁리를 하면, 분명히 뭔가 다른 조처를 취할 수도 있었을 것이다. 진찰실이 아닌 다른 곳에서 그를 만나거나, 그의 친척, 친구, 가족에게 접근하거나, 그와 나란히 식탁에 앉아 직업이 뭐냐고 물어볼 수 있는 사교 모임에 들어가거나. 그래서 만약 그가 자기 직업에 대한 이야기를 꺼낸다면, 이렇게 대꾸하는 거다. 정말 흥미진진하죠. 정신분석, 인간 영혼의 굴곡 말이에요, 또한 틀림없이 고된 일이기도 하겠죠. 가끔 다른 일을 하고 싶어지지는 않나요?

그러나 계략도, 그에 수반되는 인내도 전혀 내 마음에 들지 않았다. 더구나 그가 정신분석학자라는 사실이 내게는 진찰 약속을 함으로써 그를 빨리 볼 수 있게 되는 단순한 기회가 아니라 그 이 상으로, 사랑이 무엇인지, 남자의 사랑에 대해 내가 기대하는 것 이 무엇인지, 내가 기다리는 것이 무엇인지 알아볼 수 있는 수단 으로 여겨졌다. 운이 좋았어. 사실 카페 테라스에서 나를 꿰뚫은 그 번갯불, 그건 하늘의 신호였다. 단지 한 번 본 것만으로도 외마 디 비명처럼 내 안에 박힌 그 화살, 침묵의 양 기슭을 다시 가르는 그 상처, 말없는 가슴에, 조용한 육신에, 모든 것을 들을 수 있는 남자가 가한 일격. 그런 남자에게 평소처럼 행동하면 어리석은 짓 일 듯했다. 그의 앞에서는 평소와 전혀 다르게 행동해야 할 것 같 았다.

그렇다고 내게 아무런 계략도 없었다고 주장하는 것은 아니다. 나는 일상적인 치료 관례에 따라 우리 부부에 대해 그에게 말하는 것으로 면담을 시작했다. 속마음을 들켜서 내쫓길까봐 걱정도 되 었고 그러면 더이상 아무것도 못 하게 될까봐 두려웠기 때문이다. 그후에도 나는 질투, 교태, 유혹과 같은 의례적인 무기를 사용했 다. 그러나 사실은 거의 사용하지 않은 거나 마찬가지였다. 물론 그가 나를 예쁘게 봐주길 바랐고, 그를 만나러 가기 위해 예쁘게 치장도 했다. 하지만 나의 원래 목표는 그런 것이 아니었다. 나는 먼저 그가 나를, 내가 누구인지 알고 난 후, 그것을 알면서도 나를 사랑하기를 바랐다. 신비하게 감춰진 존재로서가 아니라, 고통이 낱낱이 노출된, 비참한 존재로서의 내가 과연 사랑받을 수 있을지 알고 싶었다. 오랫동안 나는 손을 모아 내밀고 적선을 기다리듯이, 내 이야기를 들어주는 사람에게 사랑을 구걸해왔다. 그리고 나는 이제 누구에게 이야기를 해야 할지 깨달았다. 바로 그 사람이었다.

나를 제대로 이해해주면 좋겠다. 내가 정신과 의사와 사랑에 빠진 것이 아니라는 것을 말이다. 그런 종류의 수많은 이야기에 또다시 그런 진부한 이야기가 덧붙는다면, 나는 참을 수 없었을 것이다. 그 시기에 나는 그것을 견딜 수 없었을 것이다. 내 이야기는 그런 것이 아니다. 나는 어떤 낯선 사람에게 반했고, 아주 우연히 그가 정신분석학자라는 것이 밝혀졌다. 그건 엄연히 다른 것이다. 비록 내가 그 우연에서 어떤 행운을, 미래의 약속을, 소위 행복한 우연이라는 것을 보았다 할지라도. 게다가 나는 막 이혼하고 동시에 막 집필을 시작한 참이었으므로, 그건 더욱더 행복한 우연이었다. 그토록 오랫동안 거의 닫아걸다시피 한 말문을 열게 된다면 나는 두 가지를 모두 수월하게 해나갈 힘을 얻게 되리라 생각했던 것이다. 그가 부부문제 전문가라는 사실은 다소 아이러니였다. 나는 남편을 계획에 넣지 않기로 단단히 결심하고 있었으니까. 당연한 일이었다. 하지만 다른 한편으로 생각하면, 그 덕분에 사랑이라는 주제의 핵심으로 곧바로 진입할 수도 있었다. 그러니까 아벨 베유는 이상적인, 모든 관점에서 이상적인 남자였다. 그리하여 회색 벨벳을 씌운 작고 긴 의자 옆에 나와 마주 앉은 그가 긴 다리를 우아하게 꼬면서 "당신 이야기를 해 보세요"라고 했을 때, 일 주일 전에 카페에서 느꼈던 확신이 그 어느 때보다도 강하게 되살아났다. 상투적인 말투가 지닌 진부하지만 열정적이며, 실용적인 동시에 소유를 뜻하는 의미 때문이었다. 마치 그가 진지한 사랑의 태도와 함께 재치 있게 빈정대는 태도로 내게 말한 것 같았다. 그 동안 내 머릿속에는 노래 몇 구절이 떠올랐다. 마치 그가 "난 당신의 남자요"라고 말한 것만 같았다.

그로부터 몇 달 동안, 내게는 표류하는 시간 속에 정박한 두 가지, 내 책과 우리의 만남밖에 없었다. 기억을 일깨우는 고독 속에서의 글쓰기와 우리 만남의 독백. 남자 또한 두 종류밖에 없었다. 내 이야기의 주제가 되고, 나 자신을 통해 이야기로 되살아난 남자들, 그리고 내 이야기를 들어주고 다음 이야기를 이어주거나 어쩌면 나를 부활시켜주기를 기대한 남자 말이다. 그래, 이 세상에는 두 종류의 남자밖에 없었다. 그 사람, 그리고 그 밖의 다른 남자들……

그와 단둘이

　어떻게 말해야 할지 정말 모르겠네요. 이토록 빨리 말하게 되리라고는, 당신 앞에 이렇게 있게 되리라고는 예상하지 못했거든요. 나는 깊이 생각해보지도 않은 채 당신과 약속했고, 사실 아이들도, 부모님도 그 누구도 그 사실을 모르기를 바랐어요. 하기야 그게 그들과 무슨 상관이람. 그게 당신과 관계가 있나요? 날 쳐다봐요. 대답해봐요. 당신 관심 있어요? 나한테 관심 있어요? 처음에는 좋았어요. 정말, 처음에는…… 명백한 사실, 당신이 날마다 들어서 알고 있는 것, 아주 오래된 진부한 것, 책, 잡지, 노래, 소설, 신문, 어디에나 널려 있는 이야기를 하겠어요. 난 자료 정리를 하는 사람인데, 온갖 것을 읽고, 하루 종일 읽고, 나머지 시간에는 글을 쓴답니다. 이렇게 말하면 당신은 저 여자가 과연 알고 있을까, 그것이 얼마나 어리석은 일인지, 얼마나 끝이 없고 어리석은 일인지 알고 있을까 하고 생각하겠죠. 남편, 애인, 전남편, 옛날 애인들, 아버지, 단짝, 친구, 모든 부류, 인물에 대하여 묘사되는 모든 것, 다양한 스타일, 전형(典型), 유형(類型)을 나는 모두 알고 있어요. 신중한 남자, 집안에 틀어박혀 있는 남자, 차가운 남자, 소심한 남자, 쉴 새 없이 바쁜 남자, 의심 많은 남자, 거친 남자, 부드러운 남자, 의기소침한 남자, 열정적인 남자, 불성실한 남자. 내가 첫 여자가 아니라는 것, 물론 유일한 여자도 아니구요. 그건 참을 수 없는 일이지요. 그 반복, 그 말, 진부해져 더이상 감흥이 없는 수천 번도 더 내뱉고 수천 번도 더 들은 그 단어들. 그를 사랑해요, 그를 사랑했어요, 그를 더이상 사랑하지 않아요. 그자, 그 작자. 아직도 그를 사랑하냐구요? 그 남자를, 그자를, 그 작자를 말이에요? 그 사람과 함께 있는 건 좋았어요. 처음에는 좋았어요. 굉장했지요. 책, 사람, 순간, 여행에 대해서도 그런 표현을 할 수 있잖아요. 굉장한 책, 굉장한 아버지, 굉장한 휴가라는 식으로. 하지만 그 표현은 이제 더이상 의미가 없어요. 대단한 두려움, 경악을 금치 못할 무서움, 놀라움, 갑작스레 공포를 느끼게 하는 대상을 지칭하던 예전의 그 의미는 이제 없다구요. 그렇지만 바로 그 말로밖에는 할 수가 없어요. 나의 과거는 굉장했다고. 바로 그 때문에 내가 여기서 당신에게 말하려는 거예요. 내 얘기를 듣고 있어요? 이해하겠어요? 언제나 똑같고, 언제나 비슷한 건 아니잖아요? 세월에 연루된 고뇌, 사라짐 앞에서의 공포, 파괴, 소멸 말이에요. 한 순간이 지나고 나면, 끔찍한 훼손과 어마어마한 부식을 가져다주는 이 두려움 말고 다른 무언가가 있잖아요? 당신은 알지요? 당신은 대답할 수 있지요? 당신은 전문의잖아요? 당신은 어떤 종류의 사람인가요? 전문가, 열정적인 사람, 예술 애호가, 돈 후안, 숙련자, 대단한 섹스 파트너, 모범적인 아버지, 집에서 빈둥대는 사람, 야심가, 모리배, 한심한 작자, 유능한 친구, 굉장한 사람?

　나는 모르겠어요, 더는 모르겠어요. 하지만 그것에 대해 정말 말하고 싶어요. 그래요. 하얀 종이 위에 글을 쓰는 것이 아니라 입으로 말을 하고 싶어요, 이번만은. 난 평소에는 글을 쓰거든요. 남자에 대한, 사내들에 대한 책을 쓰지요. "사내들에 대한 당신 책은 진척이 좀 있습니까?" 달리 가치 있는 주제가 있는지 당신에게 한번 물어볼게요. 내게는 그게 눈에 보이는 전부이고, 나와 관계 있는 모든 것이거든요. 아! 첫 눈길, 모든 첫경험들. 십오 년 전의 일이지만 아직도 마치 어제 일처럼 생생해요. 내가 결혼한 게 십오 년 전이니, 벌써 십오 년이 다 되어가네요. 폐허, 고대의 건축술이 드러나는 폐허, 땅에는 평면밖에 남아 있지 않고 공중은 텅 비어 있는, 잔해도 없고, 바닥에 아름다운 기반의 흔적 말고는 아무것도 없는 사랑의 기념물. 바닥에, 모든 것이 바닥에, 역시 말없이 매장되어 있겠지요. 물론이죠. 처음에는 그랬어요. 이제 그 이야기를 해야 할까요? 그럴 가치가 있을까요? 처음에는 좋았어요. 굉장한 만남이었죠.

남편

그들이 서로 닿을 정도로 가까이 다가간 것은 그녀가 그를 알게 된 지 겨우 일 분이 지난 후이다. 그는 "안녕하세요"라고 말했다. 아마 그날 저녁, 어느 토요일 파리에서 누군가 그들을 서로 소개 시켜준 것 같다. 그들은 말없이 웃으면서 잠시 동안 꼼짝 않고 그 대로 있다. 그녀는 팔을 내밀어 그의 목을 감고, 눈을 감는다. 그는 그녀를 받아들인다. 그녀 손 밑에 있는 그의 몸이 뜨겁다. 그는 그 녀의 것이다.

그들은 둘 다 한 번도 가 본 적이 없는 어느 집 침실에서, 몇 시 간이 지난 후에야 말을 하고, 서로의 이름을 밝힌다.
이제, 그녀는 이름을 지니게 된 것이다.

그런 식의 만남은 그녀에게 최고로 완벽한 것이다. 말이 없으므로 소란스런 거짓말을 피할 수 있다. 사랑할 때는 아무 말도 하지 않는 법이다. 무슨 대단한 말을 할 수 있겠는가?

그는 그녀에게서 쾌감을 느낄 때, 야수 같은 비명을 지른다(다행히 저녁 연회가 한창이다). 마치 죽을 듯이 비명을 지른다. 그는 그녀에게 피임약을 먹는지 묻지 않았다. 아무것도 묻지 않았다. 한 순간에는 과거와 미래가 모두 포함되는 법이니까. 취하든 버리든 그것은 쪼개어 나눌 수 없는 것이니까.

일 주일 후, 결혼이 발표된다. 그들은 두 증인의 입회하에, 한적한 시청에서 결혼한다. 부모에게는 알리지 않고서.

한 달 후, 그녀는 아버지에게 전화를 해서 얘기 도중에 결혼한 사실을 말한다. "누구하고?" 아버지가 묻는다.

바로 그 사람하고. 바로 곁에 있는 이 사람.

그와 단둘이

처음에는 왜 좋았냐구요? 말을 하지 않고 지냈으니까요. 그런 경우 일반적으로 하는 모든 말을 절약했으니까요. 사람이 욕망을 느낄 때 말은 방해가 되는 법이고, 말을 하면 욕망이 사라지거든요. 욕망을 드러내주는 단어는 존재하지 않아요. 욕망을 위조하고, 감추고, 억누르고, 파괴하지 않는 일상어도 존재하지 않구요. 말해지는 언어는 욕망을 받아들이기에 적합한 재료가 아니에요. 구어, 그러니까 고정되어 있지 않은 말을 뜻하는 거예요. 반대로 시는 육체를 본보기로 삼지요. 시는 목소리와 피부에 가깝잖아요. 그러나 그 외에는, 정말, 아니에요. 수치스러운 조작이고, 비열한 속임수예요. 당신은 식당에서 연민을 느끼며 그런 장면을 관찰해본 적이 있나요? 옆 테이블에 있는 커플, 한창 가까워지고 있는 커플 말이에요. "뭘 드시겠어요? 그 원피스는 당신에게 기막히게 잘 어울리는군요. 모디아노의 최신작을 읽으셨나요? 자랑이 아니라, 내 전문 분야에서는 내가 최고라고 생각합니다. 세이셸*을 아시나요? 천국 같은 곳이죠. 이 상세르 포도주는 코르크 마개 냄새가 나는군요. 주인을 불러야겠어요."

사전에 공공연히 욕망을 드러내고, 웨이터를 부르고, 메뉴를 읽고, 포도주를 맛보고, 자신에 관해 말하는 행위에는, 놀라울 정도로 외설적인 면이 있지요. 자신을 드러내는 것, 다른 사람에게 자기가 누구인지를 보여주는 것, 엄청난 속임수예요! 벌거벗지 않고서 자신을 드러낼 수 있나요? 17세기에는 이러한 유혹, 대화로 이성의 마음을 끌려는 이런 시도를 가리켜 특별한 표현을 썼답니다. 그러니까 '여자의 마음에 들려고 애쓰는 것'을 가리켜 '구애한다**'고 말했지요. "그러면 아버지의 면전에서 구애해보세요"라는 대사를 라신 작품에서 읽을 수 있잖아요. 환심을 사려는 친절, 육체를 대신하거나 육체를 허락하가 만드는 것으로 여겨지는 너절한 잡동사니 단어들, 찬사와 어리석은 말들의 짜집기, 사랑을 만들어내려는, 직접 구애하지 않으면서도 그렇게 하는 것처럼 법칙과 관례에 맞춰서 사랑을 말 속에 존재하게 하려는 하찮은 말들의 짜임, 그런 것의 진짜 본성에 대해서 상세히 설명하는 작품 말이에요.

---

* 인도양 서부 마다가스카르 북동 해상에 있는 아흔두 개의 섬으로 이루어진 나라. 아름다운 해변과 진기한 동식물이 풍부하여 인도양 최후의 낙원으로 불린다.
** faire l'amour, 현재는 이 표현이 '성교하다'의 뜻으로 쓰인다.

헛된 이야기를 늘어놓아 여자의 환심을 사는 능력을 보여주는 것, 나는 유혹할 수 있다, 나는 주목받을 수 있다, 나는 손에 넣을 수 있다, 할 수 있다, 고 과시하는 것. 난 남자들의 그런 점을 참을 수 없어요. 가끔은 그런 표현이 드러내는 무능한 고백에 대해 나 역시 사랑으로 답할 수 있었고, 그래요, 감동한 적도 있었지만 말이에요. 구애자의 말 자체에 감동을 받은 게 아니라, 수줍어하는 육체, 주저하는 손, 울림 없는 목소리에 숨겨져 있는 점잔빼는 언어의 고뇌에 감동받은 것이지요. 목적만 달성한다면 방법 따윈 상관하지 않았어요.

사랑은 사회적인 관계가 아니에요. 그건 말로 표현될 수 없어요. 말로 표현될 수 있는 게 아니라구요. 사랑은 육체의 고독 속에서, 침묵이나 비명으로만 나타나요. 절대로, 절대로 규칙이 없어요. 그저 사랑을 창조한 자의 뜻에 따라야 하는 거지요.

당신은 아무 말도 하지 않는군요.

당신은 이렇게 말할 수도 있겠네요, 결혼 역시 사회적인 것이라고.
맞아요, 난 그와 결혼했어요. 내가 첫 만남에서 보였던 엄청난 뻔뻔스러움과 최초의 실수를 만회하고, 몸과 몸 사이의 야만적인 미개함을 사회집단 안에서 회복하고, 참회하는 긍정의 말로 벌거숭이 상태의 순수한 동의에 옷을 입히고 싶었던 걸까요? 위그노 교도의 윤리에 다시 사로잡힌 것이었을까요? 나는 신교도이고, 내 아버지도 신교도거든요.

그럴 수도 있죠.

그러나 또한 그런 남자, 완전히 내 취향인 그런 남자를 바닷속 으로 사라지도록 내버려두어서는 안된다고 생각한 것일 수도 있 어요. 선원이 수평선을 감싸듯 나를 품에 안아주는 그런 남자를.

아버지

아버지는 신교도이다. 그것은 그녀가 매우 일찍부터 알고 있고, 마음속으로도 분명히 느끼고 있는 사실이다. 그녀 역시 신교도이다. 그녀는 아버지를 닮았다. 아버지의 눈은 검은색인데 그녀의 눈은 파랗고, 아버지는 갈색 머리인데 그녀는 금발이지만, 그래도 그들은 서로 닮았다. 그들은 신교도니까.

아버지는 오래 전부터 줄곧 신교도이다. 아버지의 아버지도 신교도였고, 아버지의 할아버지, 아저씨와 아줌마, 다른 조상들, 모든 플리머스 파*, 알레스 쪽의 그곳, 성서만을 읽는 모든 사람들 역시 마찬가지이다. 가톨릭 교도 여자와 결혼하기 전에 그는 딱한 가지 조건을 제시했다. 아이들은 신교도가 되리라는 것.

아버지는 신교도이고, 그것은 곧 눈에 보인다. 그녀는, 어쨌든,

---

* 1830년경 플리머스에서 일어난 교파.

그것을 본다. 그의 내부에서 뭔가 항의하고, 그가 당한 폭력이 고함치는 것을. 그것이 들리지는 않는다. 말을 거의 하지 않으니까. 어쩌면 말을 못 하는지도 모르겠다. 하지만 그것은 보인다.

그는 무슨 일을 당한 것일까? 무슨 일이 일어난 걸까? 어디서, 언제? 이야기는 사라졌고, 흔적만 남아 있다. 마음을 옥죄며 이마를 주름지게 하는 고통, 그 은밀한 반항.

아버지는 신교도이다. 그것은 그가 이 세상에 존재하는 방식이다. 그녀는 아버지와 닮았고, 아버지처럼 사물을 본다. 사람들은 웃고, 놀고, 즐긴다(신교도의 집은 때때로 쾌활하다). 그러나 행복할 만한 것은 없다.

"난 신교도야"라고 그녀는 학교에서 주위 아이들에게 말한다. 머릿속에 잘 새겨두도록, 그녀가 아버지와 같다는 것을. 그녀는 규칙을 잘 따르며 그렇게 제자리에 있는 듯하지만, 아니다, 전혀 그렇지 않다. 그녀는 받아들이지 않는다. 그녀는 결코 굴복하지 않을 것이다. 결코 이 세상에 굴복하지 않을 것이다. 그녀는 신교도니까.

아버지는 신도, 신의 유일한 아들도, 아무것도 믿지 않는다(옛날에는 틀림없이 믿었을 것이다. 아버지, 아들…… 하지만 오래된 일이다). 아버지도 어쩌면 그의 조상을, 성서에서 삶의 은총을 얻기 위해 헛간에 모였던 그 선조들을 기쁘게 해주고 싶을 것이다. 그러나 그는 할 수 없다. 그것은 그의 능력 밖의 일이다. 딸들을 교리 교육에 보낼 때, 심지어 딸들을 강제로 보낼 때조차 그는 믿지 않는다.

그녀도 역시 믿지 않는다.

그녀는 영혼도 성령도 믿지 않고, 책에서는 문자 그대로의 뜻만 취한다. 그녀는 반항한다. 그녀는 신교도니까.

아버지처럼.

그들을 연결해주는 것은 바로 그것이다. 존재하지 않는 신과 그들이 결코 행하지 못할 혁명. 거기에 그들의 가장 밀접한 유대관계가 있다. 공허한 형태, 그들의 근본을 이루는 형태, 사람들의 존재를 믿지 않는 것 말이다.

그와 단둘이

남자라는 거요? 내가 남자에 대해 말하기를 바라나요? 내가 그렇게 하면 좋겠어요?

목소리, 키, 몸 치수, 수염, 콧수염, 결후(結喉), 음경, 고환, 남성 호르몬 테스토스테론, 정액, 전립선, 체모, 대머리, 음경의 포피, 귀두, 근육 덩어리, 사정, 몇 움큼의 사랑.

힘, 용기, 방향 감각, 반사작용, 종합력, 천부적인 말, 환심을 사기 위한 친절, 활동, 에너지, 권위.

폭력, 공격성, 무례함, 비겁함, 나약함.

술, 담배, 도박, 운동, 단짝 친구들, 사냥, 포르노 잡지, 수리, 자동차, 여자.

소방수, 오토바이 대원, 외과의사, 사냥 안내인, 빵집 주인, 자동차 수리공, 기계 기사, 부두 노동자, 축구 선수, 사이클 챔피언.

원숭이, 영장류, 혈거시대의 남자, 야만인, 호모 파베르*, 호모

사피엔스**.

교양 있는 남자, 취미가 고상한 남자, 명예로운 남자, 천재적인 남자, 재치 있는 남자, 문학하는 남자, 신뢰할 수 있는 남자. 선의의 남자.

보통 남자, 서민 남자, 평범한 남자.

사교계 남자. 남자들의 사교계.

남자의 아들.

뛰어난 남자, 무능한 남자, 신분이 낮은 남자, 아무것도 아닌 남자—아무것도 아닌 것과 전부인 것 사이의 중간.

빚을 지는 남자, 고용된 남자, 많은 재산을 가진 남자, 여자 관계가 많은 남자.

남자와 여자.

여자에게서 태어난 남자.

---

* 도구를 만드는 인간.
** 생각하는 인간.

아버지

아이를 품에 안고 있는 아버지의 사진을 찾아내기란 꽤 어려운 일일 것이다. 아이는 똥 냄새와 토한 냄새를 풍기고, 침을 흘리고, 늘 잠을 잔다. 아버지는 소화시키는 튜브일 뿐인 아이를 그다지 사랑하지 않는다. 아니, 애착을 느끼기가 어렵다고 해두자.

사랑은 더 나중에, 아이가 그 어원적인 본성을 버리고 말을 하기 시작할 때 찾아온다. 아이는 이제야 흥미 있는 존재가 되는 것이다.

그러므로 몸만 가지고는 아버지의 사랑을 받기에 충분하지 않다. 팔, 다리, 눈, 애무와 젖을 요구하는 동그란 배를 가지고 있는 것으로는 충분하지 않다.

세 살쯤 되어, 그녀는 아버지가 웃으면서 자기에게 몸을 굽히고 말하는 걸 듣는다. 이런, 얘가 말하고 대답도 하고 발음도 정확하

네. 나이에 비해 말을 아주 잘하는걸.

아버지에게는 어린애처럼 굴어서는 안된다.

가장 신기한 점은, 아버지가 그리 대단한 말도 하지 않고 대체로 말이 없다는 사실이다. 하지만 그녀는 종알거리고, 이야기하고, 세계를 지어낸다. 아버지가 그녀의 이야기를 듣고 있는 이상, 그가 말을 하지 않는다 한들 무슨 상관이랴?

그녀는 아버지를 위해 말을 한다.

앙드레

매일 저녁 여덟시 반에 그녀는 잠자리에 든다. 그녀는 언니와 같은 방에서 잔다.

매일 저녁 여덟시 반에 아버지는 떠난다. 그는 현관문을 열고 나간다. 그녀는 금속 광택이 나는 그레이 404가 길에서 출발하는 소리를 듣는다.

매일 저녁, 아홉시 십오분 전에 앙드레가 온다. 그는 재규어를, 포르셰를, 때로는 캐딜락을 주차한 뒤 집으로 들어온다. 그는 벨을 누르지 않는다. 아이들은 자고 있고, 벨을 누르지 않아도 아이들 엄마가 창문에서 지켜보다가 문을 열어주니까. 그는 성큼성큼 걸어 집으로 들어온다.

그녀가 나중에 쓰게 될 소설들 속에서, 애인의 이름은 모두 앙드레가 될 것이다. 그녀는 이름을 바꾸거나 다른 이름을 짓지 못할 것이다. 애인은 허구가 아니라, 이름을 부여할 수 있는 실체니까. 애인은 책 속의 등장인물이 아니라 진짜 남자니까. 바로 그 사람, 다른 사람이 아닌 앙드레이다.

앙드레는 아름답고, 우아하고, 향기롭고, 세련됐다. 그는 앞자락이 겹쳐지는 양복, 실크 넥타이, 나비 넥타이, 검은색이나 크림색 턱시도, 그의 이니셜이 수놓인 셔츠를 입고, 맞춤 구두를 신고 모자를 쓴다. 그는 상아로 만든 컬렉션용 파이프로 크라벤 A를 피우고, 겔랑의 아비루주 향기를 풍기고, 붉은 장미와 하얀 카네이션과 진귀한 난초로 만든 꽃다발을 손에 들고, 샴페인, 푸아그라*, 캐비어를 가져오고, 탱고, 왈츠, 재즈를 기막히게 추고, 전축 위에 시드니 베셰**의 〈작은 꽃〉을 올려놓는다. 그녀가 거실 마루 위에 울리는 그들의 발소리를 듣는 동안 그들은 〈작은 꽃〉에 맞춰 슬로 댄스를 춘다. 너무 크지 않게, 아이들이 자니까.

때때로 어둠 속에서 전화벨이 울린다. 앙드레를 찾는 전화이다. 그는 산부인과 의사라서 밤이고 낮이고 여자들의 분만을 돕고, 사람들이 부르는 곳으로 달려가 아이들을 세상으로 내보낸다. 그는 자동차에 올라타 급히 출발하고, 순식간에 사라진다.

아버지는 자정쯤 돌아오는데, 때로는 더 일찍, 앙드레가 떠나기 전에 돌아온다. 아버지는 거실에 앉아 〈프랑스 뮤직〉 라디오 방송

---

* 거위나 오리의 간으로 만든 요리.
** 1887~1959, 전설적인 소프라노 색소폰 연주가.

을 듣는다. 잠시 후 침실 문이 열리고 어머니가 앙드레와 함께 나온다. 아버지와 앙드레는 서로 악수를 하고, 안녕하세요 피에르, 안녕하세요 앙드레, 하며 몇 마디 주고받는다. 그리고 앙드레는 간다. 어머니는 잠자기 전에 욕실에 들르고, 아버지는 라디오를 계속 듣는다. 두시쯤, 그는 부엌에서 간단한 식사를 한 후, 전원을 끄고 침실로 간다. 소리를 죽이고 — 아이들이 자니까.

　그녀는 꽃병에 꽂힌 꽃다발, 재떨이 안의 담배꽁초, 붉은 입술 자국이 묻은 필터를 본다. 그녀는 반쯤 빈 술병, 크리스털 술잔, 조금 베어먹은 토스트 빵을 본다. 그녀는 아버지가 궤양에 걸리기 전부터 마셔온 맥주를 본다.

　그녀의 생일날, 앙드레는 좋은 표지로 제본된 양서를 선물하고 "우리 이쁜이, 너를 위한 거란다"라고 말한다. 열세 살에 그녀가 처음 읽은 플레이아드 파 시인 기욤 아폴리네르*, 바로 그 사람이다.
　그녀는 그가 멋지다고 생각한다. 아니 오히려, 그녀의 어머니가 그를 멋지다고 생각한다. 비슷한 얘기다.

　일 주일에 한 번, 그녀는 두 층 위에 사는 할머니 집에서 열시까

---

* 1880~1918. 프랑스의 시인, 소설가. 『동물시집』『알코올』『썩어가는 요술사』 등의 저서를 남겼다.

지 텔레비전을 볼 수 있도록 허락받았다. 그녀는 마리니 연극 채널에서 방송하는 〈오늘 저녁 극장에서〉를 좋아한다. 웅성거리는 홀 안에 은퇴한 노인들이 자리를 잡고 앉아 있는 것이 보인다. 개막을 알리는 신호가 울리자 조용해진다. 여덟시 반 정각에, 막이 오른다. 세월이 흘러도 줄곧 멋지면서도 수수한 똑같은 홀에서 막이 열리고, 나무랄 데 없이 옷을 차려입은 주인공들이 등장한다. 여자는 오색이 영롱한 실내복을 입고, 짙은 색 양복을 입은 남자는 붉은 장미를 손에 들고 있다.

쉽게 이루어지지는 않지만, 대체로 결말이 좋은 사랑 이야기이다.

할머니 집에서 돌아오면, 그녀는 몸이 좋지 않은 어머니 옆 긴의자에 마치 지나가다 잠시 들른 사람처럼 앉아 있는 앙드레를 향해 인사를 한다. 때때로 그는 작은 가방에서 도구를 꺼내 어머니의 혈압을 확인하고, 강인한 목에 청진기를 걸어 넓은 가슴 위로 늘어뜨린다. 그녀는 그가 정말 엄마를 잘 보살펴준다고, 앙드레를 소유한 엄마는 정말 운이 좋다고 생각한다.

그녀는 그런 공상을 하면서 잠을 잔다.

장식은 로저 하르츠의 것이고, 의상은 도널드 카드웰의 것이다.

그와 단둘이

내가 남자의 몸에서 가장 좋아하는 것은 어깨, 목에서 팔의 관절까지의 선, 팔, 가슴, 등이에요. 남자의 몸에서 내 눈을 끄는 것은 키, 어깨 폭, 전체적인 자태지요. 젊은 청년은 내게 별로 대단한 의미가 못 돼요. 이미 건실한, 큰 재앙을 초래하는 절박한 상황에서 세상을 구원할 수 있는, 로큰롤에 맞춰 곡예와도 같은 춤을 추면서 파트너를 이끌어나가는 능력을 지닌 남자도 그렇구요. 나는 제우스의 반신상, 아폴론의 흉상, 아틀라스의 등이라면 몇 시간이고 볼 수 있어요. 내 이상형은 미켈란젤로의 습작이나 레오나르도 다 빈치의 그림을 닮았고, 거인의 근육을 가지고 있지요. 나는 운동경기의 선수권 대회 재방송은 절대로 놓치지 않는답니다. 달리는 말처럼 가슴으로 공기를 들이마시는 단거리 주자의 슬로모션, 자유형 수영 백 미터의 출발 동작…… 내 남성상은 바로 제우스예요─나는 신(神)에게는 사족을 못 쓰거든요.

내 기억으로는—그의 이름은 아무래도 상관없어요—그는 몹시 말라서 남편이 "발육부진아"라고 말할 정도로 뼈만 앙상했지만, 목의 아랫부분과 직각을 이루는 어깨는 아름다웠어요. 생각해보세요. 그 육상선수의 훌쭉한 키를 보면 그가 옷을 벗었을 때의 몸 안의 뼈대를 떠올릴 수도 있겠지만, 얼마나 아름다웠다구요! 힘과 죽음을 볼 수 있었죠. 그는 내게 마법과도 같은 말을 했고, 그 말은 마치 문을 열듯 욕망을 열어젖혔어요. 그는 이렇게 말했답니다, "내 품으로 와요."

그리고 내 할아버지도 있지요. 할아버지는 유명한 럭비선수였는데, 우리 집에는 그의 몸의 본을 떠서 만든 석고 주물이 있어요. 그의 포지션은 윙이었는데, 민첩하고 강인해서 그가 달릴 때는 정말 장관이었지요.

남편은 매우 아름답고 건장하며 운동도 많이 해요. 나는 세상의 붕괴에 맞서 몸으로 싸워 이겨서 허무가 확대되는 것을 지연시키는 남자가 좋고, 남자가 몸이 부서질 정도로 육체적인 노력을 할 때가, 하지만 견뎌내고, 극복하고, 살아남을 때가 좋아요. 미칠 듯한 질주, 능력의 증대, 고통, 폭력, 숙련된 솜씨, 불행 등으로 나를 감동시키는 배우나 오페라 가수 혹은 훌륭한 운동선수. 나는 그 육체를, 빨랫줄처럼 팽팽히 긴장된 신경을, 고상한 꿈을 위한 하찮은 고독 속에서 도약하기 위해 그들이 설정한 목표와 위업을 정말 좋아해요. 아무도 할 수 없는 것을 성취한다는 것, 그건 영원히 죽지 않는 것이고, 팔 끝으로 세상의 무게를 지탱하는 것이지요. 즉, 신이 되는 겁니다.

내게 육체적인 성능이란, 사람들이 종종 말하는 것처럼 성적(性的) 능력에 대한 비유가 아니라 남자들의 눈부신 절망의 표현이에요. 더이상 죽지 않기 위해 그들이 해야 할 도약의 표현 말이에요.

가수

　그녀는 그에게 홀딱 빠져 있어서, 그가 휘파람만 불어도 달려갈 테지만, 그럴 우려는 없다. 그녀는 그를 본 적도 없고, 침실에 그의 사진도 한 장 없으며, 그의 얼굴이나 몸이 어떻게 생겼는지, 그가 잘생겼는지 어떤지도 전혀 모른다. 심지어 그가 아직 살아 있다는 확신조차 없다. 그녀는 그의 노래를 들으며 그가 죽었다고 생각한다. 그것이 그녀가 가장 빈번히 느끼는 감정이다. 여자와 죽음을 상기시키는 그토록 생생한 목소리만 남겨놓은 채 그는 죽었다고. 하루 종일 사랑만 하며 지내는 사람처럼 그녀는 내내 그의 음악을 들으며 시간을 보낸다.

　그는 이탈리아인이다. 이 낯섦은 꼭 필요한 것이다. 그가 다른 곳에 있다는 생각은 그에 대해 품는 욕망을 증대시켜준다. 그는 베르디를, 알프레도가 비올레타에게 사랑을 고백하는 〈라 트라비아타〉의 한 구절을 노래한다. 그녀가 가지고 있는 오래된 레코드에서 그는 계속 멀리, 무대 뒤편에 있는 듯하고, 무대의 전면은 줄곧 여자가 차지하고 있는 것 같다. 그의 목소리는 무대 뒤에서, 언제나 더 먼 곳에서 나온다. 마치 길이나 창문에서 멀어지는 것처럼, 떠나고 싶지 않지만 부득이 여인에게서 멀어져야만 하는 것처럼. 언젠가 다시 만날 수 있다는 기약도 없이. 그것은 완전하고 아름다운 남자의 목소리로, 그는 신비하게, 신비하고 당당하게 숨이 차도록 벽을 뛰어넘고, 건너뛰고, 무너뜨리려 벽의 반대쪽에서부터 우리에게 이른다. 우리는 창문으로 가서 전율하면서 몸을 굽혀 잿빛 그림자, 심오한 신비, 암흑, 어둠 속의 그를 알아본다. 우리는 머뭇거리며 두려움을 느끼고, 그는 아득히 먼 곳에서 노래한다. 그는 먼 곳에 있다. 육체에서 나오는 동시에 육체에서 멀어지는 그 남성적인 목소리, 거리를 두고 떨어져서 그곳에 있을 수밖에 없음을 증거하는 그 목소리는 과연 어떤 것인가. 남자는 자신의 부재를 말하기 위해 노래하고, 그의 목소리는 자신이 지킬 수 없는 것 — 육체 — 을 약속한다. 아무것도 채워져 있지 않은 무한한 거리는 숨결과 목소리로 뒤덮인다. 그 숨결과 목소리가 불러일으키는 욕망은 결코 실현되지 않을 것이다. 그것들이 우리에게 가져다주는 허무와, 그것들이 노래하는 깊이 골이 파인 간격은, 그곳에서, 뱃속에서, 우리에게 부재의 격심한 고통을 겪게 하고, 깊은 심연과 광대한 실패는 우리를 예민하게 한다.

 장중한 남자의 목소리, 목소리의 주인인 육체로부터 영원히 우

리를 갈라놓는 신비가 가득한 남자의 목소리. 욕망이 노래하는 남
자의 목소리, 그 흡인력.

할아버지

할아버지는 종종 집에 없다. 그는 제련 공장에서 일한다. 그는 자신이 회장으로 있는 럭비 클럽에 간다. 그는 스포츠 맥주홀에서 카드놀이를 한다. 그는 여행을 한다. 그는 병원에 입원한다. 그는 죽는다. 할아버지는 자리를 비운다.

할아버지는 항상 거기에 있다. 사무실 벽 위에 걸린 금박을 입힌 액자 안에서, 그는 그해에 신문에서 이야기한 역사적인 트라이*를 언제까지나 자랑하고 있다. 그는 모든 흑인 선수들보다 더 빨리 달리고, 군중은 그를 보기 위해 일어선다. 사진을 자세히 들여다보면, 영웅들이 뛰는 스타디움의 귀빈석에서 대경실색한 채 입을 벌리고 있는 처칠의 모습을 볼 수 있다.

할아버지가 바로 그 영웅이다. 다른 건 또 뭐가 있을까? 그녀는

---

* 럭비의 공격방법 중 하나.

모른다. 하지만 알고 싶어 견딜 수가 없다. 어느 날—그녀가 열세 살이고, 할아버지는 이미 돌아가신 후—그녀는 할아버지에 관해 자기가 아는 모든 것, 본 것과 들은 것을 모두 수집한다. 그것은 극히 적다. 구체적으로 물질화시켜보면, 비스킷 상자 하나에 다 들어갈 정도이다.

1)어느 목요일, 장터에서 벌어지는 축제에서 그는 누더기를 걸친 집시 아이들에게 회전목마를 태워준다.

2)그는 그녀에게 시계 보는 법을 가르쳐주고, 그녀와 함께 마분지로 코르크 마개로 작동되는 추시계를 만든다. 바탕은 푸른색, 하늘빛이다.

3)그는 식용버섯이 자라는 장소, 송어의 생태, 나무 이름을 알고 있다.

4)그는 누구보다도 그림을 잘 그린다. 무슨 물건이든지 그에게 그려달라고 부탁만 하면 된다. 정확하게 그것을 그려내니까.

5)그는 기술자이다. 그리고 그의 아버지는 교사였다.

6)전쟁중에 그는 게슈타포에게 세 번 소환되었다. 저장해놓은 금속이 모두 어딘가로 사라졌던 것이다.

7)그는 중요한 사람들을 알고 있고, 영웅인 샤반 델마 씨를 만찬에 초대했다.

8)그는 많은 질투를 산다. 심지어 측근이나 형제들 사이에서도.

9)그는 늘 담배를 피우고, 내출혈을 네 번 일으켰다. 또한 위궤양도 있고, 공장에서 기계에 소매가 걸리는 바람에 한쪽 팔을 잃

을 뻔한 일도 있다.

10)의사가 그에게 경고했다. "담배를 끊지 않으면, 뒷일은 장담 못 하오." 그러나 그는 남자고, 강하며, 죽음을 무서워하지 않는다.

11)그는 그녀의 머리 위에 손을 올려놓고(그녀는 그를 사랑한다, 너무나 사랑해서······) 손가락으로 코를 퉁기며 엄숙하게 말했다. "넌, 너는 큰일을 할 거야."

12)그녀는 그가 원할 일을 모두 할 것이다. 그를 사랑하니까.

작은할아버지

그는 할아버지의 형제이다. 그녀는 매년 여름 그들이 태어난 다른 마을에서 그를 본다. 여름 휴가 동안 그들은 그곳 친척집에 각자 한 층씩을 차지하고 묵는다.

매년 여름 그녀는 할아버지의 차인 DS를 타고 의기양양하게 도착한다. 그 때 그녀는 네 살, 다섯 살, 여섯 살이었다. 할아버지와 함께라면 세상 끝까지라도 갈 것이다. 할아버지는 복숭아, 식용버섯, 월귤나무가 있는 곳으로 그녀를 데려간다. 길모퉁이나 풀밭의 높은 곳에서 마을의 종탑이 보일 때마다, 그는 모직 모자를 벗고 그녀를 웃기기 위해 과장해서 말한다. "여기서, 위대한 사람이 태어났도다." 그녀는 웃는다. 하지만 믿지 않는다. 그녀는 할아버지보다 강한 사람은 없다고 믿는다. 단 한 사람도.

어느 날 저녁, 할아버지가 죽는다. 그녀는 아홉 살이고, 학교에서 배운 시를 그에게 암송해준다. 내일 동이 트자마자, 들판이 하얗게

밝아오는 시간에, 오, 오래된 시간의 식탁, 너는 이야기를 잘 알고 너의 동화를 얘기하고 싶어하는구나. 네가 살랑거리며 소리를 낼 때 너의 커다란 검은 문이 천천히 열리누나. 하지만 아무런 효과도 없다. 그는 너무 많이, 너무 자주 화장실에 숨어서 담배를 피웠고, 그 때문에 죽었다.

다음날, 흥분한 가족들이 모두 모인다. 그중에는 멀리서 온 가족들도 있다. 모두 슬퍼하고 눈물을 흘린다. 언제나 가장 훌륭한 사람이 먼저 떠나는군, 이런! 그녀는 할머니와 어머니를 위로하기 위해 짐짓 쾌활하게 보이려고 애쓴다. 그녀는 너무 어려서 이해하지 못하니까.

그녀는 할아버지가 심어놓은 상추를 보려고 길 아래쪽에 있는 채소밭까지 간다. 작은할아버지가 손에 삽을 든 채 거기에 있다. 그녀가 낮은 돌담에 등을 기대자, 그가 그녀에게 다가온다. 그녀는 그에게 미소짓는다. 그는 그녀의 등에 손을 갖다대더니, 짧은 바지 속으로 미끄러지듯 손을 집어넣어 엉덩이를 어루만지고, 단추를 푼다. 저런, 아직 털이 없구나. 뭐, 곧 날 테지. 넌 이걸 좋아할 거야. 하기야 모든 여자애들이 이걸 좋아하지. 나 역시 좋아하고. 넌 보고만 있으면 돼.

그는 장례식 후에도, 식사 후에도 다시 하려 든다. 그녀는 아주 어릴 때부터 알고 있는 이웃 농부의 집으로 도망간다. 그들은 커피를 마시는 중이다. 작은할아버지가 그녀를 뒤따라 바로 들어서서, 마실 것을 달라고 하고는 그녀 옆에 놓인 긴 의자 위에 앉는다. 그는 이야기를 하고 담배를 피우면서 그녀의 넓적다리 사이에 손을 집어넣고 빼지 않는다. 그녀는 그들이, 적어도 농부의 아내나 며느리들이라도 뭔가 말해주기를, 그들이 자기를 구해주기를 기다린다. 그러나 아무도 말을 하지 않고, 그녀를 뚫어지게 바라보기만 한다. 그녀는 감히 더이상 움직이지 못하고, 아무 일도 아니라는 듯이, 행실 나쁜 계집애가 되어 거기 그대로 있다.

어느 날 아침, 그녀는 할머니에게 말한다. 할머니는 발코니를 청소하는 중이다. 날씨는 좋은데 할머니의 얼굴은 초췌하고 슬픔으로 창백하다. 첫 마디를 꺼내자마자, 할머니는 안으로, 커다란 노란색 침대가 있는 침실로 그녀를 밀어넣는다. 할머니는 그녀의 어깨를 잡고, 그녀의 키에 맞춰 몸을 웅크리고서 얼굴을 바짝 들이대고 말한다.

"네가 방금 한 말, 두 번 다시 말하지 말거라. 내 말 알겠지, 절대로."

그와 단둘이

내게 여자 친구가, 가까운 여자가 있냐구요? 아뇨, 하나도 없어요. 난 정말로 한 번도 여자들을 신뢰한 적이 없어요. 글쎄요, 난 여자에게는 한 번도 속마음을 털어놓은 적이 없거든요. 절대로.

왜냐구요?

그와 단둘이

뒤이어 찾아온 겨울에 나는 넓적다리 윗부분에 고름이 가득 찬 커다란 종기가 생겨서 몹시 고생을 했는데, 꽤 위험했던 것으로 기억해요. 종기를 째고, 그 뿌리를 뽑아야 했지요. 아버지가 그 일을 했어요. 나는 팬티만 입은 채 넓적다리를 벌리고 있었고, 아버지가 바로 옆에서 바늘인지 뭔지를 가지고 애를 쓰는 동안 어머니는 내 손을 잡고 있었어요. 마치 아기를 낳는 것처럼. 내가 처음 분만을 했을 때, 단번에 그때 그 장면들이 되살아났기 때문에 이렇게 말하는 거예요. 그 장면은 내 마음 깊숙이 감춰진 채 잊혀졌는데, 아기를 낳으며 소리를 지르지 않으려고 이를 악물고 투명한 눈물을 흘리는 가운데 선명하게 되살아났지요. 그 모습, 아버지가 내 다리 사이에서 불길한 뿌리를 뽑아내던 모습 말이에요.

그해에 —정말 좋지 않은 해였어요. 병을 많이 앓았으니까— 발톱이 살을 파고든 일도 있었어요. 엄지발가락의 발톱이 살갗 속으로 자라는 바람에, 이번에도 핀셋 같은 것으로 뽑아내야 했는데, 우선 발톱을 밀어올려 살갗에서 떼어낸 후 너무 아프지 않게 제거했지요. 이번에는 앙드레가 그 일을 했어요. 앙드레는 의사였으니까. 그는 아주 친절했고, 끝에 가서는 나를 안아주고 — 그에게서는 쇠풀 냄새가 났어요 — 이렇게 말했어요. "이제 끝났다, 우리 이쁜이. 네 살 속으로 파고들었던 못된 발톱을 없애버렸단다."

그래요.

그래, 그래, 그래요. 육체도 역시 단어를 가지고 말해요. 하기야 단어는 육체의 일부지요. 단어는 육체에서 나와 육체로 돌아가니까. 당신은 내게서 뭔가를 알아내고 있다고 생각하세요? 육체는 입까지 단어로 꽉 차 있어요. 사나운 작은할아버지, 커다란 발톱. 맞아요, 하지만 아무도 듣지 못하죠. 듣기 위해 여기 있는 당신도, 당신도 아무것도 듣지 못하고, 아무것도 이해하지 못하고 시치미를 떼고 있어요. 하지만 그건 복잡한 게 아니에요, 육체 말이에요. 알파벳도 고작 몇 글자 안 되잖아요. 그렇게 많은 단어가 있는 게 아니에요. 간단해요. 육체는, 그것은 간단한 언어예요. 모든 사람이 그 언어를 말하지만, 한편으로는 아무도 그 언어를 이해하지 못하죠. 나는 아무도 듣지 못하는 이 육체를 끌고 여기에 와 있어요. 이것 때문에 난 죽을 것 같아요. 아시겠어요? 죽을 것 같다구요.

환영의 남자

　그녀는 그 사람 앞에 끌려와 그 쪽으로 떠밀린다. 거무스름한 굳은 얼굴로 똑바로 앉은 그는 외국어로 말하며, 목구멍에서 나오는 소리로 간단한 지시를 내린다. 비서가 그녀에게 옷을 벗으라고 통역을 해주고, 그녀가 거부하자 남자는 손짓을 한다. 그녀는 비명을 지르고, 강제로 옷이 벗겨진다.

　그녀는 남자 앞에서 나체가 된다. 그는 그녀를 제자리에서 돌게 하고, 뒤돌아 있게 하고, 몸을 구부리게 하고, 젖가슴을 만져보고, 젖가슴의 무게를 손으로 재보고, 모든 구멍에 손가락을 넣어보고, 허리 둘레와 히프의 치수를 재고, 엉덩이를 벌리고, 머리카락을 풀어헤치고, 머리카락을 틀어올리고, 머리카락을 더듬고, 두 팔을 뻗어 바닥에 닿도록 몸을 뒤로 젖히라 명하고, 무릎을 꿇라 하고, 등을 대고 누우라 하고, 네 발로 엎드리라 하고, 산부인과에서와 같은 자세를 취하라 하고, 기도하는 자세를 하라 하고, 입술, 치아, 젖꼭지, 외음부, 손발톱을 검사한다.

　그녀의 머리카락은 밝은 금발로 물들여진다. 매끈매끈하고 윤기 있는 머리카락은 매일 아침 부풀리고 볼륨을 주어 컬이 풍성해진다.

　입술에는 콜라겐을 주원료로 한 물질을 주입하여 두껍게 만들고 입술선을 선명하게 한다.

　유방에는 크기를 두 배로 확대해주는 피하 이식용 물질을 넣고, 젖꼭지는 갈색 문신으로 착색한다.

　음부, 겨드랑이, 다리는 털을 뽑는다.

　손톱 발톱은 줄로 다듬고, 윤을 내고, 매니큐어를 칠한다.

　엉덩이를 볼록하게 만들기 위하여 근육발달운동을 시킨다. 수백 번, 오랫동안.

　갖가지 언어로 내려지는 지시에 복종하는 법, 하이힐을 신고 걷는 법, 웃는 법, 뒤에서 혹은 앞에서, 각자의 뜻에 따라 몸을 내맡기는 법을 배운다.

　매일 오럴 섹스와 수간(獸姦)을 실습하도록 훈련받고, 인조 남근을 이용한 연습을 통해 회음부의 근육을 강화시키고, 어떻게 모든 사람의 기호를 만족시킬지, 어떻게 아무도 실망시키지 않으면서 동시에 여러 사람을 상대하고 그들의 요구에 부응할지, 여러 체위를 반복하게 한다.

석 달 후, 그녀는 모든 준비를 끝마쳤다. 매니큐어를 칠한 손톱, 구불구불하게 웨이브를 넣은 머리카락. 그녀는 앞뒤로 찢어지게 만든 팬티와 묵직한 젖가슴이 밖으로 거의 비어져나오는 브래지어를 입는다. 남자는 그녀를 검사하고, 그녀를 빌려주어 테스트하게 하고, 시험해본다.

그런 다음 그녀는 유통된다. 그녀는 식탁과 흡연실에서 시중을 들고, 종소리나 몸짓이나 말로 부를 때 응하고, 남자들이 원하는 모든 것을 하고, 팬티를 입는 것을 더 좋아하는 남자를 위해서는 팬티를 입고, 벗으라고 요구하면 벗는다 — 어떤 남자는 가위로 팬티를 자른다.

아무도 그녀를 찾지 않을 때는 젖가슴을 꽉 조인 채 툭 튀어나온 엉덩이와 부드러운 입술로 문 옆에서 서 있거나, 아니면 안락의자 옆에서 무겁고 차가우며 딱딱한 대리석 재떨이를 올려놓는 낮은 탁자로 쓰인다.

아버지

그런데 아버지는 매일 저녁 여덟시 반에 앙드레가 어머니를 보러 오는 동안 어디에 가는 것일까?

아버지는 어디에 가는 걸까? 정말 알쏭달쏭하지만 동시에 뻔하기도 한 그 수수께끼는 수영장에서 마주친 앙드레의 아이들과의 대화를 통해 곧 밝혀지게 된다. 아버지는 매일 저녁 여덟시 반에 앙드레 부인의 집에 가는 것이다.

아버지는 단순한 사람이다. 그녀는 그 모든 일이 어떻게 일어났는지, 어떻게 그런 교환이 이루어졌는지 모른다. 아버지에게는 물어볼 엄두도 내지 못할 것이다. 다만 아버지가 먼저 시작한 것은 아니고—아버지는 모험가 기질이 전혀 없으며, 모험이나 연애 사건을 좋아하지 않으니까— 적응해야만 하는 새로운 상황에서 가장 만족스러운 해결책은 아니지만 가장 간단한 해결책을 선택한 것일 거라 생각할 뿐이다. 아무튼 뭔가를 하긴 해야 했고, 어떤 관점 — 자존심, 복수, 절망 또는 균형에 대한 — 에서 생각해볼 때 앙드레의 부인이 가장 간단한 해결책이었으리라.

아버지

아버지의 기호는 단순하다. 그는 고전음악을, 언제나 오래된 음반을 듣는다. 새 음반은 사지 않는다. 그는 라디오에서 듣는 곡 하나—조르주 브라상스*의 노래, 공상에 빠져들게 하는 핑크 플로이드의 멜로디—로 즐거워할 수 있고, 결코 그 곡을 손에 넣거나 다시 들으려고 애쓰지 않는다. 그는 만사를 흘러가는 대로 받아들이고, 아무것도 서두르지 않고, 만사에 욕망이 없으며, 단지 취향만을 가지고 있을 뿐이다. 정복하고 술책을 쓰고 갈구해야 하는 것들, 그는 그런 것들을 필요로 하지 않는다.

여자도 마찬가지다.

일요일이면 그는 피에르 닥과 프랑시스 블랑슈, 또는 페르낭 레

---

* 1921~, 프랑스의 샹송가수, 작사가, 작곡가. 날카로운 풍자와 유머가 담긴 개성 있는 노래로 인기를 모았다.

이노의 촌극을 들으려고 일어난다. 그는 눈물이 날 정도로 웃는다. 그녀는 그의 무릎 위에 앉아 있다. 그녀는 전부 다 이해하지는 못한다. 저 말은 무슨 뜻이죠? 아! 별 뜻 아냐. 그는 설명해주지 않는다. 나중에 다 이해하게 될 거라고 한다. 그는 장롱 속에 미성년자에게는 판매가 금지된 장 리고의 디스크도 가지고 있다. 어느 오후에 그녀는 역시 금지된 전축 위에 그것을 올려놓는다. 아! 나의 오랜 공범자! 쓸모 없는 멍청이 같으니라구. 그것은 공개 녹음된 것이라서, 사람들이 요란스럽게 웃어대는 소리가 섞여 있다.

그러지 않으면, 아버지는 독서를 한다. 어머니는 아버지를 위해 1프랑에 파는 탐정소설을 골고루 섞어서 사오고, 다음에 다시 가져가서 다른 것으로 바꿔온다. 때때로 아버지가 이미 읽은 책들도 들어 있는데, 그는 대여섯 페이지를 읽고 나서야 그 사실을 깨닫는다. 표지에는 언제나 벌거벗거나, 장화를 신거나, 가슴과 어깨를 드러낸 여자가 권총을 들고 거침없이 포즈를 취하고 있는 모습이 담겨 있다. 그녀는 글을 읽을 줄 알게 되자마자 그 책들을 읽는다. S.A.S.,* 산 안토니오. 그녀는 그 책들이 언제나 서로 비슷한 똑같은 이야기로, 여자들이 오랜 시간 동안 강간을 당한 후에 죽는 내용을 다루고 있고, 자극적인 문장과 동음이의어 형태의 제목이 붙어 있으며, 한 번도 갈 기회가 없을 미개한 나라를 배경으로 펼쳐진다고 생각한다.

---

* 전하 혹은 특무행정부의 약자.

때때로 아버지는 영화관에 간다. 그는 제임스 본드 최신작을 보러 가는데, 모두 그가 숀 코네리와 닮았다고 생각한다. 집이 너무 시끄러워질까봐 악기를 배우지 않는 딸들과 함께 아르투르 루빈스타인*에 관한 영화를 보러 가기도 한다.

---

* 1887~1982, 폴란드 태생의 미국 피아니스트.

아버지

아버지에게는 아버지만 있고, 어머니가 없다. 멀어서 자주 가지는 못하지만, 가르에 있는 아버지의 가족을 방문할 때면 그녀는 어쩔 수 없이 그 사실을 새삼 깨닫는다. 친가 쪽으로는 할머니가 없다는 사실을. 할아버지, 고모할머니와 그들의 남편, 촌수가 먼 형제자매는 있지만 할머니는 없다.

그렇지만 아버지는 고아가 아니다. 돌봐야 할 무덤도 없고 상을 당하는 슬픔도 겪지 않았다. 할머니는 살아계신 게 틀림없었고, 아버지는 할머니를 적어도 한 번은 만났을 테지만, 아무도 그것에 관해서 말하지 않는다. 사진도, 기념물도, 추억도 없다. 만약 할머니가 아버지의 기억 속에 존재하고 있다면, 아무도 알 수 없는 일이지만 그것은 우울하고도 우울한 것이리라.

이따금 아버지는 막연한 원한이 뒤섞인, 슬프거나 무서운 얼굴

을 한다. 어쩌면 어머니가 자기를 잊어버리고 있는 건 아닌가 생
각하는 걸까?

　그녀는 종종 아버지를 생각한다. 그의 어린 시절이 어땠을지 생
각해본다. 그녀는 아버지가 어렸을 때 어땠을지 잘 그려지지 않는
다. 그런 일은 상상할 수도 없다. 그녀는 아버지가 불쌍하게 여겨
진다.

　어느 날, 식사중에 아버지가 말한다. "다음 목요일에 내 어머니
가 우리와 함께 점심식사를 하러 오실 게다." 두 딸이 어안이 벙벙
한 태도를 보이자, 그는 신경질적으로 분명히 말한다. "너희들 할
머니 말이다."

　첫번째 소식.

　아버지는 일부러 목요일에 할머니를 초대한 게 틀림없었다. 그
날은 그가 일을 하는 날이고, 환자도 가장 많은 날이다. 하지만 딸
들은 수업이 없다. 클로드는 열네 살이고, 그녀는 열두 살이다. 딸
들은 아버지가 지나치다고 생각하며 뭔가 설명을 해주리라 기대
한다. 하지만 아니다. 아버지에게는 어머니가 있다는 것, 그것뿐
이다.

　아무 설명도 없이.

　아버지의 어머니는 약속한 날, 정오가 되기 조금 전에 도착한
다. 아버지는 "안녕하세요"라고 말한다. 그들은 곧바로 식탁으로

간다. 예약 환자가 있어서 아버지는 오후 두시부터는 진찰실에 있어야 하기 때문이다. 아버지에게는 어머니와의 약속 말고도 다른 할 일이 있는 것이다.

아버지의 어머니에게는 아버지와의 약속밖에 없다. 당연히 할머니는 아버지의 진찰실을 보고 싶고, 그가 어떻게 자리를 잡고 성공했는지 보고 싶을 것이다. 할머니는 마침 이빨 하나가 아픈데, 아버지가 봐줄 수 있는지, 잠깐이라도 진찰해줄 수 있는지 알고 싶어한다. 손녀딸들이 길을 가르쳐주면 되는데, 오후 네시쯤에…… 기차 시간은 오후 일곱시 이분이거든. 그 전에 애들하고 쇼핑가서 선물을 사주고 싶구나. 미리 준비하지 못해서 말이야. 실수할까봐 걱정도 되었지, 애들이 뭘 좋아하는지 모르니까. 정말이지 잘 모르겠더구나. 그리고 기차로 선물 꾸러미를 가져오는 것도 불편하잖니. 사진도 찍었으면 좋겠구나. 사진관에서 말이야. 내겐 사진이 없거든.

아버지에게도 역시 사진이 없다. 그리고 사진을 찍을 시간도 없다. 자기 어머니를 진찰하고 싶은 마음도 없다. 하지만 정말로 이가 아픈 거라면……

할머니는 손녀딸들에게 비지스의 앨범을 사준다. 그녀들은 조니의 〈얼마나 당신을 사랑하는지〉를 좋아하지만, 감히 그것을 사달라고 하지 못한다. 아버지가 그 노래를 단호히 금지시켰던 것이다. 그 노래는 그녀들 나이에 맞지 않는다고.

네시에, 세 사람은 대기실에서 기다린다. 할머니는 손녀딸들에게 질문을 한다. 너희들 나중에 무슨 일을 하고 싶니? 몰라요.

그녀들은 진찰실로 들어간다. 아버지는 여러 가지 도구를 준비하느라 분주하다. 할머니는 만족한 듯이 주변을 둘러보고, 아들도 바라본다. 미남이고, 키가 크며, 마흔 살에, 이가 모두 난 아들. 마지막으로 봤을 때는 이가 여덟 개밖에 없었다. 어미 된 마음에 그녀는 그가 자랑스럽다.

그녀는 남편도 아들도 아닌 다른 남자에게로 떠나갔다. 남편은 그녀에게 경고했다. 떠나면 두 번 다시 아기를 못 볼 거라고, 그녀에게는 그럴 권리가 없다고. 그는 그녀에게 둘 중 하나를 선택하라고 했다. "아이든지 아니면 그놈이든지." 그녀는 그놈을 선택했다.

그러니까 아버지에게는 라이벌 — 어머니의 선택을 받은 행복한 라이벌 — 이 있다. 그건 어렵고 오래된 상황이다. 거의 태어날 때부터. 아버지는 태어날 때부터 패자인 셈이다. 사람들이 그를 보면 그렇게 말하지 않겠지만. 그렇게 생각하지 않았겠지만.

그는 어머니에게 등받이가 젖혀지는 치과용 의자에 앉으라고 권한다. "앉으세요"라고 그가 말한다.

드릴 소리가 몹시 거슬린다. 두 딸은 한쪽 구석에 앉아 앨범 케이스에 쓰인 글을 읽는다. 그녀들은 일곱시 이분이 될까봐 초조해

한다.

아버지는 사회보장 용지를 작성한다. 할머니는 지갑을 열고 지폐를 두 장 꺼낸다. 아버지는 그녀에게 거스름돈을 준다.

아버지에 대해서는, 그 이야기에 대해서는 아무것도 모른다. 그가 자기 어머니에게 돈을 받는다는 사실밖에는.

그와 단둘이

'부부치료.' 그거 용기를 내야 하는 거 아닌가요, 안 그래요?

당신은 부부라는 게 치료가 된다고 생각해요? "난 결혼했는데, 치료를 받아요." 그건가요?

당신 진찰실 밑에 있는 변호사를 만나러 가는 게 더 좋을 걸 그랬어요.

관계를 개선하고, 끊어진 끈을 다시 이을 수 있다구요? 어떻게요?

둘이 있어야 한다구요? 무엇을 위해서지요? 부부를 고쳐주기 위해서?

내 남편은 절대로 오지 않을 거예요, 절대로. 그건 확실해요.

하지만 우린 둘이에요. 당신과 나, 둘이잖아요.

더이상 농담하지 않을 게요. 그만 하겠어요. 내가 즐거워할 때 당신은 좋아하지 않으니까.

내 말은, 부부라는 개념 자체가 치료 불가능하다는 거예요. '부부의' 라는 말에는 '멍에' 라는 말이 들어 있잖아요.* 쟁기를 끄는 소처럼 한 남자와 한 여자에게 함께 멍에를 씌우는 건 생쥐와 호랑이를 짝지어주려고 애쓰는 거나 다름없어요. 아니, 그보다는 크기의 차이를 고려해서 생쥐와 도마뱀이라고 하는 게 좋겠군요. 둘 중 누가 도마뱀인지는 당신이 알아맞혀보세요.

간단히 말해서, 관계라는 것은 존재하지 않고, 난 그것을 인정하지도 않아요. 그러니 당신은 관계라는 걸 알고 있는 첫째 사람인 척해야 해요, 어떤 관계든 말이에요.

기껏해야 가까워지는 걸 바랄 수 있을 뿐이죠. 남자와 가까워지는 것, 그게 내 목표예요. 하지만 남자를 붙잡거나 남자와 결합하는 것까지는 바라지 않아요. 고작 춤이나 같이 추는 정도랄까. 몸과 몸 사이에 거리를 두고 왈츠를 한 번 추는 정도 말이에요. 같은 태양 광선 안에 생쥐와 도마뱀이 잠시 함께 있는 거죠.

함께 춤추는 남녀, 당신은 그게 부부라고 하는 건가요? 일체에 도달할 가능성이 있는 결합이라구요?

내게 그건 둘을 이루는 것일 뿐이에요. 부부란 둘이 있는 거라고, 당신 스스로 말했잖아요. 그리고 난 관계를 인정하지 않아요.

당신은 춤추는 사람들을 치료하나요? 무도회가 끝났을 때도?

---

* 프랑스어로 '부부의' 는 conjugal이고, '멍에' 는 joug이다.

아버지

아버지가 고통을 많이 받았다는 건 확실하다. 엄마 없는 가엾은 아빠.

그녀는 아버지를 위해 강렬한 색채의 작은 그림을 그린다. 그녀는 시와 노래 가사를 쓰지만, 앙드레 때문에 저녁에 아버지 베개 위에 놓아둘 수가 없어서 욕실 옷걸이에 걸려 있는 아버지 파자마 주머니에 슬쩍 집어넣는다. 날마다 숙제를 한 후에 그녀는 아빠에게 바치는 다정한 시와 새로운 후렴을 지어낸다. 그녀는 학교에서 돌아오자마자, 자기가 생일날 아버지에게 준 가죽 실내화를 신는다. 신발은 너무 크지만 마음에 들고, 그렇게 하니 아버지와 함께 있는 것 같은, 서로 마주 보고 있는 것 같은 느낌이 든다. 그녀는 실내화를 신고 한가로운 시간을 보내면서 그런 친밀감을 느끼기 좋아한다.

그녀는 중학교 1학년이다. 일 년 일찍 들어갔다. 학교에서는 항상 1, 2등을 차지하고 학기마다 칭찬을 듣는 우수한 학생이다. 그녀는 예쁘고, 쾌활하고, 온순하고, 공손하고, 다정하고, 너그럽고, 예의 바르고, 주의 깊고, 감수성이 예민하고, 상냥하다. 아버지는 그런 그녀가 자랑스러울 것이다. 그녀가 점심때나 저녁때 식사를 한 후 그의 무릎으로 올라가면 그는 그녀에게 웃어줄 것이다.

이렇게 해서 그녀는 마지막 유년 시절의 몇 달을 거치며 이상형의 남자에 대한 정의를 만들어간다. 그는 고통받는 사람이지만, 그녀가 행복하게 해줄 수 있는 사람이다. 여자가 된 어린 소녀에게는 남자를 유혹하려는 바람둥이 같은 기질은 전혀 없다. 그녀의 가장 고상한 야망, 가장 자부심 강한 계획은 오히려 마음에 드는 남자가 슬프고 우울해할 때 그를 행복하게 해주는 것이다.

약혼자

그녀의 어린 시절은 수많은 약혼자들로 가득 차 있다. 다른 여자아이들과는 달리 그녀는 남자아이들에게 적대적이었던 시절에 대한 추억이 없다. 아주 어린 시절로 기억을 거슬러 올라가보면, 그들은 빛 안에 있는 것처럼 그녀 곁에 있었다. 그녀는 그 빛의 램프인 동시에 그림자이리라. 아마도 이때가 그녀의 삶에서 그녀가 남자를 이용한 유일한 시기일 것이다. 어린 시절에는 부서지면 바꿀 수 있는 장난감과 물건들이 가득했으니까. 그러나 그들은 또한 그녀에게 사랑의 고통을 알게 한다.

그녀의 첫 약혼자는 그녀가 이십 년 후에 결혼하게 될 남편과 이름이 같다. 그 아이는 손이 하나 없는데, 자동차 사고로 잃었다고 했다. 그 아이는 네 살이고, 유치원에서 그녀는 그 아이와 함께 춤을 추었다. 그 아이에게는 다른 파트너가 없다. 그녀는 어지럽게 돌아가며 춤추는 가운데 팔꿈치로 그를 이끌어 배려한다. 그녀는 그 아이가 이웃 마을로 이사가서 슬펐고, 십 년 후에야 그의 소식을 알게 된다. 가파른 암벽을 하나밖에 없는 맨손으로 기어오르는 모습이 실린 신문에서.

두번째 약혼자의 이름은 리오넬이다. 그녀가 어머니와 멀리 떨어져서 한 달을 보내야 하는 여름학교에 도착하여 침통해할 때, 그는 그녀에게 자기는 그곳에서 매년 두 달을 지낸다고, 고아이며 DDASS*—그녀는 그것이 무엇인지 모른다—의 자식이라서 그렇다고 말한다. 그녀가 7~8세 반—그는 열한 살이다—의 공연에서 요정 역을 할 때, 그가 장내가 떠나갈 듯 박수를 치고 키스를 해달라고 하자, 그녀는 그가 눈을 감는지—사랑하고 있는지—확인하면서 키스를 해준다. 7월 말에 집으로 돌아온 그녀는 그가 미리 보낸 두 통의 편지를 보고, 놀란 어머니 앞에서 눈물을 흘린다. 그녀는 그 편지에 답장을 하지 않았다.

그후, 그녀는 앙드레라는 이름의 초록 눈을 지닌 멋진 소년과 여름 내내 약혼한 상태로 지낸다. 그의 아버지는 유명한 외과의사로, 절단기에 잘린 어떤 아이의 손을 성공적으로 붙여주었고, 하층민에게는 눈길 한 번 주지 않은 채 하늘색 뷔크 자동차를 타고 다녔다. 그 동안, 그들은 비밀스런 모래언덕에서 검게 탄 몸의 하얀 속살을 서로 보여준다.

---

* 거주지역 도청의 보건복지국.

그러나 그녀의 속마음을 들여다보면, 그녀의 마음속에 정말로 남아 있는 유년 시절의 약혼자는 단 한 사람뿐이었다. 사춘기 바로 직전으로, 아마 그녀는 열두 살, 그는 열여섯 살이었던 것 같다. 당시 그녀는 라신을 큰 소리로 읽고 또 읽었다. 그는 팔이 하나밖에 없었다. 왼쪽 팔이 어깨 조금 밑에서 잘려 있었는데, 어쩌다 그렇게 되었는지는 모른다. 그때의 그 팔 없는 남자가 왜 그리 끈질기게 생각나는지, 어떤 부분이 부족하기에 품에 안아 흔들고, 꽉 쥐고, 껴안고 싶은 욕망이 생겼는지 그 이유를 알 수 없었다. 사랑이란 불가능한 무엇이 있을 때 태어나는 것일까? 사랑은 눈으로밖에 껴안지 못하는 것인가?

그녀는 수영장 가장자리에서 언제나 왼쪽 어깨에 가운을 걸친 채 눈부신 갈색 육체를 드러내고 걸어가는 그를 눈으로 뒤쫓는다. 그는 아주 익숙한 몸짓으로 가운을 슬그머니 바닥에 내려놓고, 타일 위에 연한 점처럼 보이는 수건 더미를 던져놓은 채 푸른 물 속으로 오랫동안 잠수한다. 그녀는 멀리서 그의 흔적을 알아보고, 그가 공중으로 다시 올라와서 누워 있는 수영객들 사이로 상처입은 신의 휘장을 두르고 다시 행진할 때까지 그의 어깨와 등에서 눈을 떼지 않는다.

때때로 그들의 눈길이 서로 마주치면, 그는 스스럼없이 그녀에게 미소를 짓고, 그녀는 부드럽게 응답하면 자신의 마음을 옥죄고 있는 격렬한 사랑이 속된 동정심으로 보일까봐 걱정하면서 도도한 반응을 보인다.

그러던 어느 날, 런던에 있는 펜팔 친구 집에 가는 전전날이었다. 수영장에서 나올 때 그녀는 자제하지 못하고, 다가올 유배생활을 괴로워하며, 그가 능란하게 운전하는 것을 본 적이 있는 오토바이의 브레이크에 아마 그는 모르고 있을 자신의 이름이 적힌 작은 쪽지를 걸어놓는다. "사랑해, 정말로."

그 쪽지는 틀림없이 바람에 날아갔을 것이다. 그녀는 팔 하나가 없는 근사한 남자와 약혼했다고 여름 내내 런던에서 영국 사람들에게 떠벌렸다 — A boyfreind, you mean? No, I mean a fiancé.

이 대목에서, 그녀는 소설의 법칙에 어긋나는 예외적인 일을 하려 한다. 아마 그 남자가 상상의 인물로 보이는 것을 바라지 않는 모양이다. 그의 상처는 상상이 아니니까. 그래서 그녀는 그의 이름을, 결코 잊혀지지 않은 그의 진짜 이름을 쓰고 싶다. 그의 미소에 답하지 않은 것이 실수였듯, 이건 틀림없이 실수다. 하지만 때론 바람에 날아가버린 사랑의 쪽지와 잘못을 만회하기 위해 글을 쓰는 것 아닌가?

레지 아르베, 널 사랑했어, 정말이야.

아버지

언니가 열네 살, 그녀가 열두 살 때, 아버지는 모든 걸 딸들에게 설명해준다. 피, 월경, 그런 것이 생기는 까닭, 자궁, 나팔관, 난소, 종이 위에 그림을 그려야겠구나, 여기는 질, 저기는 경부, 난자(아버지가 난자라고 말하자, 그녀는 알 하나를 마음속에 그린다)가 수정되지 않으면 내벽이 부서져 떨어져나온단다. 자궁이 실망한 거지(아버지가 실망이라고 말하자, 그녀는 슬픔을 상상했다).

언니는 난자가 수정되려면 어떻게 해야 하는지 묻는다(언니는 분명히 알고 있다. 하지만 뭐 상관없다). 그러자 아버지가 모두 설명해준다. 음경, 음경의 포피, 요도, 정자, 그게 어디서 와서 어디로 가는지 그림을 그려 설명해준다. "아, 그래요. 하지만 어떻게?" "내가 다시 설명해주지." 아버지가 말한다. 그러니까 이렇게 되는 거야, 음경("고추 말이지요?" 그녀가 나선다. "아니다, 뒤죽박죽 헷갈리게 하지 말자."), 그러니까 음경이 질 안으로 들어가는데,

그게 바로 성교란다. 그리고 남자가 자궁 속으로 정자를 내보내는데, 그게 사정이야. 그후에 남자는 몸을 빼낸단다("그게 실망이군요" "너 계속 끼어들면 난 그만 한다"). 두 가지 중 하나야. 여자가 알맞은 날이어서 수정이 되거나—아기를 갖는 거지—혹은 그렇지 않아서 임신할 수 없는 경우 말이다. 알맞은 날이면, 정자가 난자를 둘러싸고 그중 가장 빠른 놈이 안으로 뚫고 들어가는데, 그게 바로 임신이야. 수정된 난자는 자궁 안에 자리잡고, 그 안에서 아기가 아홉 달 동안 자라는 거란다. 그게 임신 기간이지. 아홉 달이 지나면 아기가 나오는데, 그게 분만이야.

"아기가 뭔데요? 남자애예요?"

그녀가 묻는다.

아버지는 다시 이야기를 시작한다. 그것에 대해 말하는 걸 잊었구나, 그가 설명한다. 아버지는 정말 모르는 게 없다. 염색체, 유전학, XX, XY, 우연성. 다른 질문은 없니?

그녀의 언니가 있다고 대답한다. 알맞은 날이라는 게 뭔지 알고 싶은 것이다.

그녀는 안다, 그녀는, 그녀는 안다. 그녀는 학교에서처럼 손가락을 들어올린다. XY날이에요—아니다, 넌 아무것도 알아듣지 못했구나. 실제 테스트에서 영점을 기록한 셈이다.

아버지는 다시 설명하기 시작한다. 주기, 월경, 약 28일, 임신을 원한다면 임신하기에 알맞은 날, 물론 전적으로 결혼한 여자에게만 해당되는 거란다. 젊은 아가씨는 주기가 불규칙해서 어떤 계산도 믿을 수가 없거든. 여덟번째 날부터 열여섯번째 날까지 세는 게 통하지 않아. 아가씨들은 아무 때나 임신이 될 수 있는데, 그건 위험한 거야. 바로 그 때문에 내가 너희들에게 설명해주는 거란 다. 너희들이 잘 이해할 수 있도록. 그러니까 너희들에게는 매일 이 다 알맞은 날이야. 다시 말해서 날마다 나쁜 거지.

여기까지 이른 이상, 끝까지 가는 게 낫겠다. 그러니까 처음이 라도, 생리중이라도, 피임 기구(콘돔 말이다, 아버지가 말한다― 그것, 그녀들은 그것을 안다. 어머니의 머리맡 탁자에서 하나 발 견한 적이 있었다. 그건 비닐 장갑의 손가락처럼 펼쳐진다)를 쓰 더라도, 피임약을 먹더라도 임신이 될 수 있지(그건 추락하는 거 지. 정말 낮은 곳으로 추락하는 거야). 그런 일이 생긴단다. 삽입 을 하지 않아도 임신해서 배가 불러올 수 있어. 파트너가 가장자 리에 사정하는 것으로도 충분하거든, 숫처녀라 해도 정자가 처녀 막을 뚫고 훌쩍 들어가니까. 깨끗하지 않은 화장실에 앉거나 수건 으로 닦아도 그럴 수 있어. 정액 한 방울로도 충분히 마법이 이루 어진단다. 그건 대단히 빠르거든. 그 정자라는 놈들은 정말 빠르 단 말야.

그래서 결혼하지 않고 남자와 함께 벌거숭이가 되는 것을 엄격 히 금하는 거야. 안 된다고 말하고, 넓적다리를 꼭 조이고, 팬티를 그대로 입고 있는 것, 그게 바로 금욕이란다.

"그거 알아?" 그녀가 교리교육에서 돌아오면서 언니에게 말한다. "내가 방금 전에 배운 기도인데, 가톨릭 신자들은 이렇게 기도한대. '오 성모 마리아님, 하지 않고도 하나를 얻으신 분, 나는 얻지 않고 할 수 있게 해주십시오.'"

그건 분명히 신성모독이다. 하지만 그녀는 아랑곳하지 않는다. 그녀는 신교도니까.

그와 단둘이

"나는 행복했다." "드디어 그녀가 나를 행복하게 해주기로 허락했다." 18세기 소설에서 읽을 수 있는 문장이죠. 남자의 문장, 나는 거기서 남자의 문장 하나를 포착해서 그 문장의 결함이 부족함에 있는 것인지 아니면 지나침에 있는 것인지 생각해봅니다. 평범한 완곡어법인지 아니면 서투른 과장법인지, 남자의 행복이 여자의 육체 이하에 있는지 아니면 그 이상에 있는지 말이에요.

당신도 눈치챘겠지만, 여자에 대해서는 질문이 제기되지 않아요. "그러면 여자는 행복한가?"라는 질문은 단번에 우스꽝스럽고 흉내내는 꼴이 되어버리지요. 마치 똑같은 것, 똑같은 느낌에 대해 말하는 게 아닌 것처럼. 마치 다른 것처럼.

나를 행복한 여자로 만들어주세요. 내가 당신에게 준 것을 나에게도 주세요. 행복을 주세요 — 이런 게 당신에게는 나 같은 여자들의 히스테리로 보이나요? 당연히 받을 것을 요구하는 그 외침,

갑자기 입 안에서 느껴지는 행복의 맛. 안아줘요. 날 봐요. 행복해
지고 싶어요. 다른 사람의 육체로부터 그는 생각지도 않는 피안의
삶을 요구하는 육체의 그 도약이요? 그건 기쁨도 쾌락도 아니고
행복, 그래요, 행복 아닌가요?

첫사랑

그녀는 사진 속의 그를 보면서 그에게 관심을 갖는다. 그가 실제로 그녀의 눈앞에 나타난 것은 보름 전이지만, 그녀는 사진에서 그를 발견했다. "그런데 저기, 뒷모습이 보이는 사람은 누구지?" 그녀는 바다에서 보낸 첫 주일의 사진을 현상한 친구에게 묻는다. 친구는 웃음보를 터뜨린다. "검은색과 흰색 옷이라는 건 분명히 알겠는데, 그런데……" 친구는 호기심에 가득 차 침묵하고 있는 그녀를 향해 소리친다. "아, 미셸이네!"

미셸이다. 동그스름하면서도 각이 진 어깨, 구불구불한 머리카락에 감싸인 단정한 목, 허리까지 V자로 날씬해지는 강인한 등, 가늘지만 근육이 발달된 두 팔, 그건 미셸이다.

그래 그래 그래 그래.

방학 초부터 그녀는 어머니가 플레이걸이라고 부르는 두 친구

(그애들은 집에 아버지가 없을 때 미셸 델페슈의 〈너와 연애를 할 수 있다면 난 뭐든지 할 거야〉를 듣는데, 모래언덕 가장자리의 캠핑장에서는 도어스, 후, 제퍼슨 에어플레인을 들었다) ― 와 함께 서둘러 집을 나섰다. 그녀는 그 두 친구를 떼어내야 한다. 어느 날 저녁, 그녀는 자기가 원하는 대로 행동하기 위해서 술을 마시는 체한다. 그러면 언제든 생각나지 않는다고 말하면 되니까.

다음날 전부 잊어버린 사람은 오히려 미셸이다. "어젠 너무 많이 마셨어." 그가 변명한다.

그의 기억을 되살려야 한다. "어제 우리가 키스한 거 알아? 여러 번 했는데."

정말이야, 그랬어 그랬어 그랬어.

그녀는 다시 시작하고 싶고, 계속하고 싶다. 그녀는 그에게 홀딱 빠져 있다. 그녀의 친구들은 모두 그가 못생겼다고 생각한다. 그의 머리카락은 오렌지빛이 도는 빛나는 빨간색이고, 우윳빛 피부는 햇볕에 타지는 않고 껍질만 벗겨진다. 그는 어렸을 때 빨강 머리, 포도주 머리, 저축은행(머리칼이 다람쥐 털 색깔과 같은 적갈색이기 때문에)으로 불렸다. 그런 짓은 계속된다. 그의 친구들은 "적갈색 머리가 머리를 깎을 때는, 적갈색 머리가 방귀를 뀔 때는, 짧은 구레나룻이……"라고 노래를 부르며 지나간다. 그들은 그녀에게 그의 몸의 털이 모두 적갈색인지 묻는다. 그녀는 얼굴이 빨개진다.

그의 입술은 아름답고, 피부는 부드럽고, 손도 그렇다. 그녀는 그가 거의 말하지 않는 것, 웃음을 터뜨리는 것, 대학입학 자격시험에서 최우수 점수를 받은 것이 좋다. 그녀는 그의 적갈색 머리카락, 그의 주근깨, 그리고 남들의 시선에 저항하는 그를 좋아한다. 고통을 겪어보지 않은 남자라면 무슨 매력이 있겠는가? 그는 누구와도 같지 않다. 남들과 다른 사람이고, 그 다른 모습에서 자신을 발견하는 남자다. 그러나 그저 다른 사람이라는 것뿐, 그 이상도 그 이하도 아니지 않은가?

그녀는 누구보다도 그를 좋아한다.

그의 털이 정말 모두 적갈색인지, 그녀는 아직 모른다. 그녀의 아버지는 친구 가족과 함께라면 바다에서 방학을 보내도 좋다고 허락했지만, 대신 조건을 달았다. 텐트 안에 남자를 들여서는 안 되고, 여럿이 함께가 아니면 밖에 나가지 말라는 것이었다. 그리고 마지막으로 이렇게 충고했다. "왜냐하면 밤〔栗〕은 뜨거워지면 터지기 때문이야." 그녀는 이 표현이 내용의 중대함에 비해 너무 진부하다고 생각했다. 하지만 그는 엄숙했다.

석 달 후, 그는 그녀에게 자기가 거짓말을 했노라고 고백한다. 그는 그녀 이전에 여자를 만난 적이 전혀 없었는데 허풍을 떨었고, 사실은 그녀와 마찬가지로 한 번도 경험이 없었다고, 그러니까 간단히 말해서 동정이라고.

그가 동정이다. 그건 머리가 적갈색인 것보다 살아가는 데 더 힘든 것이다. 그것보다 더 오래가지는 않지만.

그들이 처음으로 사랑을 나눈 날, 그녀는 모든 것을 일기에 쓴다. 그러나 자기가 없을 때 혹시 누군가 읽을지도 모르므로, 그녀는 소설의 한 구절을 발췌한 메모를 종종 편지 뭉치나 좋아하는 시 사이에 끼워놓듯 자신의 이야기를 소설의 한 구절인 양 보이게 할 생각을 한다. 그래서 인용부호를 사용하여 삼인칭으로 일기를 쓰고, 다른 메모와 같은 방식으로 폴 엘뤼아르나 기욤 아폴리네르의 이름을 적어넣고, 마지막에는 자기가 지어낸 가명으로 끝을 맺는다. 그 이름이 실제로 존재한다는 사실을 그녀는 아직 모르고 있다. 그것은 그녀가 나중에 열광하여 읽게 될 가공의 작가의 이름이다. 그녀는 잠시 생각을 하고는 서명한다. 클로드 시몽.

이렇게 해서 첫사랑은 영원히 단어의 덫에, 문장으로 촘촘히 짜인 그물에 걸린다. 금지된 행동, 금지된 사항. 그녀는 열다섯 살이다. 드디어 그녀는 자신의 삶을 살아가는 데 만족하지 않고 그것을 재창조하고, 표명하고, 만들어낸다. 처음으로 그녀는 사랑을 하고 글을 쓴다. 그녀의 두 손 사이에 한 남자와 책 한 권이 있다. 처음으로.

선생님

그는 균형잡히지 않은 커다란 체구를 지녔다. 짧은 다리에 상체가 길고, 얼굴은 지극히 육감적이다. 두꺼운 입술, 밖으로 튀어나올 것처럼 보이는 머리에 미간이 좁아 닿을 듯 말 듯한 두 눈, 광적인 음악가처럼 텁수룩하고 검은 머리카락. 모든 것이 똑바로 쳐다보기 힘들고 그 또한 자기를 바라보는 시선을 견디기 힘들어한다. 그 모습은 본능에 의해 강요된 듯하다. 어느 여름날 아침 그가 넥타이를 매지 않거나 재킷을 입지 않고 나타날 때면, 셔츠 밑으로 상반신을 온통 뒤덮고 있는 두껍고 짙은 털이 보였다.

그녀는 열일곱 살이고, 이공과대학을 준비하는 미셸과 여전히 함께 지내고 있다. 문과 졸업반인 그녀는 매주 선생님을 바라보며 여러 시간을 보낸다. 선생님의 이야기를 듣기보다는 우선 열정적으로 그를 쳐다본다. 그녀는 모든 것을 눈여겨보고, 끝없는 해석에, 육체의 진정한 기호학에 몰두한다. 왜 선생님의 손은 그토록 강인하고 흙에서 먹고 사는 사람의 손 같으며 팔은 나무꾼의 팔 같을까? 그가 입을 다물고 있을 때는 지식인 같은 구석이 하나도 없고, 정말 일말의 섬세함도 없어 보인다. 약간 무거운 느낌을 주는 뺨에 난 상처는 고양이가 할퀸 것일까, 면도기에 베인 것일까? 아니면 몹시 화가 난 정부(情婦)가 그런 걸까? 그는 결혼반지를 끼지 않았고, 월요일마다 기차를 타고 파리에서 온다. 고등학교의 유일한 여학생 반에 그가 매일 구경거리로 제공하는, 불안스럽고 무질서하고 원숭이 같은 그 얼굴. 그 얼굴에서 읽어야 하는 것은 그 자신보다 더 강하고 통제되지 않는, 미친 욕망인가, 아니면 끊임없이 움직이는 지성의 유일한 고뇌인가? 그녀는 자기 자신에게 물어본다. 이따금 그녀는 자기가 어루만졌던 털이 거의 없는 미셸의 하얀 팔에서 벗어나, 선생님에게서 남성다움을 나타내는 일종의 거친 풍자화를 본다. 그러고 나면 선생님이 말하고, 강의가 시작된다. 그녀는 생각을 찾아 헤매는 건장한 팔, 관념이 농축된 육중한 몸을 바라보고, 낮은 목소리가 정신의 굴곡을 속삭이는 소리를 듣는다. 그러자 깜짝 놀랄 만하고 절대적이며, 억제할 수 없는 아름다움이 나타난다. 그녀는 그 아름다움을 보고, 그것을 갈망한다. 그것은 고통스럽게 하는 아름다움이고, 낙담시키는 힘이다. 그녀는 어쩔 수 없이 공책 위로 시선을 떨구며 쳐다보기를 그만두고, 우주의 빔 같은 것에 맞은 것처럼 경직된다. 선생님은 더이상 풍자화가 아니라 남성의 완벽한 극치이다. 그녀는 그를 다시 쳐다보고, 그가 손으로 이마를 문지르며 침묵하는 동안, 마음속으로 말한다. 마치 처음인 것처럼, 마치 그 이전에는 한 번도 본 적이 없었던 것처럼, 마치 새로운 발견인 것처럼 마음속으로 말한다. 그는 남자야.

부활절 방학 직전에, 선생님은 전국 고교 작문대회에 그녀를 추천한다. 그는 방과후 도서관에서 공부하는 그녀에게 오래도록 말을 하고, 자판기에서 커피나 코코아를 사주고, 책을 빌려준다. 어느 날 정오에, 선생님은 그녀에게 점심을 같이 먹자고 한다. 그녀는 초대에 응하지만, 평소 평일이면 할머니 집에서 식사하니까 할머니한테 가서 얘기하고 오후 수업을 위한 소지품도 가져와야 한다고 말한다. 그녀가 숨을 헐떡이며 돌아오자, 그는 식당의 긴 의자에 앉아서 메뉴를 들여다보다가 눈을 든다. 그의 얼굴이 한껏 뒤틀리면서 기쁨 같은 것을 발산한다. "뛰어왔구나?" 그가 그녀에게 말한다. 마치 그런 그녀의 모습을 보고 "그러니까 날 사랑하는구나?"라고 말하듯이. 그 다음 그는 주문을 하고, 엄청나게 많은 음식을 먹는다.

또 한번은 책방에서 만난다. 그는 보티첼리에 대한 저서를 대강 훑어보다가 그녀에게 너는 청춘이구나, 하고 말한다. 그는 책을 산 후 생 종 페르스의 시를 보여준다. 그들은 이웃 고등학교를 뒤흔든, 교사와 여학생이 쫓겨난 사건을 이야깃거리로 삼는다. 그 사건에 대해 그는 상당히 엄격하다. 그는 여러 번 되풀이하여 의무론을 주창한다. 그녀는 그게 무슨 말인지 모르지만—그날 저녁, 그녀는 사전을 찾아본다 — 동의한다. 그녀는 실망한다[작년에 그녀는 역사 선생님의 아름다운 눈에 대해 공상에 잠긴 적이 있었다. 방학 전날, 그가 최신형 캠핑카를 주차장에 어렵게 주차하는 모습을 볼 때까지 말이다. 그러니까 '하찮은 나뭇가지 근처에서 결정(結晶)이 형성된다*' 는 비유는 바로 그런 경우에 해당되는 것이다].

"내 몸의 모래톱 위에 바다에서 태어난 남자가 길게 누웠다. 그가 모래 밑 샘물에 대고 얼굴을 시원하게 식히고, 고사리 문신을 새긴 신(神)처럼 내 위에서 즐길 수 있기를…… 내 사랑, 목말라요? 나는 갈증보다 나중에 생긴, 당신 입술에 속한 여자예요. 난파의 차가운 손 안에 있는 것처럼 당신 수중에 들어있는 내 얼굴, 아! 더운 밤 그것이 당신에게 아몬드의 신선함과 새벽의 맛, 낯선 해안에서 처음 알게 되는 과일이 되기를."

그녀는 자기 방에서 큰 소리로 읽는다. 암시적인 내용이긴 해도, 그가 말하는 모든 것을 읽는다. 그가 생각하는 것, 그가 좋아하는 것, 그의 존재, 그녀는 그 모든 것을 알고 싶다. 추함과 매력, 폭식과 능변, 욕망과 의무론(캠핑카와 그의 눈)이 어떻게 그 남자로

---

* 스탕달이 『연애론』에서 연애심리의 과정을 설명하면서 사용한 '결정작용' 을 암시하는 표현. 잘츠부르크의 암염 채굴장에서는 나뭇가지 같은 것을 던져두기만 해도 소금 결정이 덮여 다이아몬드처럼 빛나게 되는데, 연애심리도 그와 유사한 과정을 밟아, 사랑에 빠지면 곰보 자국도 보조개로 보일 정도로 상대방을 극도로 미화하게 됨을 뜻한다.

인해 결합되는지, 어떻게 그것이 가능한지 이해하고 싶다. 종종 그녀가 할머니 집으로 돌아가면, 할머니는 오래된 전축으로 좋아하는 노래를 듣고 있다. 〈사랑의 기쁨〉〈잃어버린 낙원〉또는 더 최근의 노래다. 할머니는 식탁을 차리면서 후렴을 흥얼거린다. "이성의 품은 얼마나 좋은지, 그 품은 얼마나 좋은지, 자기와 성 (性)이 다른 사람의 품은 얼마나 좋은지, 그 품은 얼마나 좋은지." 그녀는 할머니와 함께 노래를 부르고, 선생님을 생각하면서 할머니를 빙그르르 돌리며 왈츠를 춘다. 그는 분명, 그녀와 같은 성이 아니다. 하지만 그녀의 관심을 끄는 것은…… 바로 그것, 다른 것, 남자, 이성, 낯선 해안이다. 그녀의 성이 아니라, 그녀가 갖지 못한 성.

그와 단둘이

당신이 아는지 모르겠네요, 생 종 페르스, 특히 『쓴맛』이라는 제목의 시집 말이에요. 그건 두 연인, 대서양의 한 침실에서 발가벗고 있는 커플 사이의 대화예요. 당신이 시를 좋아하는지는 모르지만(어쨌든 당신은 바다는 좋아하는군요. 대기실에 바다 그림밖에 없는 걸 보니). 그 시의 기이한 점은 성의 차이에 대한 아연실색케 하는 주장이에요. 그건 모든 면에서 구별되는 두 몸의 찰나적이고 거의 참을 수 없는 육체적 결합, 혹은 욕망이라는 거예요. 열리는 것 안으로 들어가려는 욕망, 열리고 스스로를 열어보이려는 욕망, 죽음을 거스르는 공통된 욕망이지요. 그게 다예요. 나머지는 뭐냐구요? 바다와 해안, 힘과 부드러움, 권력과 복종, 사냥꾼과 약한 짐승, 벼락과 장밋빛 석류, 침묵과 비명, 유랑하는 영혼과 강가의 마음, 물길 안내인과 배, 여행객과 집, 주인과 하녀, 날개와 침대. 남성과 여성, 그건 밤과 낮이죠.

그러니까 그들은 거기, 사랑의 행위, 사랑이라고 부르는 것 안에서만 존재하는 거예요. 땅과 물의 경계, 바다와 하늘 사이의 가냘픈 수평선, 그들은 거기에 있어요. 춤을 추고, 줄을 타며 곡예를 하고, 가까이 다가가고, 그 관계, 유일하게 의미를 지니는 성적 관계 안에서 결합하면서. 그러지 않으면 관계란 없는 거죠. 사람은 혼자니까. 질문도 소용없고, 불러봐도 소용없어요. 꿈은 이렇게 말하죠. "넌 어디 있니? 넌 먼 곳에 살고 있는데…… 난, 난 너에게 이르는 길에 대해 아직 아는 게 없어. 오 사랑스러운 얼굴, 문턱에서 멀리 있는…… 내가 없는 그토록 먼 곳 어디에서 너는 싸우고 있는 거니? 나 때문이 아니라 다른 어떤 이유로?

넌 어디 있니? 하지만 넌, 넌 대답이 없구나." 꿈이 이렇게 말해요.

당신은 왜 언제나 그렇게 멀리 있죠? 왜 언제나 다른 곳을 향해 밀려가기만 하는 거예요? 다른 어느 곳이죠? 왜죠? 그 여행에는 단지 하나의 의미, 하나의 목적만 있나요? 당신은 정말 바다에서 태어났고 늘 거기서 항해하기를 바라는 건가요? 당신은 정말 '멀리 있는 많은 것들을 떨쳐버릴 수 없는' 순수한 얼굴의 방랑자인가요? 그게 어떤 거예요? 왜죠? 뭘 생각하는 거예요? 당신의 세계는 내가 소리치고 있는 침묵보다 더 넓은가요? 당신은 건장하고, 고상하고, 자부심이 강하죠? 무엇에 대한 자부심이에요, 왜 그렇죠? 당신의 본성은 무엇이고 내 사랑은 어디로 가는 거예요?

운동선수의 육체로, 주인의 학대로, 아니면 신의 질투로? 당신은 강한가요, 약한가요? 나 없이, 내 사랑 없이 살 수 있나요, 정말? 바다가 당신을 데려가버리면, 당신은 내가 없는 어디로 가는 거지요? 내가 모르는 어떤 곳으로? 그건 여행인가요, 아니면 날 속이려고 떠나는 척하는 건가요? 정말 떠나는 거예요? 바다가 당신을 데려가면, 죽음이 당신을 데려오는 건가요? 돌아오나요? 돌아올 거예요? 어디에서? 언제? 당신이 "나 왔어"라고 말하는 날은 언제 오는 거죠? 그토록 길고, 그토록 멀어요? "내게서 한 걸음 멀어진다." 이건 당신 말인가요? 당신 어디로 가나요? 어디 있어요? 당신은 누구예요?

  하지만 넌, 넌 대답이 없구나.

첫사랑

그녀는 오랫동안 첫사랑과 함께 지낸다. 그들은 토요일마다 함께 영화관에 가고, 오토바이를 끌고 다니며 언제나 서로의 집까지 배웅을 한다. 그들은 부모가 외출한 일요일 오후에 사랑을 나눈다. 그들은 함께 휴가를 떠나고, 미셸이 운전면허증을 갖게 되자마자 르노 4를 타고 온 세상을 돌아다닌다. 그들은 베네치아, 류블랴나*, 암스테르담, 런던에 가고, 해시시를 피우고, 짐 모리슨의 장례식에 참석하고, 탄식의 다리 위에서 키스를 하고, 가족계획 단체와 함께 시위를 하고, 샤토발롱에서 웨더 리포트의 콘서트를 보고, 인버네스**의 술집에서 화살 던지기 놀이를 하고, 더블린에서 조이스의 발자취를 좇고, 비엔나에서 프로이트의 집을 방문하고,

---

* 유고슬라비아 북서부 슬로베니아 공화국의 수도.
** 스코틀랜드 북부에 있는 도시.

서로 사랑을 한다.

어느 날, 다른 날도 아닌 12월 31일, 그녀는 그를 기다리지만 그는 오지 않는다. 그는 꽤 늦게 전화를 걸어서, 가지 않을 거라고, 자기는 그런 강제적인 축제 분위기를 좋아하지 않을 뿐더러 정말 어려운 수학 숙제도 있어서 숙제를 끝낸 후 잠을 잘 거라고 말한다.

그녀가 혼자 간 저녁 파티에는, 그녀의 마음에 드는 남자들이 있다. 하지만 그들은 그녀에게 말을 걸지도 않고 춤을 청하지도 않는다. 그녀에게는 미셸이 있으니까.

집으로 돌아온 그녀는 일기에 이렇게 쓴다.

하지만 울고 울고 또 울자
둥그런 보름달이든
아니면 초승달에 불과하든
아! 울고 울고 또 울자
우린 태양을 보고 너무 많이 웃었으니까

황금의 팔이 삶을 지탱하는 지금
금빛으로 빛나는 비밀을 간파할지어다
모든 게 빨리 지나가는 불꽃일 뿐
멋진 장미로 장식되고
그윽한 향기가 피어오르는 불꽃

이 주일 후, 그녀는 자기 방에 틀어박혀 레너드 코헨을 틀어놓고, 약상자에 든 알약을 모두 삼킨다. 그녀는 하얀 종이를 앞에 놓고 탁자에 앉지만, 아무것도, 단 한 마디도 생각나지 않는다. 삶을 지탱하기 위한 황금의 팔이 필요하다는 것밖에는. 그녀는 'I need you, I don't need you' 라는 코헨의 목소리를 들으며 살아야 할지 죽어야 할지도 더이상 알지 못하게 된다.

그녀는 솔렉스를 타고 미셀의 집까지 간다. 그는 집에 있다. 그는 어머니의 기별을 받고 내려온다(어쩌면 그의 방에 누군가 있는 게 아닐까?). 그녀가 그에게 말한다. 수면제를 먹었는데, 오는 길에 사고가 나기를 바랐다고, 정말 그랬다고. 그는 죽은 사람처럼, 아무것도 쓰지 못한 그녀의 종잇장처럼 얼굴이 하얗게 질리더니, 자동차 열쇠를 집어들고 어머니에게 소리친다. "친구 좀 바래다주고 올게요."

그가 솔렉스를 르노 4 뒤에 매다는 동안 그녀는 그의 곁에서 운다. '친구 좀 바래다주고 올게요' 라니, 그녀에게는 이제 이름도 없다. 그녀는 흐느껴 울고, 그에게 매달린다. 무슨 일이야, 미셀? 무슨 일이 있었어? 내가 너한테 뭘 잘못했어? 미셀, 날 사랑해? 그는 그녀를 집에 데려다준다. 아무것도 아니야. 날 내버려 둬. 정말 아무것도 아니야. 그가 그녀의 어머니에게 이야기를 하자 어머니는 앙드레를 부르고 곧 앙드레가 달려온다. 심각해 보이지는 않아요. 아무것도 아니야. 괜찮아요.

저녁에 미셸은 전화를 해서 친절하게 안부를 묻는다. "괜찮아." 그녀가 대답한다(아버지는 거실에 앉아서 신문을 읽고 있다. 할 말이 없어서 모두 침묵을 지킨다). "네가 방금 나에게 한 행동을 고려하면 우린 완전히 끝내는 게 좋겠어, 이제 만나지 않는 게 좋겠어." 미셸은 연말에 시험을 치러야 한다고 덧붙인다.

그녀는 대답하지 않는다. 칼날을 세운 서글픈 검 일곱 개가, 오 생생한 고통이 마음에 꽂힌다. 그는 전화를 끊는다.

네가 방금 나에게 한 행동.

그녀는 식탁에서 운다. 몇 주 동안 운다. "다 그런 거야, 남자들 말이다." 밤이 조각나 흩어지는 소리를 듣지 못한 아버지가 말한다. "그 나이의 남자들은 머릿속에 한 가지 생각밖에 없단다. 하지만 걱정하지 말아라. 결국 그들이 결혼하는 상대는 너 같은 여자들이니까."

너 같은 여자들.

석 달 후, 그녀는 필체를 위조하여 읽기 힘든 글자로 짧은 편지를 써서 미셸에게 보낸다. 그녀에게 반했지만 '그녀가 너만 사랑하고, 너만 원하기 때문'에 절망했다는 남자의 비장한 편지이다. 그 남자는 이어서 이렇게 쓴다. "넌 어떻게 그 사랑에 답하지 않을 수 있는 거냐? 그녀는 너무나 아름답고 훌륭한데, 그녀 같은 여자는 정말 흔치 않은데, 난 정말 이해할 수 없다. 내가 네 입장이라면 뭐든 줄 텐데. 그녀가 너를 사랑하듯이 나를 사랑하게만 된다면."

그녀 같은 여자들.

편지는 록 콘서트 전날 미셸에게 도착한다. 그 콘서트에 그가 틀림없이 가리라는 것을 알고 있는 그녀는 다른 세 남자와 함께 콘서트에 간다. 그녀는 적절한 수단을 취한 것이다. 어느 순간, 미셸이 그녀에게 다가와서 ─ 그들은 네가 방금 나에게 한 행동 이후로 서로 말을 하지 않았다. 그녀는 그가 어떤 여자와 함께 자동차에 있는 것을 두세 번 목격했다 ─ 그녀를 잊을 수 없으며, 그녀를 사랑하고, 지금도 그렇게 확신하고 있다고 말한다. 그녀는 무엇이 그의 눈을 뜨게 했는지 묻지 않고, 그에게 미소만 짓는다.

그들 같은 남자들.

저녁에, 그녀는 일기에 이렇게 쓴다. "속이고, 연기하고, 배반하는 것, 그것이 사랑의 비결이다."
그러나 그녀가 발견한 것은 다른 비결, 즉 언어의 비결이다. 글로 쓰이는 것은 모두 진실인 셈이다. 턴테이블 위에서 레오 페레가 "무기와 말, 그건 비슷해. 둘 다 비슷하게 사람을 죽이지"라고

노래한다. 그러나 그것은 또한 생명도 가져다준다. 멀리 있는 상
대방을, 그가 어디에 있든 어깨에 손을 얹듯이 붙잡아주는 게 바
로 말이니까.

선생님

선생님과 그녀, 그들은 긴 의자에 앉아 있다. 그녀는 언니와 함께 영화관에 갔다가 선생님을 만났고, 근처에 있는 그녀의 집에 가서 오렌지 주스를 마시자고 제안한 것이다. 카페는 모두 문을 닫았으므로.

선생님은 탐욕스런 눈으로 거침없이 주위를 둘러본다. 반듯한 가구, 시골 풍경이 그려진 그림, 유리 달린 서가의 열린 문 틈으로 보이는 한 줄로 늘어선 몇몇 장정본들, 검은 떡갈나무로 만든 간소한 더블 침대가 공간을 가득 차지한 채 버티고 있는 부모님 침실, 잘 조화를 이루는 전등갓과 함께 침대 옆에 놓여 있는 두 개의 머리맡 탁자, 부부의 아이러니컬한 모습. "굉장히 신교도적인 내부로군." 바르트와 일상의 기호학을 좋아하는 선생님이 말한다. "네가 신교도라는 걸 모른다 해도 이 장식…… 약간 차갑고 간소한 이 장식을 보면 충분히 예측할 수 있겠는걸."

"아! 그러세요? (그럼 나는요? 나도 신교도로 보이나요?)"

그때 그녀의 어머니와 앙드레가 들어온다. 그들은 식당에서 돌아오는 길이다. 그들은 "무슈" "마담" 하면서 선생님과 인사한 후 방으로 들어가고, 약간 취기 어린 웃음과 함께 방문이 다시 닫힌다.

"우리가 네 부모님을 방해하는구나."

선생님이 여전히 컴컴한 열쇠구멍에 눈을 고정시킨 채 말한다.

"오! 아버지가 아니에요."

그녀가 대답한다.

그는 그녀를 향해 노골적이고 격렬하며 속된 욕망이 스쳐 지나가는 날카로운 시선을 던지더니, 그녀가 친절하게 땅콩 한 접시를 내밀자 감사를 표하며 한 주먹 집어먹는다. 그러나 앞날을 예상하듯이 약간 꿈꾸는 듯한 그의 시선은 끊임없이 닫힌 문으로 되돌아간다.

신교도, 그렇다. 가톨릭 교도가 아니다.

아버지

아버지는 모든 사람에게 아버지가 아니다. 다른 사람들에게는 고용주이고, 친척이고, 친구이고, 애인이다. 어머니에게는 남편이다. 그러나 그것은 모두 똑같은 사람이고, 언제나 그와 관련되어 있다.

"생각해봐라, 우리가 결혼한 지 사흘 후, 베네치아에서 신혼여행중이었는데, 난 예쁘게 치장하고 싶고 네 아버지를 기쁘게 해주고 도 싶어서 미용실에 갔단다. 호텔 미용사가 머리 모양을 바꿔보라고, 좀더 현대적인 스타일의 새로운 커트를 해보라고 권했지. 난 긴 머리였는데, 나한테 그다지 어울리지 않았거든. 더구나 너도 알다시피, 그때 난 열아홉이었어. 난 좋다고 했지. 그런데 내가 방으로 돌아갔을 때…… 내가 돌아갔을 때! 네 아버지가, 아직은 네 아버지가 아니었다만, 내게 싸움을 걸어왔어. 싸움을 말야! 화가 잔뜩 나서 얼굴이 잿빛이 되어가지고, 자기 의견을 묻지 않았다, 자기 말을 거역했다―자기는 긴 머리를 좋아한다고 분명히 말했다는 거야―고 나를 비난했지. 간단히 말해서, 네 아버지는 이 주일 동안 나한테 말을 안 했어. 이해하겠니, 이 주일이나. 그것도 신혼여행중에! 난 울었지. 오 세상에, 얼마나 울었다구! 난 열아홉 살이었고, 너도 알다시피, 이제 막 부모님 곁을 떠난 참이었잖니.

그리고 내가 림프관염을 앓았을 때―네 언니를 낳은 직후였는데 난 아팠어, 정말 아팠단다! 그런데 그가, 밤에 벽 쪽으로 돌아누우면서 "됐어, 나 좀 자게 내버려두면 좋겠어"라고 말하는 거야. 생각해보면 그는 냉혹했어, 정말 냉혹하고 이기적이었어. 그때 떠났어야 했는데. 떠나면 그뿐인데.

더욱 진저리나는 건, 얘야, 그가 내게 땡전 한 푼 준 적 없었고 선물 하나 한 적이 없었다는 거야. 물론 딸들인 너희한테도 안 했지만…… 처음 시작할 때 그는 무일푼이었어. 그걸 잊어서는 안 돼. 진찰실, 의료기구, 자동차, 아파트, 다 우리 아버지가 사주셨지. 아버지가 안 계셨으면, 아무것도 없었을 거야. 그의 아버지는 철물공이었으니까. 생각해봐라, 루이 16세가 아니라 하찮은 철물공이었단 말이야. 네 아버지가 조금이라도 고마워하고 우리를 행복하게 해주기 위해, 순전히 우리를 행복하게 해주기 위해 돈을 쓴다 해도, 그건 별것 아닌 일이야. 그런데 너 생각해봐라! 공장을 돌아가게 하려고 죽도록 일하는 우리 아버지, 사랑하는 딸을 출가

114

시키기 위해 아버지가 해야 했던 그 모든 일을 생각하면, 난 정말 괴롭구나.

너도 알겠지만 앙드레와 함께 있으면 언제나 좋았다. 즐거움과 상냥함이 있었지. 네 아버지는 "난 할 일이 있으니 잘 자구려" 이러니까. 난 젊었고, 어려서부터 늘 아버지의 사랑과 귀여움을 독차지했는데 말야. 난 상냥함이 필요했는데 그걸 얻을 수 없었던 거야. 네 아버지는 아무것도 주지 않았어. 사실, 결혼하고 이십 년이 지난 지금 곰곰이 생각해보면 끔찍해. 행복한 추억은 하나도 없구나. 하나도. 물론 너희들은 제외하고 말이다. 내 딸들, 그래, 내가 그와 함께 이룬 유일한 성공이야.

그러니 충실하라고, 나도 정말 그러고 싶다. 하지만 무엇에 충실하란 말이냐?"

아버지와 어머니는 절대로 서로 직접 말하지 않는다. 그녀의 언니와 그녀가 둘 사이의 의사전달을 담당한다. 이십 년 후 어느 날, 어머니가 식사 끝에 이혼을 요구한다(어머니는 앙드레와 결혼하기로 결심했고, 앙드레도 마찬가지였다). 오래 전부터 그녀가 더이상 아무것도 요구하지 않는지라 그것은 예기치 못한 것이었다. 그 동안 아버지는 그녀에게 두 딸을 주었고, 그것이 끝이었다. 그러나 그날은 그가 행동의 구속을 받고, 그래서 그의 마음속에 찾아온 조상들의 항의에도 불구하고(신교도는 이혼하지 않는다), 그는 동의한다.

그와 단둘이

내가 아는 거? 내가 말할 수 있는 거요? 경험으로? 관찰을 통해? 기억에 의해? 직관으로? 인생을 통해 내가 배운 거요? 책이나 항간에 떠도는 사적인 소문?

남자는 우리보다 훨씬 더 크게 라디오를 듣는다는 것. 문을 꽝 소리나게 닫는다는 것. 벽장을 닫지 않는다는 것. 냄비, 접시, 굴 먹는 포크가 어디에 정돈되어 있는지 모른다는 것. 중요한 날짜를 잊어버린다는 것. 그다지 결점이 많지 않다는 것. 탄생을 느끼지 못하고, 죽도록 고통스러워하며, 삶을 잊는다는 것. 어둠 속에선 혼란에 빠진다는 것. 멀리 있는 건 잘 보지만 냉장고 안의 버터는 찾지 못한다는 것. 우정에 충실하다는 것. 다리를 벌리고 앉는다는 것. 하루에 평균 칠천 번 제스처를 사용한다는 것(여자는 이만 번). 사랑과 섹스를 분리한다는 것. 치약 뚜껑을 절대로 닫지 않는다는 것. 비가 와도 우산을 쓰기 싫어한다는 것. 덕을 갈망할 수는 있어도 진리를 갈망하지는 않는다는 것. 수학적인 추리에 더 재능이 있다는 것. 공간 속에서 방향을 잘 분간한다는 것. 잘 울지 않는다는 것. 거절을 토대로 스스로를 구성한다는 것. 남자에게 감수성은 가장 폐쇄된 부분이라는 것. 불안정하다는 것. 자기 감정을 보여주기를 몹시 싫어한다는 것. 다르게 행동할 수 있더라도 그것보다 자신에게 더 많은 기쁨을 주는 일이 있다면 그 일을 안 하고는 못 배긴다는 것. 발기하지 않는 것을 두려워한다는 것. 자신의 여성적인 부분을 전보다 더 잘 받아들인다는 것. 쇼핑할 목록의 반을 잊어버린다는 것(목록을 가져가지 않았으니까). 신문을 다 읽고 나면 바닥에 그대로 둔다는 것. "내가 그녀를 기쁘게 할 수 있을까? 그녀가 날 사랑하려고 할까?" 하고 생각한다는 것. 입어보지도 않고 옷을 산다는 것. 미용제품에 더이상 무관심하지 않다는 것. 먼지를 닦기 위해 걸레질을 하기보다는 기꺼이 청소기를 돌린다는 것. 아기 기저귀를 갈아주는 것보다는 아기 산책시키는 걸 더 좋아한다는 것. 잊지 않고 어머니에게 전화한다는 것. 모두 노예라는 것. 연구할 가치가 없다는 것. 세상이 그들의 마음을 냉혹하게 만든다는 것. 그들이 서로 속지 않는다면 사회에서 오래 살지 못하리라는 것. 변화하는 중이라는 것. 조처를 따르는 것보다는 조처를 취하는 것에 더 능숙하다는 것. 은혜와 모욕에 대한 기억을 잊기 일쑤라는 것. 질긴 스타킹을 좋아한다는 것. 갈색 머리 여자를 더 좋아한다는 것. 자기 의무에 속하는 일에 대해 무기

력하게 행동한다는 것. 자살에 실패하는 일이 거의 없다는 것. 조
용한 것을 동경한다는 것. 그게 남자라는 것. 그들은 무정함, 배은
망덕함, 부당함, 자존심, 그들 자신에 대한 사랑, 다른 사람에 대
한 망각을 보여준다는 것. 그들은 그렇게 만들어졌고, 그게 그들
의 본성이라는 것.

임신중절 의사

그녀는 방해받지도 들키지도 않기 위해 아침 여섯시에 일어났다. 그녀는 삼십 초마다 임신진단 시약을 쳐다보지만 아무 변화도 없다. 그때 갑자기 설명에 적혀 있는 대로 갈색의 윤곽이 나타난다. 임신을 한 것이다.

그녀는 자살을 생각해보지만 죽고 싶지는 않다. 확인하자마자 전화하겠다고 미셸에게 약속했기 때문에, 그녀는 괴로워하며 여덟시가 되기를 기다린다.

"내가 갈게." 그가 말한다. "아침부터 사랑이 지극하구나." 그녀의 할머니가 말한다. 그녀는 부모님이 헤어진 후로 이번 늦여름부터 할머니 집에서 살고 있다.

"내가 갈게." 긴급한 연락을 받은 가족 주치의가 말하듯이, 자기를 찾는 아이에게 어머니가 말하듯이. "내가 갈게." 즐기러 갈 때 남자들이 말하듯이. "내가 갈게."

그들은 시내에서 벗어나, 한 번도 가본 적이 없는 황량한 숲가에서 멈춘다. 미셸은 아버지가 아니다. 그는 그것을 알고 있다. 그들이 사랑을 나누지 않은 지 몇 달이 되었고, 최근의 휴가 동안에도 타른에 있는 집의 커다란 노란 침대 안에 몸을 웅크린 채 아이들처럼 함께 잤으니까. 그녀는 7월 말에 단 한 시간만이라도 만나주지 않으면 자살하겠다고 협박하는 한 구애자를 설득하러 간다면서 딱 이틀간 외출했다. "하지만 함께 자지는 않을 거야, 절대로 하지 않을 거야. 더구나 이거 봐, 피임용 루프조차 안 가져가잖아. 여기 선반 위에 놓을게, 네가 믿을 수 있게……"

그녀는 매일 저녁 전화에 대고 와달라고 간청했던 상대방에 대한 격렬한 욕망에 휩싸여 기차를 탔고, '그를 차지해버려. 한 번에 해치워. 이 숨바꼭질을 끝내버려. 끝장 내'라고 속삭이는 목소리로 집요하게 그녀를 물고 늘어지는 욕망으로 배가 경직된 채 기차 안에 있다. 그녀가 역에 도착하자 벌써 날이 어둑해지고, 더위는 여전히 기승을 부리고 있다. 그가 그녀를 기다리고 있다. 그녀가 그에게 말한다. "저기, 네 자동차로 가자. 이리 와." 그들은 격렬하게 섹스를 하고, 키스를 한다. 밤은 체취와도 같은 향기를 풍기고, 죽는 것은 문제도 되지 않는다.

"그럼 아가씨는 아무런 피임도 하지 않나요?"
의사가 그녀에게 묻는다.

"아뇨, 하죠. 피임용 루프를 쓰고 있었는데, 어찌된 일인지 실패했어요."

그녀는 거짓말을 한다. 그러는 게 좋겠다고 생각한다. 거짓말을 해야 하는 남자들이 있는 법이다.

"루프라니, 그건 당신 같은 젊은 아가씨에게는 말도 안 되는 겁니다. 누가 그런 처방을 했는지 모르겠군요. 나는 그 방법은 좀 더…… 그러니까 그건 취급이 까다롭고, 실패의 여지가 많습니다. 아가씨가 그 증거잖아요. 통계적으로……"

(통계적으로, 정사 현장에서 5백 킬로미터 떨어진 상자 안에 얌전히 놓여 있는 루프는 효과가 축소될 수밖에 없다. 그녀는 고개를 숙인다.)

"자, 걱정하지 마세요. 처치가 어떻게 진행되는지 설명해드리죠."

주사관. 흡입. 마취 ─ 아니다, 그녀는 잠들고 싶지 않고, 그곳에 함께 있고 싶다 ─ 위험성.

그녀는 사망시 의사가 책임지지 않는다는 내용에 서명한다. 그녀는 지스카르 이후로 성년이고, 그보다 몇 달 전 시몬 베유 이후로 그녀의 행동은 합법적이다. 그녀는 운이 좋다.

의사는 아프겠지만 참을 만하고, 그 고통은 분만의 고통과 비슷하다고 말한다. 그녀가 놀라서 얼빠진 태도를 보인 모양인지, 그가 당황하여 덧붙인다. "물론 아가씨에게는 그런 말이 피부에 와 닿지 않겠군요. 하기야 나한테도 마찬가지지요. 하지만 모두 잘될 겁니다." 그가 웃으며 결론을 짓는다.

그녀는 정말 한 순간도 두려워하지 않는다. 수술이 시작되기 전의 불안 속에서, 그녀는 마치 죽음과 삶을 한꺼번에 지니고 있는 것만 같다. 아이에 대한 생각, 유일하게 그 생각이 도움을 주고 우호적이며 정답게 그녀를 위로하는 강렬한 패러독스에 빠진다.

비서실에서 그녀는 진찰비를 내려고 한다. "의사 선생님께 직접 지불하지 않았나요?" 라고 비서가 묻는다. "아뇨, 제 생각에는……" 비서가 진찰실 문을 두드리고 알아본다.

"아뇨. 받지 않아도 돼……"

의사의 목소리가 말한다.

그러더니 고쳐서 다시 말한다.

"아뇨. 그녀는 나중에 낼 겁니다."

그녀는 그 의사의 이름을 평생 기억하리라고 믿었다. 하지만 그녀는 그를 완전히, 이름도, 성도, 얼굴도 모조리 잊었다. 그는 틀림없이 은퇴했거나, 어쩌면 지금쯤은 죽었을지도 모른다. 그녀는 단지 그의 목소리, 그녀가 모르는 고통스러운 경험을 미루게 해주었던 그 부드러운 목소리와 그녀가 오리라는 것, 언젠가 나중에, 그래, 더 나중에 확실히 오리라는 것을 안다고 한 그 목소리만 기억한다.

아이 — 딸이었을까 아들이었을까? — 가 세상에 나왔다면 이제
당시 그녀의 나이만큼 되었을 텐데.

선생님

그녀가 대학입학 자격시험을 치르는 날, 선생님은 이브 나트*가 연주한 베토벤의 소나타를 그녀에게 선물한다. 그들은 고등학교 앞에서 차를 마신다. 미셸이 그녀와 합류하고, 그가 마지막 수업을 마치면 둘은 다음날 스코틀랜드로 떠날 것이다. 선생님은 그녀에게 손을 내밀어 인사를 한다. 그럼 즐거운 휴가가 되길. 고마워요, 선생님도. 그녀는 장 조레스 거리에서 그가 멀어지는 것을 바라본다. 6월인데도 벌써 낙엽이 떨어져 있다.

그녀는 이 년 후 카르티에 라탱의 한 서점에서 선생님을 다시 만난다. 책꽂이 근처에서 사전에 머리를 파묻고 있는 그의 뒷모습을

---

* 1890~1956, 프랑스의 피아노 연주가, 작곡가. 베토벤과 슈만의 곡을 주요 레퍼토리로 한 꼼꼼한 연주로 유명했으며, 특히 베토벤 소나타 전곡 녹음은 위업으로 평가받고 있다.

보자 그녀는 가슴이 뛴다. 그녀는 땅딸막한 그의 윤곽과 머리카락을 알아보고, 틀림없이 선생님이라고 확신한다. 그녀가 떠나려고 하는 순간, 마치 누가 부르기라도 한 것처럼 그가 단숨에 뒤를 돌아본다.

그는 낭테르에 조교로 있고, 그녀는 페늘롱에서 에콜 노르말* 문과 수험준비 학급을 되풀이하고 있다. 그녀의 집이 바로 옆에 있어서, 그들은 그녀의 집으로 간다. 그녀는 그가 콘돔을 가지고 있는 것을 보고 놀란다.

밤이 늦자, 그는 전화를 쓰겠다고 한다. 그녀는 욕실에 가고, 거기서 그가 전화에 대고 들어가지 못한다고 말하는 걸 듣는다. 내일 봐요, 라고 그가 말한다. 내일 봐요.

그녀는 이해하지 못한다. 그녀는 막연한 두려움에 사로잡힌다.

별것 아니다. 선생님은 어머니 집에 살고 있다, 그뿐이다.

그는 식사 도중에 일어나고, 전화를 걸 일이 생긴다. 그는 주말 약속을 취소하고, 외출을 취소하고, 만나는 시간을 줄이고, 약속을 어긴다. 그는 초록색이 어머니에게 잘 어울릴지, 어머니가 치자나무 향기를 잘 견딜지, 어머니가 그 영화, 그 연극, 그 오페라를

---

* 엘리트를 길러내는 그랑제콜 중의 하나로 보통 2~3년의 준비기간을 거친 후 입학시험을 치른다.

보고 싶어할지, 브뤼주, 빈, 베노데에 가면 어머니가 흡족해할지
걱정한다.

　그녀는 잠을 이루지 못하고, 수척해지고, 운다.

　별것 아니다. 선생님은 어머니를 사랑한다. 그뿐이다.

아버지

이제부터 시작해서

그건 딱 질색이야

내가 다시 그렇게 하기 전에는 넌 이해 못 할 거다

정말 미치겠구나

절굿공이로 야채를 짓이기듯 싹 무시해버린다

주위에 털이 난 구멍

좆나게 열심히 반복하여

남자의 물건

밤은 뜨거워지면, 터지는 법이야

새대가리

오줌 구멍 같은 눈

양배추처럼 벌어진 항문

만물이 만물 안에 있고 그 반대도 마찬가지야

나는 찬성하는 모든 것에 반대하고 반대하는 모든 것에 찬성한다

그건 토끼똥만큼의 가치도 없어

네 양말을 벗어봐야 무슨 소용이 있어

네 셔츠가 똥걸레 같구나

그가 마이크를 고장내서 우리가 듣지 못하게 방해했어

내가 만들어낸 모든 것

맛을 내기 위한 소스처럼 하찮은 것

아무짝에도 쓸모 없어

저런, 멀리 보이는 거물의 연설

"프랑스의 남자와 여자들이여,

나는 너희들을 목까지 똥 속에 집어넣었다

하지만 너희들보다 키가 큰 나는

똥이 무릎까지밖에 오지 않는다!

이제 벗어나 보시지!"

변절자의 딸!

내 아버지, 그토록 부드러운 미소를 지닌 그 영웅

배 나온 뚱보

대가를 치렀어

그건 신중히 검토된 거야

너 왜 기침하니?

"난 기다란 황금 열매에게 말했는데

넌 배〔梨〕에 불과하구나."

"어느 날 골짜기 깊숙한 곳에서
뱀이 장 프레롱을 물었단다.
무슨 일이 일어났을 것 같니?
죽은 것은 바로 뱀이었지."
개인의 자유는 타인의 자유가 시작되는 곳에서 끝나는 거다
결국 기절초풍할밖에
잘 이해되는 것은 명확하게 표현되고
그것을 말하기 위한 단어는 쉽게 생각나는 법이다
"돈이 아주 많은 농사꾼이
숨이 넘어가는 순간에
갓난애들을 불러 은밀히 지껄였다."
식사중에는 책을 읽는 게 아냐.
돈 많은 과부가 무슨 얘기를 할까?
너는 아직 네 아버지의 불알 안에 있었다.
내가 말을 할 때는 날 쳐다봐라.
할말이 없을 때는 조용히 침묵을 지키는 거다.
자기 부모를 비판해서는 안 된다.
내 생각은 이런데 나와 같은 생각을 하도록 하자.
그것으로 충분해.
마침표.

그와 단둘이

난 어제 한 가지 경험을 했어요. 기억작용에 대한 학교 시험에서 착상을 얻어, 내 주변 사람들로부터 포착한 모든 문장, 기억에 남을 만큼 충분히 자주 혹은 충분히 엄숙하게 그들이 말한 모든 것을 종이 위에 기입했지요. 아시겠어요? 아버지부터 시작했는데, 거의 애쓰지도 않았는데 저절로 생각났고, 십 분 만에 두 페이지를 가득 채웠어요. 아버지가 쓰는 표현, 인용문, 내가 어렸을 때 아버지가 자주 하던 농담으로 말이에요.

그러고 나서 다시 읽어보았죠. 나는 거기서 일종의 비밀을, 아버지의 모든 것이 압축될 주문(呪文), 그러니까 그의 진수를 발견하게 되기를 기대했던 것 같아요. 하지만 얼마나 끔찍한 경험이었는지 몰라요! 우리의 존재가 갑자기 무엇인가로 축소된다니! 당신에게 읽어주면 당신도 이해할 텐데.

결국 나는 그 말 많은 초상에 아무것도 첨가하지 못하고 말았어요. 말 많은 초상. 그래요, 어찌나 말이 많은지 난 깊은 구렁 앞에 있는 것처럼 공포에 질려 아무 말도 못 했죠. 말이 없는 사람에게는 두 페이지면 충분하고, 그것이 신비의 실체를 낱낱이 파헤쳐 비밀을 알려주리라 생각했어요. 그런데 하찮은 파편 더미 앞에서 갑자기 내게 나타난 것은 — 그리고 내 마음속에 일종의 구멍 같은 것이 뚫렸는데, 그것은 비밀은 없었다는 것, 정말로 비밀의 그림자도 없었다는 것이었죠 — 아버지는 그 주인공이 아니다, 이거였어요. 당신은 만족해하는 것 같군요. "아버지를 죽여야 합니다"라는 말을 비롯해 기타 모든 것들, 나도 알아요. 하지만 난 여기서 멈추지 않을 거예요. 당신이 말하는 것처럼 난 계속할 거예요, 두고 보세요.

아버지

그가 말이 없기 때문에 그녀는 글을 쓴다. 그녀는 언젠가 인터뷰에서 그런 말을 했다. "우리 가족은 수다쟁이가 아니에요."

그렇지만 그는 말을 하기도 한다. 그녀가 기억하고 있는 게 그 증거다. 그의 말은 그녀에게 분명한 흔적을 남겼다. 그녀는 그것을 모두 마음에 새겨놓았다.

그녀는 자신이 쓴 것을 다시 읽는다. 그러니까 그것을 다시 읽는다. 그가 말한 것, 그가 말했다고 그녀가 쓴 것을 다시 읽는다.

그녀는 그것을 어머니에게서 취한 문장과 비교한다. 어머니의 문장은 두 개밖에 포착하지 못했다. 아무리 찾으려 애를 써도 소용이 없었다. "우리 귀염둥이"와 "내 사랑" 두 가지밖에 없다(또한 그녀의 면전에서 앙드레에게 말한 그 수수께끼 같은 단어, 사랑의 외국어, 더 나중에 배우게 될 그 신비한 관용어, 분명 뭔가 숨겨진 의미가 있는, 여섯 살짜리 아이도 추측할 수 있는 그 말 "달

링"이 있다).

앙드레에 대해서는 "우리 이쁜이" 외에 비극적이고 과장된 문장 하나가, 악몽에서 깨어날 때 모두 잊어버린 중에도 여전히 남아 있는 문장이 되어 떠오른다. 비명 소리에 놀란 그녀와 그녀의 언니가 잠옷 바람으로 우당탕 거실로 뛰어들어갔을 때, 어머니가 밑으로 누가 지나가는지 확인해보지도 않은 채 안락의자들을 발코니 밖으로 내던지는 동안 루이 16세 시대 스타일의 안락의자에 위엄 있게 앉아 있던 앙드레가 말한 문장이다. 그러니까 그녀로서는 이유를 알 수 없는(어쩌면 낙태 때문일지도 모르지만 그녀는 여자들의 큰 비밀을 더 깊이 연구하지 않는다. 그녀는 시간이 없고, 남자는 너무 많으니까) 무질서 속에서 침착하게 말해진 단 한마디의 말, 특별한 상황을 초월하여 모든 남자의 모든 여자에 대한 생각을 요약해준다고 말할 수 있는 분명하고 간결한 단 하나의 문장, 바로 그 때문에 그녀가 기억하는 문장이다. "너희 어머니가 미쳤구나."

아버지는 경우가 달라서, 기억나는 다른 것들이 또 많이 있다— 네가 즐거우면 웃거라, 까다로운 사람이 되기 전에. 평생 나는 스튜어디스가 되길 꿈꿨다. 평생 나는 공중에 엉덩이를 쳐들고 살기를 꿈꿨다.

그녀는 다시 읽는다. 역시 비밀이 있을 수도 있으니까. 하지만 어떤 비밀이란 말인가?

그 뒤 그녀는 이해한다. 아버지의 비밀, 그건 그의 언어이다. 거친 언어, 삼류 농담, 보초병들이 쓰는 단어, 성과 여자에 대해 십대들이 말하는 투의 험담, 한마디로 남자의 언어 말이다. 아버지는 그녀가 그 언어를 배우고 그것에 익숙해지도록, 어린 시절에 그런 식으로 그녀에게 말했다. 그에게는 딸밖에 없었지만, 아들에게 말하는 것처럼, 남자 대 남자로, 치기 어린 사소한 말과 어쩌면 계집애들조차 마음에 들어할 천진난만한 유머를 가지고 딸들에게 말했다.

남자들은 모두 그런 식으로 말하는 걸까? 틀림없다. 그건 아버지의 언어니까.

남자들은 사랑에 대해서 말하지 않는다. "우리 귀염둥이"라는 말도 "내 사랑"이라는 말도 하지 않는다.

남자들은 동정하지 않고 즐긴다. "자, 울어. 그러면 오줌을 덜 눌 거야."

남자들은 나약한 은유와 낭만적인 비유로 언어를 장식하지 않는다. 기다란 황금 열매는 배에 지나지 않고, 여자란 주위에 털이 난 구멍일 뿐이다. 그까짓 이해하기 어려운 시가 다 뭐란 말인가. 난 바늘구멍을 밑구멍이라고 불러. 그 단어는 쉽게 생각나거든.

그것은 가공되지 않은 언어, 용기 있는 언어이다.

그녀, 카미유는 그 언어를 빨리 배운다. 그녀의 언니 클로드도 빨리 배운다. 비명이나 눈물은 배우지 않는다. 그들은 계집애가 아니다. 내 딸아, 넌 남자가 될 거야. 그리고 할말이 없을 때는 침묵을 지킨다.

그녀는 다시 읽는다. 그녀는 자기가 쓴 것을, 자기의 세 가지 소설을 다시 읽는다. 아버지는 자신의 언어를, 두말할 것 없이 자신의 남성적인 목소리를 그녀에게 전해주었고, 그 언어는 텍스트에서 줄곧 떠나지 않고 남성의 자국을 새겨놓았으니, 그는 '그녀 인생의 창조자'라고 말할 수 있는 것처럼 텍스트의 저자이기도 한 셈이다. 아버지는 주인공이 아니지 않은가? 하지만 그는 이야기의 주인공이다. 글을 쓸 때 그가 그녀를 지배하고, 그녀는 그의 언어로, 아버지의 언어로 글을 쓰니까.

그와 단둘이

내 어머니의 언어요? 당신이 알고 싶은 게 그거예요, 확실해요?
당신은 알게 될 거예요. 내가 약속하죠.

하지만 정말 그걸 바라나요? 당신의 호기심인가요? 두렵지 않
나요, 비명을 지르는 목소리가 무섭지 않아요? 사랑이, 여자들의
사랑이 두렵지 않아요?

선생님

    선생님과 그녀, 그들은 함께 휴가를 떠날 계획을 세운다. 그러나 어느 날 저녁 그는 이미 여름 원피스와 시클라드 제도*에 대한 안내서를 산 그녀에게, 아마도 단념할 수밖에 없을 것 같다고 설명한다. 왜냐하면 난 너와 반대로, 돈이 없어. 6구에 있는 방 네 개짜리 집의 집세, 그의 어머니, 학위논문에 필요한 책. 간단히 말해 그에게 돈을 꾸어줄 사람을 찾지 못하면 그녀는 혼자 떠나야 한다.

    그녀는 할머니가 자랑스러워하는 저금통장을 탈탈 털어서 비행기 표를 사고, 나머지 반을 그에게 준다―석 달 후에 갚아주실 수 있으면 좋겠어요, 개학하면 지붕 밑 세 평짜리 방을 떠나 요리할 수 있는 공간과 화장실이 있는 좀더 큰 원룸으로 옮기고 싶거든요. 그는 "물론"이라고 말하고, 환급 기일이 기재된 증서를 작성

---

* 에게 해에 있는 섬.

하겠다고 고집을 부린다.

    그의 어머니가 공항까지 그들을 따라온다. "조심해. 특히 너저분한 잡동사니는 너무 많이 가져오지 마. 짐은 이십 킬로그램밖에 못 가져가니까." 전날 선생님이 그녀에게 말했다. 그래서 그녀는 반쯤 빈 배낭 — 어쨌든 햇빛 아래서는 거의 벌거벗고 지내니까 — 을 가지고 오를리 공항에 도착한다. 선생님은 커다란 여행가방 두 개와 상자 두 개, 렌즈 열다섯 개, 카메라 다리, 필터 여섯 개 등, 무거운 사진 도구를 어깨에 비스듬히 메고 있다 — 여관 주인이 의심쩍은 미소를 지으며 "Are you a top model?" 하고 물을 것이다. 탑승 수속을 하기 전에, 그는 그녀의 배낭에 커다란 약통과 응급처치 도구 상자를 쑤셔넣는다. "장담하건대 넌 분명 아스피린조차 준비하지 않았겠지." 그가 어머니에게 공모의 눈길을 던지며 너그럽게 말한다. "네가 아는지 모르겠지만, 거기서 바이러스에 감염됐는데 항생제가 없으면, 헬리콥터가 오는 동안 숨이 끊어져 매장될 거야." 그의 어머니가 바느질 상자를 챙겼냐고 그녀에게 묻는다. 아니, 그녀는 그런 것은 생각지도 않았다. 뭐 할 수 없지, 발에 물집이 생기지 않기를 바래야지, 바늘이 없으니까…… 어쨌든 걷기 편한 신발은 가지고 있지? 거기는 돌투성이거든. 선생님은 한 짝의 무게만도 1.5킬로그램이나 나가는 아주 좋은 신발을 샀다.

    그녀는 가슴이 뛴다. 그녀는 여권을 찾지 못한다. 아 있네, 여기 있어요. 그녀는 초과 수하물에 대해 350프랑을 지불한다.

아테네의 날씨는 매우 덥다. 선생님은 아크로폴리스까지 그녀를 따라가고 싶어하지 않는다. 그는 학창 시절 이미 그곳에 세 번이나 와서, 모든 것을 속속들이 다 알고 있다. 그녀는 이번이 처음이다. 그녀는 길거리와 폐허 사이를 오랫동안 돌아다니고, 최신 안내책자를 뒤적인다. 박물관에서 꽃병의 파편을 보자 학창 시절에 선생님이 한 플라톤에 대한 훌륭한 강의가 생각난다. 사랑에 대한 눈부신 강의였다.

다음날, 그들은 피레에프스*에서 배를 탄다. 부두에서 그녀가 행상인에게 마음에 드는 구리 팔찌를 사려고 하자, 그가 말린다. 그들은 차가운 밤에 서로 몸을 꼭 붙인 채 3등 선실에서 잠을 잔다(침대칸은 좀 비싸니까). 산토리니 섬**에서, 그들은 지네가 나오는 거의 텅 비어 있는 하얗고 푸른 작은 집을 주 단위로 빌린다. 선생님이 공동으로 계산하자고, 그러면 경비를 쓰기가 더 쉬울 거라고 하여, 그녀는 그가 허리에 차고 있는 플라스틱 지갑에 돈을 몽땅 넣는다. 식당에서는 치사하게 관광객에게 바가지를 씌우고, 게다가 선생님은 살도 좀 빼야 했기 때문에 해변에서 빵과 토마토로 식사를 한 다음, 우체국 문이 닫히기 전에 마을을 향해 걸어서 돌

---

* 그리스 남부에 있는 최대의 항구 도시.
** 에게 해에 있는 그리스의 섬으로 티라 섬으로도 불린다.

아온다. 그 우체국은 산 측면에 자리잡고 있는 작은 사무실이다. 거기서 그녀는 전화교환원이 프랑스 파리에 있는, 그럭저럭 지내고 있는 선생님의 어머니를 날마다 연결해주는 것에 놀란다.

밤에는, 어떤 날 밤에는 그들은 사랑을 나눈다. 그녀는 그 거대하고 강건한 몸 밑에서 눈을 감고, 그녀가 꼭 죄고 있는 그의 허리를 향해 마치 그가 더 멀리 있기라도 한 것처럼 "더 멀리, 그래요, 더 멀리" 하며 골반을 치켜든다. 그리고 그가 잠들면, 그녀는 운다.

그들이 그곳에 머문 지 거의 이 주일이 되었을 때, 그녀는 루앙의 집에 혼자 남아 있는 할머니에게 전화를 걸고 싶어한다. "좋아." 선생님이 눈살을 찌푸리며 말한다. "하지만 너무 길게 하면 안 돼." 그가 지갑을 보이며 덧붙인다.

저녁에, 그녀는 떠나야겠다고 말한다. 배가 밤 아홉시에 지나가는데, 그 배를 탈 거라고. "그럴 줄 알았어. 넌 엄마와 비슷하고 안락함을 필요로 하니까." 그가 말한다. 집주인이 문을 두드리고, 토요일인데 그들이 계속 머물 생각인지 알고 싶어한다. 선생님은 지갑에서 조심스럽게 지폐를 꺼내어, 이 주일치를 미리 지불한다. 그녀가 자기 몫을 요구하자, 그는 아테네 공항까지 가는 데 필요한 액수 — 배삯, 택시비 — 가 얼마인지 큰 소리로 계산을 한다. 하기야 드라크마*는 파리에서 통용되지 않으니까.

---

* 그리스의 화폐 단위.

배 갑판 위에서 그녀가 손을 흔들 때 선생님은 슬픈 듯 보이고, 선체가 기슭에서 멀어지는 것을 보자 놀라는 것 같다. 그가 옆으로 걸어가고 바람이 인다. 그가 발걸음을 빨리하며 갑자기 뭔가 소리치지만 잘 들리지 않는다. "난 네 애인이야!" 그녀는 그렇게 들었다고 생각하지만 그건 아니다. 그가 손가락으로 뭔가 음식을 삼키는 흉내를 내자, 그녀는 그게 아니라는 것을 깨닫고 실망하여 어깨를 으쓱한다. 그에게 약을 주고 오는 것을 잊은 것이다.

아테네에서 비행기에 탑승하기 전에 다섯 시간이 남는다. 그녀는 짐 보관소에 배낭을 맡기고 거리를 돌아다닌다. 그녀는 스무 살 청춘이고, 모든 남자들이 그녀를 소리쳐 부르거나 그녀를 따라온다. 그녀는 마치 파리에서는 절대로 그러지 않는 것처럼 그들에게 미소를 짓는다.

공항에서, 그녀는 할머니에게 전화를 걸어 돌아간다는 것을 알린다. 남아 있는 몇 드라크마로 그녀는 꼬아 만든 팔찌를 하나 사서 곧바로 팔목에 찬다.

그녀는 석 달을 기다리다가 선생님에게 다시 전화를 건다. 그는 부재중이다. 시내에 저녁을 먹으러 나갔다 한다. 그녀가 전화한 목적을 언급하자, 그의 어머니는 전화에 대고 소리친다. "아! 그래, 돈…… 언제나 돈 얘기로군!"

훗날, 그녀는 그리스적으로, 무척 태연하게 그 섬 여행을 생각한다. 결국 그건 그리 대단한 게 아니다. 그녀에게 뭔가를 빚진 사람이 이 세상에 한 사람 있다는 것뿐이니까.

남자들

그녀는 마음에 드는 남자를 만날 때, 절대로 그가 혼자인지 생각해보지 않는다. 남자에게도 절대 묻지 않는다.

모든 남자는 당연히 혼자니까.

그들에게는 어머니, 아내, 때로는 여러 명의 아내, 아이들, 친구들, 친척, 미래의 계획이 있다. 그들은 그런 존재들과 끈으로 연결되어 있는데, 아마도 그중 어떤 끈은 해체될 것이다(너무 조이면 끊어지고, 너무 느슨하면 풀어질 수도 있다). 그렇지만 그녀는 그들을 거기서 풀어주려고 하지 않는다. 그녀는 그러기 위해 존재하는 것이 아니고, 그것은 그녀의 능력 밖의 일인 것이다. 그녀는 그들이 묶여 있다는 것을, 임자 있는 남자들("나는 그를 사랑하지만 그에게는 임자가 있어요"라는 글을 신문의 고민상담 란에서 읽을 수 있다. 마치 그렇지 않고 자유로운 남자들도 있는 것처럼)이라는 것을 알고 있다. 그러니까 그들에게는 임자가 있다. 때때로 아주 확실한 임자가 있다("미안해, 내 사랑. 내겐 확실한 임자가 있어서 말야." 수술실의 조명이 너무 차갑다는 것을 깨닫기 전에, 그녀와 한동안 애인 사이로 지내던 파리의 키 큰 의사가 그녀에게 이렇게 말했다).

종종 그녀는 남자가 가진 그 끈에서 사랑을 느낀다. 한 남자가 집착하는 것, 그녀는 바로 그것에 흥미를 느낀다.

그러나 그런 매듭에도 불구하고, 그녀는 삶의 움직임과 흡사한 움직임으로 그에게 다가갈 수 있기를 바란다. 말뚝이 너무 가까워도 안되고 줄이 너무 짧아도 안된다(어떤 끈은 이미 끊어져 있어야 한다). 그녀는 여러 배들 사이나 제방에서 단단히 균형잡고 있는 배보다, 좀더 멀리 파도 위에서, 부두 끝에서 춤추는 보트를 더 좋아한다. 그 보트에도 닻줄은 있고 그것으로 닻을 내린다는 것도 잘 알지만, 그렇게 보이지 않는다. 보트가 춤추고 있으니까.

그녀가 남자에게서 사랑하는 것은 바로 그것, 아무것도 막지 못하는 그 흔들림, 약간의 공간과 움직일 수 있는 자유를 남겨주는 그 끈이다.

당연히 모든 남자에게는 임자가 있다. 그러나 어떤 남자들에게는 움직일 수 있는 여유가 있다.

그와 단둘이

나는요, 내가 흥미를 느끼는 건요, 그건 성의 차이에요. 내가 한 남자와의 관계로부터 기대하는 것은(난 기대해요, 그래요, 이 말이 정확하다고 할 수 있겠네요. 난 기대해요) 그 관계 덕분에 나와 그가 가까워져서 서로의 차이를 확고히 하는 동시에 없애는 거예요. 섹스하는 것, 그건 여자인 동시에 남자로 채워지는 것이지요. 내 말은 침투를 말하는 거예요. 그러니까 침투당하면서 또한 상대방의 비밀 속으로 침투해들어가는 것이죠. 어쨌든 그러기를 바라지요. 이상한 것은, 욕망은 그 차이에서 비롯되지만 그 차이의 소멸을 지향하고 있다(난 그렇게 생각해요)는 점이에요. 남자가 나를 유혹하는 점은 그가 남자라는 사실이고, 그후의 사랑에서 나를 행복하게 하는 것은 우리가 같다는 사실이에요. 이것이 바로 내가 남자로부터 기대하는 것, 결합할 때까지의 그 접근, 그 순간, 상투적인 문구가 너무나 정확하게 말해주듯, 두 몸이 서로 뒤섞이는 그 순간이지요.

　나에게 아무런 욕망도 불러일으키지 못하고, 또 나에 대해 아무런 욕망도 품지 않는 사람과 오랫동안 마주 보고 있는 것이 난 언제나 힘들었어요. 예를 들면 여자라든가, 동성애자라든가, 또는 자신의 직무, 자신의 사회적인 혹은 직업적인 역할에서 벗어나지 못하고 자신의 육체 바깥에 있으며 또 상대방의 육체와도 무관한 장소에 대해 말하는 사람 말이에요. 나는 미국식의 그런 업무관계를 좋아하지 않아요. 상대방을 동료로, 친구로, 협력자로, 혹은 형제나 자매로 취급하는 소위 평등주의 방식이라는 것 말이에요. 차이점을 인정하지 않는 그 가장된 행위는 모든 것을 고통스러우리만큼 단조롭게 만들고 그릇된 친숙함을 만들어주죠. 나는 상대방을 위한 미지의 땅이고 싶어요. 그가 정복자로서 굴복시키거나 영원히 불태우기를 꿈꾸는 땅이 아니라, 탐험하고 적어도 조금이라도 발견하기를 꿈꾸는 땅 말이에요. 나는 탐험가를, 그러니까 여자를 알고 싶어하는, 불투명하고 모호하고 탐나는 상대방 안에 존재하는 자기 자신을 알고 싶어하는 남자를 사랑해요. 당신은 나에게 말하겠지요. 어쩌면 당신은 이렇게 말할 거예요(아뇨, 당신은 아무 말도 하지 않네요). "그런데 왜 육체죠? 왜 욕망이고, 왜 섹스입니까?"

　왜냐하면 그건 인식의 한 방법이고, 성적 차이, 우선은 성적 차이가 문제될 때는 분명히 가장 훌륭한 방법이기 때문이에요! 성서

146

는 '사랑을 하기' 위해서는 '알아야 한다'고 말하고 있는데, 그 말
로 모든 것이 결정되었어요. 그래요, 나는 나를 알고 싶어하는 남
자를 사랑해요.

친구

　친구란 본래 흔치 않다. 사실 친구는 추상적인 인물이고, 상상의 투사물이거나 간신히 일상생활에 적응된 신화이다. 사실 친구란 존재하지 않으며, 몇몇 사람에게 주어진 편리한 이름일 뿐이다. 실제로 그녀는 여자들의 우정을 믿지 않고, 남자들로부터는 사랑만 기대한다. 따라서 친구를 위한 자리는 많지 않다.

　한 동급생이 스탕달에게 친구 ―'이성친구'― 라는 이름으로 어떤 여자를 소개했을 때, 작가 스탕달은 "아! 그래, 벌써?"라고 말했다. 그녀의 경우도 그와 조금 비슷하다. 우정은 그녀에게 시작이 아니라 끝으로 여겨진다. 도달해야 할 목표라는 의미로서의 끝이 아니고, 성공한 결말이라는 의미도 물론 아니고, 끝났다는 의미에서, 그게 끝이라는 의미에서의 끝이다. 그녀에게 우정은 사랑의 끝이다. 그뿐이다. 그러니까 친구란 예전에는 사랑했지만 이제는 사랑하지 않는 사람인 것이다. 친구는 지나가는 시간을, 지나간 시간을 침울하게 구현한다. 때때로 그녀는 남자들에게, 또는 남자들이 그녀에게 "친구로 남자"고 말했다. 이것은 그야말로 중복된 표현이다. 남은 찌꺼기가 우정이 아니라면, 우정은 대체 뭐란 말인가?

그러므로 그녀는 "그 여자는 친구가 많아"라는 말을 듣는 여자가 아니다. 그녀는 그 점을 자랑스럽게 여긴다. 그것은 그 헛된 소유를 통하여 그녀가 잃어버린 모든 것, 더이상 가지고 있지 않은 모든 것을 고백하는 것이 될 테니까. 따라서 친구란 언제나 우울한 것이고, 사랑의 슬픔이기도 하다.

혹은 친구란 동성애자이다. 친구는 그녀를 오페라에 초대하고, 그녀는 그를 식당에 초대하고, 함께 박물관에 가고, 극장에 가고, 탱고 수업을 듣고, 세일하는 물건을 사러 간다. 때때로 그는 백여 명의 남자가 그들과 비슷한 몇몇 여자와 연극적으로 과장된 모양새로 춤을 추는 '게이 전용 클럽', 카사 로사에 그녀를 데려간다. 거기에는 여러 개의 방과 층과 단상이 있다. 남자들은 종종 거기서 상반신을 벗고 나무랄 데 없는 육체, 황금 같은 팔, 어깨, 빛나고 매끈한 등, 그들 자신에게 완전히 몰두해 있는 얼굴을 희미한 빛 속으로 드러낸다. 그녀는 짐승처럼 고통스럽고, 한 마리 개처럼 고통 속에 죽을 것만 같다. 친구가 사라졌다가 다시 오더니, 그녀의 목을 붙잡고 괜찮으냐고 묻는다. 그녀는 소리를 질러 그렇다고 대답하지만, 서로 듣지 못한다.

그녀는 카사 로사에서 혼자다. 허락받지 못한 것처럼 혼자이고, 극도로 이질적인 존재다. 갑자기, 여자라는 것이 불행하다.

아버지

아버지는 특별하다. 그는 예외적인 남자이고, 그녀 내면에 있는 남성적인 부분이다. 뒤로 찰싹 달라붙은 머리, 화장하지 않은 맨 피부, 네온 빛에 약간 굳어진 표정, 짙은 눈썹. 침울해져서 욕조에서 나올 때 그녀는 불현듯 거울 속에서 아버지를 발견한다. 바로 그 사람이다.

아버지는 그녀에게 주어지는 유일한 남자의 얼굴이고, 언젠가 남자가 될 수 있다면 그녀가 될 수 있는 유일한 남자의 모습이다.

남편

남편은 남편이 되기에 다소 어려운 점이 있다. 어느 날 저녁 아주 늦은 시간에, 그는 클로즈리 데 릴라에서 그녀의 얼굴을 똑바로 쳐다보며 이런 말을 한다. 자기는 독신이 아니라고. 나는 이 근처에서 연상의 여자와 함께 살고 있어요. 그 여자에게 애착을 갖고 있지요. 하지만 관계를 끊겠어요. 난 당신과 결혼하고 싶어요. 당신을, 당신을 정말 사랑해요.

그들은 사흘 전에 서로 알게 되었다. 그녀는 자기 역시 독신이 아니라고 대답한다. 그의 이름은 아말인데, 뉴욕에서 살려고 떠났고 나도 거기서 그와 다시 만나기로 했어요, 하지만 이제 가지 않을 거예요. 끝났어요.

그들은 서로 소개한다. 그녀는 춤을 배우고, 글을 쓰려고 애쓰며, 기욤 아폴리네르를 좋아한다. 그는 수영선수였고, 아무도 읽지 않는 시를 쓰며, 예이츠, T.S. 엘리엇, 셰익스피어, 연극을 좋아하고, 이 시대를 싫어한다. 하얀색 XK 120을 타고 다니는데, 나중에 보여주겠다고 한다. 그날 저녁 클로즈리 데 릴라에서, 그들은 점점 자신들의 공통점에 경탄한다. 밤에 그녀의 집에서 그들이 서로 껴안는 순간, 엄청난 폭풍우가 휘몰아친다. 밤은 전기를 일으키고, 피부는 자기(磁氣)를 띤다. 신들이 질투한다.

그들은 결혼한다. 그는 루앙에서 영어를 가르치고, 그녀는 베르농에서 도서관 사서를 하는데, 살기는 파리에서 산다. 그들은 거의 날마다 기차 안에서—같은 노선이므로—다시 만나 집으로 돌아온다. 몹시 지쳐 있지만 사랑에 빠진 그들은 사랑 나누기를 멈추지 않는다.

어느 금요일, 그는 영국인 동료들을 배웅하러 르 아브르에 가야 하기 때문에 들어오지 못할 거라고 그녀에게 알린다. "당신은 날 놓치게 될 거야." 그녀가 말한다—기차를 놓치는 것처럼.

그녀는 프레가트 기차 안에 앉아서 「르 몽드」를 읽는다. 갑자기, 망트 라 졸리의 공동주택을 오래 전에 지났을 무렵—도착지까지는 겨우 십 분 남아서 승객들은 이미 출입문에 모여 있다—그녀가 불쑥 소지품을 챙기더니, 열차를 거슬러 올라간다. 연결통로의 문을 열고 다음 객차로 건너가고, 또다른 객차로, 또 그 다음 객차로 건너간다. "이봐 아가씨, 출구는 뒤쪽이야." 통로에 주저앉아 있는 떠돌이 젊은이가 그녀에게 소리친다. 그녀는 그를 지나 계속 간다. 기차가 도착하기 전에, 사람들이 내리느라 혼잡을

빚기 전에 기차 전체를 살펴보고 싶어한다. 자기가 잘못 생각하고 있음을 확인하고 싶어한다.

뒤쪽 차량들은 거의 비어 있다. 재빨리 살펴본 그녀는 안심한다. 아무도 없다.

그녀는 마지막 연결 통로의 문을 열고 객차 안으로 간다. 안쪽 창문을 통해 철도, 도로, 지나가는 나무들이 보인다. 그런데 바로 옆에, 누군가 혼자서 경치를 바라보며 앉아 있다. 그가 거기 있다. 바로 그다.

그녀가 통로에서 앞으로 나아가자(그의 따귀를 때리고, 머리카락을 반쯤 뽑고, 허공으로 몸을 던지려고), 그녀의 그림자를 보고 그가 눈을 들었다. 그리고 그녀가 자랑스럽다는 듯 미소를 짓는다. 잘했어, 달링. 남편은 대단한 페어 플레이어이며 스포츠맨 정신이 투철한 사람이다. 남편과 같은 위치에 이르자, 그녀는 그의 얼굴을 향해 있는 힘껏 손가방을 내던진다. 졌어, 내 사랑. 이걸로 콧등을 얻어맞아봐. Honey, never give all the heart. My tailor is rich and my wife is crazy. 그리고 그녀는 기절한다. Son of bitch.

아말

 아말은 모로코 사람으로, 구불구불한 검은 수염이 있고, 호메이니 지지자처럼 보이는 셈 족의 두드러진 특징을 지녔다. 사실은 전혀 그렇지 않지만…… 팔라스에서 처음 그를 만났을 때 그는 해시시를 피우는 사람처럼 눈빛이 희미했지만, 그녀는 각자 정신없이 춤을 추느라고 다른 사람의 존재는 안중에도 없는 장소에서 자기에게서 시선을 떼지 않는 그가 고맙게 여겨진다. 하지만 휴대품 보관소에서 외투를 찾을 때 그가 전화번호를 묻자, 그녀는 분명 그는 전화번호를 잊어버릴 테지만 그냥 알려주는 것뿐이라고 속으로 생각한다.

 그는 다음날 그녀에게 전화한다. 〈돈 조반니〉* 표가 두 장 있는

---

* 모차르트의 오페라(1787).

데, 같이 가시겠어요?

다음에는 그에게 〈장미의 기사〉* 표가 두 장 있다. 그 다음에 그녀가 〈베레니스〉**를 그와 함께 보는데, "사랑했어요, 폐하. 사랑했어요, 사랑받고 싶었어요"라는 숭고한 대사가 나오는 동안 티투스가 코를 골며 잠자고 있어서 그녀는 화가 난다. 다음에 그녀는 레오 누치***의 콘서트에서 포사 후작이 죽을 때 눈물을 흘린다. 다음에는 그가 그녀를 식당에 초대하고, 마일스 데이비스의 음반을 선물하고, 채플린의 영화들을 죄다 다시 보러 가고, 라비 샹카르****, 다이어 스트레이츠, 마리안 페이스풀, 제라르 그리지의 음악을 들려준다.

그는 국제경제학 박사학위를 끝마쳤다. 그녀는 자료정리 담당자 시험을 준비하고 있어서 시간이 별로 없다. 하지만 그는 아니다. 그는 늘 시간이 있는 것 같다.

그는 그녀의 환심을 사려고 애쓴다.

어느 날 저녁 그녀는 기진맥진하여 아무 생각도 할 수 없어서 그에게 자기 집에 가자고 한다. 그들은 자스민 차를 마신다. 그녀는 하나뿐인 침대 위에 길게 누워 있고, 그는 그녀가 시간을 낭비하

---

* 리하르트 슈트라우스의 오페라(1911).
** 라신의 극작품(1670).
*** 바리톤 가수.
**** 인도의 작곡가.

지 말고 읽어야 할 책들이 가득 쌓여 있는 책상에 앉아 있다. 오랜 시간 대화가 이어지고, 마침내 그를 배웅하려고 그녀가 일어나자 그는 바로 일어서서 의자 등받이에 걸려 있는 재킷을 다시 입는다. 원룸 아파트의 복도가 협소한 탓에, 문을 열기 위해서는 뒤따라오는 그에게 바싹 붙어서지 않을 수 없다. 그때 등의 오목한 부분에 옷 속에서 곧추선 그의 단단한 성기가 느껴진다. 그녀가 불에 덴 듯 갑자기 돌아서서 눈으로 그에게 묻지만 그는 아무런 동작도 취하지 않는다. 엷은 보랏빛 눈꺼풀을 내려뜨려 광물성 광채를 발하는 검은 시선을 잠시 피하면서 아주 작은 소리로 말할 뿐이다. "그래요" 하는 그의 목소리가 겨우 들린다.

아말은 아랍어로 '희망' 을 뜻한다. 여자 이름이지만, 동양적인 부드러움, 섬세한 갈색 피부, 긴 속눈썹을 가진 그에게 그보다 더 잘 어울리는 이름은 없을 것이다. 그녀가 그를 화나게 하고 그의 기분을 상하게 할 때 — 그의 조용한 애정이 그녀를 질겁하게 만들기 때문에 곧잘 그렇게 된다 — 그는 그녀에게 편지를 쓴다. 그의 편지는 노자와 선(禪) 사상의 인용문들로만 이루어진다.

'아무것도 하지 않은 채 평화롭게 앉아 있으면, 봄이 오고 풀이 저절로 자란다.'

'행동하는 사람은 실패에 이른다. 독차지하려는 사람에게는 모든 것이 비껴간다. 현인은 행동하지 않도록 조심하므로 실패하지 않는다.'

'먹이와 헛된 그림자를 지나가게 내버려두고, 자리에 앉아 있으라.'

'완전한 도(道)는 선택되지 않는 것을 제외하고는 그다지 어렵지 않다.'

그해에 그녀는 우연히 롤랑 바르트의 바로 맞은편에 살게 된다. 그녀는 그를 숭배하고 그의 『사랑의 단상』도 외우고 있다. 한 친구가 롤랑 바르트의 이니셜 R.B.를 멍청이들의 왕(Roi des Branqui-gnols)이라고 했을 때, 그녀는 그날로 그 친구와 절교했다. 그녀는 잘 안다. 피곤하고 고통스러운 모습으로 집에 들어가는 그를 커튼 뒤에 숨어서 바라본 까닭에, 소유하지 않고 원하지 않는다는 것이 하나의 속임수라는 것을, 그들에게는, 그들 같은 사람들에게는 그것이 도달할 수 없는 이상이나 혹은 매우 강도 높은 술책이라는 것을 잘 알고 있다. 아말은 그녀를 매료시키고 또한 싫증나게도 하는 그 힘 안에서 그녀에게 자기 자신을 내준다. 그는 완벽한 남자이다. 그러나 그녀는 선택을 원한다. 같은 시간에, 같은 행동으로 선택하고 선택받고 싶다. 그녀는 그림자를 단념하지 않은 채 먹이를 움켜쥐고 싶고, 먹이를 놓치지 않으면서 그림자를 붙잡고 싶다. 나리, 그토록 평온한 당신의 모습을 보지 않으면서 사랑하고 사랑받고 싶나이다.

아말은 뉴욕으로 떠난다. 그녀는 토플 시험에 통과하자마자 뉴욕에서 그를 다시 만나기로 한다. 그들은 함께 살 것이고, 세상을 발견할 것이다. 그가 그녀에게 약속하는 빛나는 삶 안에서 함께 자유로울 것이다. "내가 글 쓸 시간이 있을까?" 그녀가 묻는다.

그가 떠난 지 몇 주일 후, 그녀가 다른 사람과 결혼하기로 했다는 소식을 알리자, 그는 그녀가 잘못했지만 다행히 한쪽 손은 아직 남아 있을 테니 다시금 그 손의 애무를 느끼고 싶다고 답장한다. 침착한 편지이긴 하지만, 그래도 그 속에 떠도는 억제된 질투가 고맙다. 또한 끝까지 침착하지 못하고 그녀에게 자유를 준 탓에 그녀가 그 자유를 이용하여 다른 사람과 연결된 것을 유감스러워하는 것이 고맙다.

여러 해가 지난 후 모로코에 머무를 때, 그녀는 오래된 도시에서 상점을 경영하는 그의 아버지를 만나러 간다. 그는 매우 연로하지만 하나뿐인 아들이 예전에 소개한 적이 있는 키 큰 금발 여자를 알아본다. 그는 남자 셔츠와 남자 스카프를 주려고 한다. 그녀가 원한다면 상점이라도 통째로 줄 듯하다. 그는 그녀에게 차를 대접하고, 가족에 대한 질문을 한다. 그녀에게 아이가 있는지, 있다면 몇이나 있는지 묻는다. 그녀는 그에게 똑같은 질문 — 아말은요? — 을 하며 전율한다.

아말은 여전히 뉴욕에 살고, 브라질 여인과 결혼했는데 아직 아이는 없으며, 거기서 커다란 출판사를 운영하고 있다. "그래요, 그 아이는 이제 뚱뚱한 신사예요." 그의 아버지가 말한다(그의 목소리 어딘가에는 그녀에 대한 앙갚음 같은 것이 들어 있다). "비유적인 의미에서 하시는 말씀이죠?" 그녀가 묻는다. 그녀는 그의 호리호리한 몸, 무술의 대가이며, 날렵하게 몸을 피하는 데 둘째 가라면 서러웠던 모습, 그의 상냥함을 떠올린다. "뚱뚱하다는 건 단지 비유죠?" 그러나 그는 이해하지 못한 듯 자랑스럽게 되풀이 한다. "그래요, 정말 뚱뚱한 신사예요." 그녀는 손에 찻잔을 들고 조용히 앉아 있다 — 겨울이 오고 풀이 죽는구나.

그와 단둘이

왜 어머니에 대해서는 전혀 말하지 않냐구요…… 아! 당신 눈치챘군요……

내 어머니는 바로 나이기 때문이에요. 나는 그 안에 있어요, 아시겠어요? 나는 언제나 그 안에 있었다구요. 나는 어머니의 모든 것을 알고 있고, 어머니를 마음속 깊은 곳까지 이해하는데, 내가 당신에게 무슨 말을 하기를 바라는 건가요? 딸은 언제나 어머니의 내부에 있거든요.

반면에 아버지는 다르지요—남자니까. 아버지는 옆에 있고, 나도 옆에 있고, 우리 사이에는 극복할 수 없는 거리가, 차이가, 공간이 있어요. 그래서 아버지에 대해 말하는 거예요. 그 공간을 메우고 다가가기 위해서요. 극복할 수 없는 것, 그건 심연처럼 보여요. 난 그 심연을 측정하고 어쩌면 거기에 떨어지기 위해 아버지에 대해 말하는 건지도 몰라요.

당신의 역할이 아버지와 같다는 거 알아요. 당신은 말하지 않고, 당신이 한 문장을 이야기하면 난 그걸 기억하니까요. 당신은 아버지의 역할에 속하고, 이질적이고, 무심한데, 어떻게 알겠어요?

하지만 난 당신 딸이 아니에요.

아니죠. 절대 그러고 싶지 않아요.

난 말이죠, 내가 원하는 건, 사람들이 나와 일체를 이루는 거예요. 다른 사람의 형태, 그의 몸, 그의 성(性), 그의 모든 됨됨이가 가능한 한, 할 수 있는 한, 섹스를 통해 할 수 있는 한 내 모습을 가장 가깝게 본뜨도록 말이에요.

'결혼한다는 것'은 의미가 없어요. 그건 어리석은 짓이죠. 색깔을 배합하듯이 결혼하는 것, 그건 짝을 지어 함께 가는 거예요. 조화를 이루고, 동의를 하는 것이죠. 결혼한다는 것, 그건 둘이 되는 거예요.

아뇨, 난 일체를 이루고 싶어요. 난 그 안에 존재하고 싶고, 사람들이 내 안에 존재하기를 바래요(안으로 들어가기, 이런, 적당한 표현이 생각나는군요. 이 표현이 정확해요. 남편과 함께, 난 안으로 들어가기를 실행했어요. 그가 곧 나와 일체가 되도록 그에게 달라붙었죠).

내 안에 있는 남자. 내 안에 남자를 가지는 것. 남자 안에 존재하는 것. 더이상 경계가 보이지 않기를, 더이상 경계가 없기를.

난 사람들이 나와 일체를 이루기를 원해요. 완전하게. 완전히 나와 한몸이 되기를.

남편

그는 자정이면 들어와야 하는데, 새벽 한시가 넘어도 들어오지 않는다. 그녀는 그가 열지 못하도록 문에 빗장을 지르고, 라클로*와 바르베 도르비이**에게서 착상을 얻은 그럴싸한 절교 편지를 쓰며 흐느껴 운다. 늙은 정부(情婦)들과 때 아닌 절개에 지친 그녀는, 자신은 제국을 나눠 갖고 싶지 않으며 그를 사랑한다고, 모든 것을 원하며, 모든 것이 아니면 아무것도 필요 없고, 거의 모든 것을 갖느니 차라리 아무것도 갖지 않는 편이 낫다고 쓴다. 그는 돌아올 때 층계참 위에서 쪽지를 발견할 것이다. 만약 돌아온다면 말이다. 하지만 그녀는 그가 돌아오리라는 것을 의심치 않으며,

---

* 1741~1803, 프랑스의 소설가. 대표작으로는 최초의 서간체 심리소설인 『위험한 관계』가 있다.
** 1808~1889, 프랑스의 소설가이자 평론가. 주로 노르망디 지방을 무대로 한, 병적인 열정이 가득한 공포소설을 썼다.

또한 그가 그날 저녁 일을 후회하리라고 확신한다.

실제로 그는 돌아온다. 두시 십분, 그는 삼 개월 전 그녀와 결혼했을 때부터 살고 있는 17세기에 지어진 건물 층계를 살금살금 올라온다. 달타냥이 거기 살았다고 하는데, 그런 역사적인 세부 사항이 이 순간부터 심각하게 그를 괴롭히기 시작한다(이제부터 그와 그녀는 자기 일에 전념할 뿐이다). 남편이 쪽지를 펼치고, 가지고 있는 열쇠 꾸러미의 모든 열쇠로 문을 열어보려 애쓰다가 결국 조용히 문을 두드리고, 긁고, 밀고, 투덜거리고, 중얼거리고, 애원하는 소리를 그녀는 만족스럽게 듣는다. 그와 동시에 그녀의 마음속에서는 원한이 누그러진다. 하지만 이번에 그녀는 완강히 버티고 싶다. 기차 안에서의 행동을 생각하며 그가 좀더 애쓰도록 내버려둔다. 그녀가 문 뒤에서 동정을 살피고 있는데, 갑자기 격렬한 충격으로 문이 흔들리더니, 또 한 번의 충격이 잇따르고 또다시 충격이 뒤를 잇는다. 그리고 뒤틀린 문틀 사이로 빛이 들어오는가 싶더니, 손잡이가 자물쇠와 함께 산산조각난다. 그녀가 빗장을 다시 지르려는 순간, 남편이 탐정영화에서처럼 단번에 실내로 성큼 들어온다. 그녀는 한마디 말도 없이 그에게 달려들어 열쇠를 빼앗고 층계참으로, 그가 버티고 서 있는 현관 깔개 너머로 그를 다시 밀어내려다 뜻대로 되지 않자 되는 대로 주먹질을 해댄다. 그 동안 그는 그녀의 팔목을 붙잡으려고 애쓴다. 자동 스위치가 꺼져서 더이상 아무것도 보이지 않지만 그녀는 눈을 감은 채 아무 데나 닥치는 대로 때린다. 그때 그의 손에서 끈적

끈적한 액체가 흐른다. 피, 피다. 그녀가 열쇠로 그에게 상처를 입힌 게 틀림없다. 그는 다쳐서 죽을 것이다. 자, 끝났다. 잘했군. 그에게는 딱한 일이지.

그녀는 욕실에 있고, 그는 욕조 가장자리에 앉아 있다. 그녀는 그의 어깨를 소독된 붕대로 조심스럽게 감는다. 파상풍에 감염되었으면 어쩌지. 열쇠가 약간 녹슬어 있었는데. 그가 그녀의 손을 잡아 자기 쪽으로 끌어당기자, 그녀는 그의 땀 냄새를 맡고 눈을 감는다―암소 한 마리가 길 위에 있어서 기차가 여러 시간 발이 묶여 있었는데 당신한테 연락할 수가 없어서…… 뭐라구요? 그래, 그래, 암소가 죽었어.

그들은 밤새도록 사랑을 나눈다. 먹고 폭소를 터뜨릴 때만 멈춘다. 그는 코 지방 억양을 흉내내어 그 장면을 열 번은 이야기한다. 그니까 아줌니, 이기 당신 거요, 이 짐승요? 어쩌면 그가 거짓말을 하는지도 모른다. 하지만 그녀는 그가 품안에 있는 이상 아랑곳하지 않는다. 그녀의 총사(銃士), 그는 너무나 아름답다.

"이해할 수가 없군요." 연락을 받고 온 집주인이 말한다. "이처럼 아름다운 문, 진정한 예술작품이며 고급 가구의 걸작인 이 문을 엉망으로 만들고 결국은 아무것도 훔쳐가지 않다니. 당신들이 아무것도 도둑맞은 게 없다니까 말이에요, 안 그래요?"

그들은 현관 깔개 위에서 서로 손을 잡은 채 당황해하며 슬픈 눈으로 달타냥의 부서진 아름다운 문을 바라본다. 이것이 사랑이라고 그녀는 확신한다. 맹목적인 사랑, 미친 듯한 사랑이라고.

남편

    남편은 에트르타에서 태어났다. 어느 한가한 날, 그들에게 시간
이 좀 나자마자 그는 그녀를 그곳에 데려간다. 곧 그들이 먼 나라
로 떠나게 되었을 때에도 거기서 돌아와 다시 그곳에 간다. 콧수
염이 조르주 데스크리에르*에게 잘 어울리듯 그 장소는 그에게 잘
어울린다. 게다가 남편은 괴도 신사와 건장한 보트 조수를 한데
섞어놓은 듯하고, 아르센 뤼팽과 기 드 모파상, 외알 안경과 뱃사
람, 영국 유머와 노르망디 지방의 뇌출혈, 기암성**과 침울한 파도
사이를 내키는 대로 항해한다. 무엇보다 그녀의 마음에 드는 것은
바로 그런 점이다. 그가 아무리 끈덕지게 자기 출생지에, 그 작은

---

  * 프랑스의 배우. 뤼팽 역을 연기했다.
  ** 『괴도 신사, 아르센 뤼팽』을 쓴 모리스 르블랑의 또다른 작품 제목. 이 문장에서 짝
    을 이루어 열거된 단어들은 각각 뤼팽과 모파상에 연결된다. 두 작가 모두 에트르타에
    서 집필활동을 했다.

지방에, 반들반들 윤이 나는 하찮은 자갈 위에 그녀를 데려가도 그가 어떤 사람인지 잘 알 수 없다는 점 말이다.

남편은 여자를 좋아한다. 그는 여자들의 벗은 모습이 어떨지 늘 생각하고 그 모습을 상상한다.

그녀, 그는 그녀를 사랑한다. 그녀는 그의 여자, 그의 아내, 그의 반쪽이다. 그는 그녀에게 약속한 대로 충실하려고 애쓰고, 그녀에 대한 사랑 덕분에 자신에게서 그런 용기를 발견한다.

그는 그녀에게 얼마나 큰 희생을 바치는가! 인간 제물! 그녀는 그의 여신이 아니던가?

남편은 여러 가지 운동을 열심히 한다. 그는 고행자와 같은 인내를 지니고 있다. 그는 유연성, 정확성, 지구력을 좋아한다. 그는 달리고, 뛰어오르고, 건너뛰고, 무릎을 굽히고, 팔의 근육을 풀고, 높이 뛴다. 육체를 굴복시키고, 끊임없는 도약 속에서 시간과 죽음에 대항하여 경주하는 듯하다.

남편은 옷을 센스 있게 입는다. 때때로 그녀는 칸 영화제에서 어두운 그림자라고는 조금도 없는 행복의 이미지를 사람들에게 보여주며 계단을 오르는, 짐짓 무사태평한 체하는 배우의 거동을 그에게서 발견한다. "개츠비, 위대한 개츠비"라고 그녀는 가끔 그에게 말한다.

남편은 옛날 자동차를 수집하는데, 그건 자유와 사치와 속도에 대한 동경이다. 그는 여자를 유혹하는 데 그것을 사용한 적은 한 번도 없다고 단언한다. 그렇게 되면 너무 시시할 거라고, 비록 여자들이 자기에게는 유일한 대상이 아닐지라도 자기는 여자들에게 유일한 욕망의 대상으로 남기를 바란다고 말한다. 그는 그들을 비교하는 것을 은밀히 즐긴다. 어떤 여자는 더디 뜨거워지지만 일단 뜨거워지면 그야말로 폭탄이고, 또 어떤 여자는 쾌락에 젖어 가르랑거리는 소리를 내는데, 후자의 경우는 약속을 지키지 않고, 전자는 불이 붙는데 심각한 문제를 야기한다.

남편은 연극 — 공간을 조직하고, 환상을 창조하고, 비현실적이고 진정한 세계의 주인이 되는 것 — 을 좋아한다. 그는 움직이고, 창조하고, 달아난다. 그는 어떤 사람인지 종잡을 수가 없다.

그는 노는 남자 — 정원 옆에서 노는 아이, 빛을 쬐며 노는 육체 — 이다. 삶을 살아가는 것보다 삶으로 놀이하는 것이 더 낫다, 그의 좌우명은 아마도 이런 것이리라. 삶으로 놀이를 하지만, 그것 역시 삶을 사는 방법이다.

그림자

때때로 작업장에서 허리와 엉덩이가 꽉 끼는 청바지를 입고, 팔뚝으로 이마를 닦으며, 땀에 젖어 웃통을 벗고 있는 노동자를 보면,

때때로 검은 안경을 무슨 마스크처럼 쓰고 있는 정력적인 남자가 운전하는 멋지고 빛나는 리무진을 거리에서 마주치면,

때때로 가깝게 클로즈업하여 껴안을 수도 있을 것 같은 착각을 불러일으키는 배우의 어깨나 눈을 화면에서 발견하면,

때때로 그녀의 입을 찾는 남자의 열렬한 키스에 숨을 헐떡이며 책을 읽으면,

그들은 유령이 나오는 밤의 끝자락에 힐끗 보이는 환영에 불과하며, 새벽이 오기 전 그녀를 위해 그들의 순간적인 힘을 보여주는 것뿐이라는 사실을 잘 알면서도, 그녀는 그들에 대해 잠깐이나마 수치스러운 욕망에 사로잡힌다.

그러나 그 허망한 힘의 전개에서, 남자는 때때로 그저 존재하는 것만으로도 그녀를 가득 채워준다. 단지 외모 ─ 모습을 드러내는 것만으로도.

작가

　그녀는 그의 모든 책을 읽었고, 그의 책을 통해서 그를 알고 있다. 그는 "그 사람은 여자를 사랑해"라는 말을 듣고, 그 자신도 그렇게 말하는 남자다. 그 말은 잠시나마 믿음을 갖게 하는 주문이다(여자에게 자기를 사랑하는 작가의 글을 읽는다는 것은 언제나 유쾌한 일이다. 책을 읽으면서 그녀는 그가 자기를 생각하고 있다는 느낌을 받는다). 그녀는 그를 원하고, 그를 만나고 싶다. 그의 글을 읽을 때면 그녀는 못 견디게 그를 갖고 싶다. 그는 직접 등장인물이 되어, 존재하고 살아간다. 책의 페이지도 잉크도 전혀 방해가 되지 않는다. 물론 사랑을 나누고 싶은 욕망이 단어로 주어질 수도 있다는 사실이 놀랍긴 하지만, 그것은 이런 것이다. 장발장이 코제트의 작은 옷을 침대에 펼쳐놓을 때 울음이 나오고, 의학사전을 끼고 사는 자가 하녀의 고질병인 관절 수종만 빼고 다른 모든 병을 갖고 있을 때 웃음이 나오고, 그리고 작가가 거리를 지나는 여자들을 바라볼 때 그녀는 그를 갖고 싶은 것이다. 단어가 격렬한 감정, 애정이나 동정과 같은 감정을 불러일으킨다는 것, 그것만 해도 대단한 일이다. 하지만 단어가 이렇게 육체를, 뱃속을 건드리고, 우리를 흐느껴 울고 웃고 원하도록 이끄는 것, 그것은 경험해보지 않고서는 믿을 수 없는 일이다.

그와 단둘이

　자살하기 때문에 마틴 이든[1], 감히 행동하지 못하기 때문에 프레데릭 모로[2], 혼자이기 때문에 개츠비, 손이 부드럽기를 기대하기 때문에 아말릭[3], 섬 이름을 욕망에 부여하기 때문에 지브롤터의 선원[4], 사랑을 참고 견디기 때문에 메사[5], 자신을 쳐다보게 내버려두기 때문에 타지오, 그로 인해 죽기 때문에 아셴바흐[6], 행동

---

1) 미국의 소설가 잭 런던의 반자전적 소설 제목. 자살로 생을 마감하는 작가의 기구한 생애를 그렸다.
2) 플로베르의 『감정교육』의 주인공. 우유부단한 성격의 인물.
3) 폴 클로델의 희곡 『정오의 분할』에 나오는 인물. 이 작품의 첫 페이지에 인용된 글이 바로 아말릭의 대사다.
4) 마르그리트 뒤라스의 작품 제목.
5) 아말릭과 함께 『정오의 분할』에 등장하는 인물로, 사랑하는 여자 이제에게 버림받고 연적인 아말릭에게 살해당한다.
6) 토마스 만의 『베네치아에서의 죽음』에 나오는 인물. 타지오라는 미소년에게 반해 그의 아름다움을 바라보다가 전염병이 도는 베네치아를 떠나지 못하고 죽는다.

하기 위해서 한 시간을 결정하기 때문에 쥘리앵 소렐[7], 그녀가 그와 함께 즐기니까 채털리 부인의 연인, 말을 하지 않기 때문에 질리아트[8], 죽도록 사랑하기 때문에 로미오, 자제하지 못하기 때문에 펠릭스 드 방드네스[9], 고백하기 때문에(나는 5년간 말을 하지 않았습니다, 부인, 이제 더 오랫동안 말을 하지 않겠어요) 앙티오쿠스[10], 세상을 거부하기 때문에 파브리스[11], 딸들을 몹시 사랑하기 때문에 고리오 영감[12], 안나가 그를 위해 자살하기 때문에 브론스키[13], 세상 끝까지 가기 때문에 데 그리외[14], 질투하기 때문에 마르셀[15], 남아 있기 때문에 아돌프[16], 사라지기 때문에 샤베르 대령[17], 목록에 오르고 싶어하기 때문에 돈 후안, 베레니스가 그에게 "아무것도 당신에게서 나를 떼어놓을 수는 없습니다"라고 편지를 쓰기 때문에 오렐리앵, 사랑에 빠지기 때문에 발몽[18], 받아

---

7) 스탕달의 『적과 흑』의 주인공.
8) 위고의 『바다의 일꾼들』에 나오는 인물.
9) 발자크의 『골짜기의 백합』에 나오는 인물.
10) 라신의 『베레니스』에 등장하는 인물.
11) 스탕달의 『파름의 수도원』에 나오는 인물.
12) 발자크의 작품 제목이자 주인공 이름.
13) 톨스토이의 『안나 카레니나』에 나오는 인물. 안나 카레니나와 불륜의 사랑에 빠진다.
14) 프레보의 『마농 레스코』에 나오는 인물. 여주인공 마농의 연인.
15) 프루스트의 『잃어버린 시간을 찾아서』에 나오는 인물.
16) 뱅자맹 콩스탕의 작품 제목이자 주인공 이름.
17) 발자크의 『인간희극』에 등장하는 인물.
18) 라클로의 『위험한 관계』에 나오는 인물.

들이기 때문에 드 느무르 공[19], 아름답기 때문에 랑슬로[20], 불가능하다는 것을 잘 알기 때문에 솔랄[21].

19) 라파예트 부인의 『클레브 공작부인』에 나오는 인물.
20) 크레티앵 드 투르아의 기사도 소설에 나오는 등장인물.
21) 스위스 작가 알베르 코엥의 작품 제목.

그와 단둘이

　무슨 일이 일어난 거죠, 무엇이 지나갔나요? 단순히 시간이 지나간 건가요? 욕망의 광채를 짓누르고, 석회암이나 녹의 장막으로 모든 것을 덮어버리고, 사랑의 용수철을 닳아 없어지게 하는 시간 말이에요.
　난 모르겠어요.
　왜 그게 불가능하죠?
　난 모르겠어요.

　우린 아프리카로 떠났어요. 바닷가에 있는 습한 도시였는데, 많은 사람들 속에서도 고독을 느끼는 대도시들 중 하나였죠. 하지만 프랑스 외국인 고등학교는 쾌적했고, 날씨는 좋았고, 우리는 행복했어요. 더 뭐라 말해야 할지 모르겠군요. 뭐 굳이 말한다면 연인들의 휴가 기간 같다고나 할까. 행복한 사람에게는 얘깃거리가 없는 법이죠. 우리는 수업이 끝난 후 수영장에 가곤 했어요. 태양의 높은 파도 소리가 들리는 거대한 바닷물 수영장 말이에요. 남편은 그 파도를 넘나들며 자유형으로 몇 킬로미터를 헤엄쳤어요. 어쩌면 지구를 일주하는 거리였을지도 모르죠. 저녁에는 온 사방의 영화관을 휩쓸고 다녔고, 상상도 할 수 없는 졸작을 서로 손을 맞잡고 황홀하게 보았어요! 한가한 날에는 내가 먹어본 것 중에 가장 맛있었던 딸기 파이를 먹으면서 탐정소설을 읽었어요. 때론 일 주일에 열다섯 권도 넘게 읽었지요.

나는 그가 나를 사랑했다고 확신해요. 그는 날 위해서 죽을 수도 있었을 거예요. 난 그걸 알아요. 그는 사랑 때문에 죽을 수 있는 그런 남자였거든요.

나는 그가 죽을까봐 항상 두려웠어요. 한번은 그가 두 시간 늦었던 것으로 기억하는데, 난 그의 자동차 소리를 애타게 기다리며 집 앞 계단 위에 앉아서, 사람들이 내게 알려주러 올 거라는 생각, 누군가 내게 종말 같은 소식을 알려주러 올 거라는 생각에(그곳의 집들은 전화가 없었거든요) 마음의 준비를 하려고 애쓰고 있었어요. 바로 그때, 택시 한 대가 멈췄고, 난 그게 낡은 푸른색 도핀의 디젤 엔진 소리라는 것을 알았죠. 운전사가 초인종을 눌렀고, 난 문을 열었어요. "경찰이 모셔오랍니다, 부인……" 난 "네, 알았어요, 갈게요"라고 말했어요. 택시에서 내렸을 때, 난 물러 보이는 오토바이 대원과 교섭을 벌이고 있는 원기왕성한 시체를 보았지요. 모두 내가 와서 뇌물을 주기를 기다리고 있었어요. 하지만 우린 결국 한 푼도 주지 않았어요. 남편은 모든 사람을 감언이설로 속였고, 넋이 나간 경관 앞에서 셰익스피어까지 인용하여, 결국 벼랑길에서 시속 145킬로미터가 측정되었다는 사실도 경관이 잊게 하고 면허증을 돌려주게 만들었거든요.

나는 그에게서 볼 수 있는 그런 기적 같은 일을 대단히 좋아했어요. 놀이를 하듯이 사는 것 말이에요. 그는 마치 영화를 촬영하는 것처럼 생활했어요. 즉흥적으로요. 그러니까 일종의 끝나지 않은 영화인 셈이죠. 수영을 하면 그는 조니 와이즈뮬러*였고, 자동차를 조종하면 에롤 플린**, 정열적으로 키스를 하면 레트 버틀러, 우울하면 〈무기여 잘 있거라〉의 게리 쿠퍼였어요. 그와 함께 있으면 나는 누구보다도 잘 웃었어요. 그러니까 그는 혼자서 막스 사형제*** 역할을 했고, 모든 억양과 모든 변장, 모든 얼굴을 지니고 있었죠.

마치 그가 죽은 사람인 것처럼 내가 왜 과거형으로 말하는지 모르겠네요. 아마 모두 끝났기 때문에, 그가 더이상 나를 웃기지 않기 때문일 거예요.

그 사람보다 더 생기 넘치는 남자는 없었어요. 생기가 넘치고, 감동시키는 남자…… 아니, 그게 아니라 한 사람의 남자! 그는 여

---

* 미국의 수영선수. 영화에서 타잔 역을 맡았다.
** 액션영화나 서부 활극에 주로 등장하는 미국의 영화배우.
*** 미국의 희극 영화배우. 치코, 하포, 그루초, 제포 형제를 말한다.

러 남자였고, 또 모든 남자였지요. 그러니까 난 모든 남자, 인생의 모든 남자와 결혼한 거였어요.

그렇지만 곰곰이 생각해보면, 우리 사이는 오래, 아주 오래 지속되었어요. 아마도 우리가 연극을 했기 때문이겠지요. 그는 계속 연기를 하고 연기를 지휘할 수 있었으니까. 사람들은 그에게 감탄했고, 그의 말을 경청했어요. 그리고 우리는 '아름다운 커플'이라고 불릴 만한 모습이었지요. 주위 사람들이 우리를 가리켜 "아름다운 커플이야"라고 말하곤 했거든요.

난 우리가 서로 사랑했다고 생각해요. 아름다움이 우리에게 내미는 거울 안에서, 다양한 모습으로 번쩍이는 조각이 움직이는 만화경 속에서, 서로의 모습 안에서 우리는 서로 사랑했어요.

하지만 이따금, 때때로, 내게는 그가 다르게 보일 때도 있었어요. 그건 인정하지 않을 수 없군요. 나는 첫 소설을 쓰던 당시의 종이 한 장을 찾아냈어요. 서랍에 넣어두고 잊고 있었죠. 그것을 다시 읽으면서 깜짝 놀랐답니다. 십 년도 더 전에 쓴 것인데 어제 썼더라도 그렇게 썼을 것 같았기 때문이죠. 바꿔야 할 몇 가지 세부 사항이 있어서 — 어떤 의미에서 그건 시대가 달랐으니까요 — 수정을 좀 했어요. 그 글은 희망을 얼어붙게 하는 다음과 같은 차가운 문장으로 끝나지요. "그는 죽은 사람이다."

아시겠어요? 때때로 난 이렇게 생각하고 속으로 말한답니다.
죽는 것은 사랑이 아니라, 사람이라고.

남편

남편은 시대에 뒤떨어진 사람이다. 그는 지갑 속에 1950년대에 찍은 아버지의 사진을 한 장 가지고 있다. 대서양 너머의 거실에서나 볼 수 있을 가죽 안락의자의 팔걸이에 태평하게 팔을 올려놓은 채 다리를 꼬고 앉아 있는 우아한 남자의 사진이다. 그 남자는 V자를 거꾸로 한 무늬가 새겨진 윗도리를 입고 반짝이는 가죽구두를 신고 있다. 그는 부두 화물창고의 감독이다. 하지만 누가 그걸 믿겠는가?

남편은 거기에서, 아마도 그가 막 태어나고 그의 아버지가 늙고 병들고 살찌면서 곧 잃어버리게 될 늠름한 모습을 아직은 지니고 있는 그 시대에서 멈췄다. 남편은 한창 움직이는 와중에도 지켜야 할 자세와 따라야 할 행동을 제시해주는 그 오래된 고정 이미지를 고집했다. 그는 스코틀랜드 모직, 영국 담배, 재즈, 최고급 구두, 엘라 피츠제럴드, 마일스 데이비스, 위대한 개츠비, 홍차, 게리 쿠퍼, 에바 가드너, 테니스, 대형 여객선, 옛날 롤렉스, 자유형 수영을 좋아하고, 특히 그 당시 거리를 굴러다니던 모든 자동차들, 특히 가장 아름다운 트라이엄프, 애스턴 마틴, 재규어 등의 자동차들을 열정적으로 좋아한다. 그는 자기 아버지가 마련할 수 없었던 그 훌륭한 자동차들을 좋아한다.

남편은 시대에 뒤떨어진 사람이고, 자기 아버지의 시대에 속해 있다. 미래의 어떤 부분이 흑백의 그런 상투적인 생각을 뚫고 들어가는 데 성공을 거두어, 그로 하여금 비틀스, 펠리니의 영화, 필립 로트의 소설과 해방된 여자들도 좋아하게 한다. 그러나 어느 순간엔 시간이 응축되고 막혀서 모든 것이 멈추고, 과거가 상연되는 그 옛날 장면 말고는 더이상 비춰지지 않는다. 그래서 그는 랩, 햄버거, 태그, 피어싱, 저속함, 고속도로, 농구, 광고, 콘크리트 언덕길, 거리에서 담배를 피우는 여자, 마약 상용자, 교육학, 메르세데스, 테크노, 티셔츠, 스톡옵션, 비르지니 데스팡트*, 디즈니랜드, 통신기술, 텔레비전 게임, 텔레비전, 사람들의 바보짓을 싫어하고, 특히 무엇보다도 언어의 변화―그는 "아니야, 그런 말은 쓰지 않아, '그건 너무 cool해' 'top이야' '그게 그걸 해' 그런 식으로는 말하지 않아, 그렇게 말하면 안 돼"라고 끊임없이 딸들에게 말한다―즉 아무런 내용도 없이 더이상 말이 아닌 언어, 말이 없는 언어를 사용하는 것을 싫어한다.

---

* 프랑스의 여류작가. 포르노 문학에 속하는 소설을 발표하여 충격을 주었다.

그녀는 그를 이해하고, 그의 향수(鄉愁)를 인정한다. 그러나 해가 감에 따라 때때로 더이상 참을 수 없어져서 그녀는 셰브 칼레드*를 최고로 크게 튼다. 슬픔에 잠긴 남편이 영국 의자에 다리를 꼬고 앉아 있는 여전히 젊고 잘생긴 자기 아버지의 사진에 빠져 있을 때면, 그녀는 순간적으로 그 두 사람을 혼동한다. "그는 죽은 사람이야"라고.

---

* 알제리 출신의 가수.

배우

얼마 후, 그들은 아프리카 생활이 지루해진다. 그녀는 소설을 쓰기 시작하고, 남편은 연극을 한다. 그는 단어와 이미지, 몸짓과 지면을 연결하면서, 진짜 삶처럼 연출한다. 그는 극단을 설립하고, 밤에도 붉은 커튼의 조명 속에서 지낸다. 그곳은 그가 재능을 발휘하는 장소이며, 바로 거기에서 그녀의 감탄을 자아내는 진리가 솟아나온다. 글을 쓰지 않는 저녁에 그녀는 몸과 마음을 온통 그에게 바쳐 연기를 한다.

계절에 따라, 여행하는 대로, 그리고 친분으로 배우들이 오간다. 오직 한 배우만이 무대에서 벗어나면 당장 자신을 괴롭히는 권태 때문에 무대를 떠나지 못하고 여러 해 동안 남아 있다. 그는 공연이 없는 날이면 취기와 음울한 모험으로 권태를 달랜다. 그 배우는 남편의 어두운 분신이며, 그의 저주받은 부분이라고 할 수 있을 것이다. 연극, 술, 사창가와 마약. 그는 오직 천국만 용납하는 셈이다. 밝은 불빛에 구멍이 뚫리고 마는 천국, 지옥에 너무도 가까이 있는 천국, 예술과 인공적인 것들의 천국 말이다.

그녀는 그와 함께 연기를 하고, 그는 극단의 마스코트와 같은 배우, 주인공, 혹은 친밀한 친구가 되어 함께 연기한다. 그는 그녀 앞에 무릎을 꿇는다.

"아 사랑하는 리제트, 무슨 말을 하는 거야? 당신 말은 내 마음을 관통하는 총알 같아. 난 당신을 몹시 사랑하고 존경해. 당신 같은 영혼 앞에서는 신분이나 출생이나 재산이 모두 사라져버려…… 내 마음과 손은 당신 거야."

"정말로, 당신에게 그럴 만한 가치가 없어서 내가 당신 마음과 손을 받아들이지 않는 걸까요? 몰인정하게 굴면서 당신 마음과 손이 내게 가져다주는 기쁨을 감춰야 하나요? 이러는 게 오래 갈 수 있다고 생각하세요?"

"그럼 날 사랑하는 거요?"

"아뇨, 아니에요. 하지만 당신이 여전히 내게 묻는다면, 당신에게는 딱한 일이죠."

그는 등을 돌리고, 그녀는 그의 몸이 떨리는 것을, 마분지로 만든 난간 위에서 그가 주먹을 꽉 쥐는 것을 본다.

"당신이 날 사랑하지 않는다는 걸 알아요."

"하지만 사실, 난 그 때문에 놀랐는걸요! 난 불현듯 깨달았어요, 당신이 사랑했을 여자가 바로 나라는 걸."

그가 돌아선다. 그녀는 그의 그런 얼굴을 한 번도 본 적이 없었다.

"그러면 당신을 똑바로 쳐다보게 해줘요. 이렇게 나와 함께 있는 당신을 보는 게 얼마나 쓰라린 일인지. 왜 이제야 당신을 만난 걸까요? 속마음을 털어놓지 않는다는 건 가혹한 일입니다. 사랑받지 못하는 건 가혹한 일이에요. 기다리고, 참고, 기다리고, 계속 한결같이 기다린다는 건 가혹한 일이에요. 다른 것은 더이상 아무것도 보이지 않고 아주 가까이 있는 것만 보이는 이 한낮의 시간에 내가 여기 있군요."

남편은 그들을 지휘하고, 그들은 늘 붙어 지낸다. 매년 그들이 맡는 역할에 따라 극작품이 선택된다. 저녁에는 커다란 호텔의 바에 가는데, 남편과 배우는 벨벳 모자를 비스듬히 쓰고 외알 안경, 궐련용 파이프나 두 가지 색의 구두를 착용하고, 그들 사이에 있는 그녀는 몸에 꼭 맞는 검은 가죽 치마를 입고 베일로 얼굴을 가린다. 배우는 코카인을 탄 음료를 마시고, 남편은 순수 맥아로 만든 위스키를, 그녀는 과일 주스를 마신다. 상반신을 벗은 채 무대 위에서 함께 탱고를 추는 그들의 모습이 사람들에게 자주 목격되자("탱고는 사람들 사이에서 추는 춤이에요"라고 배우가 상기시킨다), 그들에 대한 소문이 퍼지고 "버뮤다 군도의 삼인방"이라는 별명이 붙는다. 함께 있을 때, 그들이 연기하는 무대의 빛은 결코 꺼지지 않고, 그들은 무대 안에 세상을 다시 만든다. "〈오셀로〉를 공연해야 해, 난 자네가 이아고 역을 완벽하게 해내리라 확신해."

남편이 말한다. "네, 나에겐 배반자의 근성이 있죠." 그가 대답한다. 그리고 그들은 웃는다.

그러다가 배우는 그 나라를 떠난다. 그들 곁을 떠난다. 그는 잊고 있던 가족, 부인과 아이들을 다시 만나러 프랑스로 돌아간다. 그들은 그를 그리워한다. 그렇지만 그녀가 그를 생각할 때면, 모든 것이 혼란스럽고 비현실적으로 느껴져서, 마치 옛날에 본 연극이 생각나듯이 막연한 느낌이 스쳐 지나간다. 결국 그녀는 그에 대해 마음속으로 느낀 것과 회상하며 느끼는 것, 그녀나 그들에게 남아 있는 그의 모습을 식별하지 못하게 된다. 그녀는 과거를 잘 구별하지 못하고, 갑자기 조명에서 벗어날 때면 눈앞이 짙은 안개가 낀 듯 뿌옇게 흐려져서 잠시 앞이 보이지 않는다.

낯모르는 사람

낯모르는 사람이 영화관 앞에 있다. 그는 창구가 열리기를 기다린다. 낮 상영인데 사람이 거의 없다. 그는 그녀를 바라본다. 그녀는 자기를 바라보게 내버려둔다.

객석에서, 그녀는 평소처럼 화면과 아주 가까운 곳에 자리잡는다. 그는 아니다. 그녀는 그를 까맣게 잊어버리고 불이 다시 켜지자마자 비상구로 나간다.

잠시 후, 그녀는 거기서 백 미터쯤 떨어진 곳에서 21번 버스를 기다린다. 그는 대로(大路)를 걸어가다가, 그녀를 보자 걸음을 멈추고 쭈뼛쭈뼛 그녀 쪽으로 온다. 멈칫거리며 조금씩 다가오는 모습이 동물의 의식 행위, 그러니까 자신의 특성을 드러내는 과시 행위 같다. 자칫 웃음거리가 될 듯하다. 마침내 그는 그녀 곁에 이르러, "당신이 괜찮다면……" 하고 말문을 연다. "이보세요." 그녀가 그에게 말한다. "나는 파리에 겨우 이틀 있을 거예요. 그러니

불장난 말고 달리 뭐가 될 수 있겠어요?"

그는 그녀와 함께 버스를 타고, 그녀는 그의 가늘고 기다란 손과 결혼 반지를 본다(어쩌면 그도 속으로 똑같은 생각을 할 것이다). 그들은 동시에 내리고, 그녀가 보부르로 가려고 하자, 그는 그녀를 다시 만나고 싶어한다. "오늘 저녁, 클뤼니에서." 그녀가 말한다.

그는 정각에 도착하지만, 다시 가야 한다고 설명한다. 아내가 임신중인데 그가 외출하려는 순간 울기 시작했다는 것이다. 그는 그녀가 기다릴까봐 단지 예의상 나온 것이다. 그는 사과한다. "괜찮아요." 그녀가 대답한다.

그는 그녀를 호텔 앞에 남겨두고, 서둘러 지하철 입구로 간다. 그녀는 방으로 올라가서 침대에 앉아 운다. 배 위로 팔짱을 낀 채, 머리를 무릎에 파묻고 운다. 오랜 시간 동안 운다. 하나뿐인 창문의 빛이 어둠 속에서 구멍처럼 보인다.

다음날 저녁, 그녀가 저녁을 먹으려고 내려가자, 그가 밑에 와 있다. 그는 그녀를 승강기에 태워 다시 올라가고, 그녀의 몸에 손을 올려놓는다. 그는 몸을 떨고, 그녀는 눈을 감는다.

그의 입, 피부, 혀, 손, 손가락, 머리카락, 팔, 다리, 엉덩이, 등, 입술, 눈, 성기, 그녀는 모든 것을, 그의 성(性)의 모든 것을 안다. 이름만 빼고. 그녀는 그 남자의 이름을 모르고, 그는 계속 모르는 사람으로 남는다.

그들이 함께 본 영화는 데이비드 린의 1846년작 〈짧은 만남〉이다. 영화 속에서는 아무 일도 일어나지 않는다. 그것은 마치 비밀에 부친 채 되돌아와야 할 꿈과 같은 것이다.

그녀는 낯모르는 사람에 대해 아무에게도 말하지 않는다. 그녀는 자신을 위해서 그를 간직한다.

그와 단둘이

당신이 네, 하고 말할 수 있도록 나는 아무 말도 하지 않는 거예요. 그래요, 그뿐이에요. 당신의 말을 듣기 위해서 나는 침묵을 지키는 거죠. 그러지 않으면 당신은 아무 말도 하지 않으니까. 난 당신이 말하고, 당신의 목소리가 나와 만나고, 당신의 목소리가 나를 만져주기를 바래요. 지난번에 내가 말을 멈추자 잠시 후 당신이 훌륭한 목소리로 네 하고 말했을 때처럼, 나는 당신이 그렇게 말하기를 기다려요. 네, 라는 그 말, 나는 그 말을 그대로 똑같이 다시 말할 수는 없지만 기억하고 있어요. 여자를 사랑하는 남자와 같이 네, 당신이 내가 있는 곳으로 날 찾으러 오는 것처럼 네, 내가 있는 그토록 먼 곳으로 당신이 오는 것. 내가 원하는 건 바로 그거예요. 내가 믿을 때까지, 남아 있는 내 안의 나머지 부분을 열 때까지 당신이 그 말을 하고 또 하는 거예요. 네, 당신이 그렇게 네, 하고 말할 때는 꼭 사랑에 대해 말하는 것 같겠지요. 알아요, 난 침묵

을 지켜야 하고, 결코 물러서지 않을 작정이에요. 알아요, 당신이
말을 듣지 않을 거라고 예상하고 있어요. 오히려 당신은 더이상
그 말을 하지 않으려고 조심할 거라는 거, 알아요. 당신은 나를 침
묵 속에, 슬픔 속에, 죽음 속에 내버려두겠지요. 네, 당신은 그 말
을 또다시 할 수 있는데도. 그저 네, 하고 말하기만 하면 되는데도
말이에요.

애인

애인은 그녀와 같은 직장에서 일을 하고, 그렇게 해서 그들은 서로 만난다. 그녀가 자료정리 담당 직원으로 일하는 고등학교에서 남편은 영어를 가르치고, 애인은 독일어를 가르친다.

외국에 있을 때, 남자를 쳐다보고 남자에게 말하는 것이 불가능한 아랍 국가에 있을 때이다. 거기에서는 모든 관계가 곧바로 대기를 짓누르는 무게와 열기를 지니고 있다. 여자들이 숨을 쉬지 않는 나라.

그녀는 학교에서 독일어를 배운 적이 없었고, 저벅거리는 군화소리를 상기시키기 때문에 배우고 싶지도 않았다. 그녀는 훨씬 더 나중에 태어났지만, 변한 것은 없다. 그건 적(敵)의 언어인 것이다. 그후 그녀는 괴테, 횔덜린, 호프만스탈을 읽었다. 비록 번역본이긴 해도 그녀는 그것이 얼마나 아름다운지 안다. 아름답지만 낯설고, 끔찍하게도 어려운 언어이며, 적의 언어이다. 외국어인 것이다.

애인은 프랑스인이면서도 그녀가 이해하지 못하는 그 언어를 구현한다. 그는 혼자 힘으로 아름답지만 낯설고 신비로운 언어가 된다. 참고자료 및 정보 센터에서 그녀는 그가 슈투트가르트에서 온 강사와 이야기하는 것을 듣는다. 그가 웃고 농담하고 독일어로 설명하는 것을 들으며, 그녀는 모든 감각을 그 신비한 존재, 바로 그 남자를 향하여 집중한다. 그녀는 그 대화에서 아무것도 이해하지 못한다.

그녀의 주변, 거리에서 사람들은 아랍어로 말한다. 그녀 자신도 독일어보다는 아랍어 단어를 더 많이 알고 있지만, 수고스럽게 아랍어를 말할 만한 필요를 전혀 느끼지 못한다. 아랍어에서 욕망은 부화하기도 전에 알 속에서 애초에 질식되어버린 듯하고, 노래, 그러니까 움 쿨숨*의 목소리나 라이** 안에서만 부화된다. 그렇지 않으면 죽음, 거의 죽음에 가깝다. 자연림의 언어, 거친 언어인 것이다.

그녀는 독일어를 배우고, 애인을 정복하고 싶은 욕망을 느낀다.

어느 날 그녀는 그에게 편지―물론 프랑스어로―를 쓴다. 그녀는 종이 한 장에 이렇게 쓴다. "당신과 얘기하고 싶어요."

---

* 이집트의 성악가.
** 아프리카 음악의 한 종류.

애인

그가 연락을 할까? 몇시에? 서로 만날 수 있을까? 언제? 얼마
동안이나? 어디서? 어떤 호텔에서? 그는 아내를 사랑할까? 아내
와 섹스를 할까? 그는 나를 사랑할까? 이 원피스가 내게 어울릴
까? 이게 그의 마음에 들까? 그는 금발을 더 좋아할까? 내가 너무
뚱뚱한 건 아닐까? 그가 날 아름답다고 생각할까? 자기 아내보다
더 아름답다고? 더 지적이라고? 더 좋은 애인이라고? 그들이 섹
스할 때는(만약 그들이 섹스를 한다면) 우리처럼 할까? 그는 아내
에게 똑같은 말을 할까? 그는 그녀를 사랑할까? 나보다 더 그녀를
사랑할까? 그는 나를 사랑할까?

그가 아내와 헤어지게 될까? 나는 남편과 헤어지게 될까? 그래
야 할까? 그러면 실수를 하는 게 아닐까? 그는 내 남편을 질투할
까? 그가 질투하게 만들고, 질투로 미치게 만들고, 그를 궁지에
몰아넣으면 안 되겠지? 그의 아내가 의심을 할까? 그는 아내가 알

까 두려워할까? 내 남편이 알까 두려워할까? 그는 두려워할까?
그는 비겁할까? 남자는 모두 비겁할까? 남자는 모두 치사할까?
단지 성행위 때문일까? 관계를 끊어야 할까?

　몇시지? 그에게 뭔가 문제가 생긴 걸까? 사고가 났나? 그가 올
까? 끝난 걸까? 끝났다는 뜻인가? 그는 화요일엔 다섯시에 끝나
지? 저기, 현관 앞에 있는 게 그의 자동차인가? 그는 아내와 함께
극장에 가려는 걸까? 내가 그에게 말을 할 수 있을까? 5분 정도는
시간이 나겠지? 다른 사람들이 뭔가 의심스럽다고 생각하지 않을
까? 그가 내게 거짓말을 하는 것일까? 내게 싫증이 난 걸까? 그는
나 이전에 다른 연애경험이 있었을까? 몇 번이나? 사랑하는 마음
이라도 품었을까? 몹시? 언제? 오래 전에? 그는 아직도 그 생각
을 할까? 우리 관계는 지속될까? 그는 내 생각이나 할까? 나를 그
리워하는 것일까? 내가 자기를 사랑한다는 걸 알까? 그에게 그런
마음을 드러내고, 그런 말을 하는 게 잘못일까? 더 냉담하게 굴고
더 감추어야 하지 않을까? 내가 그의 연락을 기다린다는 걸 그는
알까? 그가 연락을 할까? 언제? 몇시에? 왜 연락하지 않는 거지?
그가 연락하면, 뭐라고 말하지? 평범한 이야기만 할 게 아니라 뭐
라도 묻고 걱정하는 기색을 드러내야 할까? 그는 나를 사랑할까?
정말로 나를 사랑할까?

그와 단둘이

나는 당신이 "우리 여기서 그만 하고 나머지는 남겨둡시다"라고 말할 때가 좋아요. 그건 정반대를 뜻하기 때문에, 여기 남아 있지 말라는 뜻이기 때문에 재미있어요. 당신이 "이제 그만 하고 남겨둡시다"라고 말하는 건 나를 보내기 위해서죠. 당신은 적절하고 친절하게 말하지만, 어쨌든 그 말을 하는군요. 내가 갈 시간이라고, 끝났다고 결론을 내리는군요.

남자들은 여자를 곁에 두는 걸 힘들어하는데, 그건 일종의 생리 현상인 것 같아요. 당신은 사랑한 후에 소위 무반응기라고 부르는 당신한테 아무것도 요구해서는 안 되는 무감각한 시간을 갖는 사람인 것 같아요. 무반응, 그래요. 그런데 무엇에 대한 무반응이죠? 당신 몸 옆에 자리를 차지하고 있는 몸에 대해서, 당신을 만지는 여자에 대해서, 아니면 뭔가를 계속해야 한다는 단순한 생각, 말하고, 다시 시작하고, 아무리 미미한 것일지라도 당신을 구속하고 소외시키는 그 관계를 인정해야 한다는 생각에 대해서? 당신은 그런 것을 생각하고 두려워하는 건가요? 당신 내면에서 무슨일이 일어나는 거죠? 당신이 느끼는 게 뭐예요? 권태, 무기력, 불쾌감? 당신 자신에 대한 불쾌감? 상대방에 대한 불쾌감? 수치심? 꺼져버린, 움츠러든, 움츠려지는 육체라는 수치심? 세상에 나오던 날처럼 벌거벗고 빈털터리가 되어 거기 있다는 수치심? 당신이 두려워하는 것처럼 당신에게 뭘 요구하려는 여자, 이미 요구하는 여자, 당신도 가지고 있지 않기 때문에 줄 수 없는 것을 끊임없이 요구했던 여자 옆에 있다는 수치심? 당신은 가지고 있지 않은데 여자가 그걸 요구하는 것, 그게 바로 당신의 수치심이고, 그것은 말하자면 당신이 있는 그 구멍, 여자는 모르는 구멍이죠. 그래서 당신은 도망가고 싶고 아니면 여자가 달아나주기를 바라는 거예요. 그거예요, 가버려, 도망쳐, 그건 바로 굴절이죠. 경계면에서 달아나는 빛 말이에요. 길이 둘로 갈라지고 과거 말고는 아무 공통점도 없을 때, 그러니까 미래가 없을 때에는 출발이라는 그 단절 말고는 아무것도 가능하지 않지요. 그렇지만 난 좋아요. 당신이 "이제 그만 하고 남겨둡시다"라고 말할 때가 난 좋아요. 어떤사람, 한 남자가 생각나는군요. 그는 일어나서 창문으로 갔고, 커튼을 젖히더니 즉시, 길에서 본 어떤 것 때문에 그런 결정을 내리기라도 한 것처럼, 더 남아 있을 수가 없다고 통고했어요. 그는 "난 남아 있을 수가 없어요"라고 말했고, 움츠러든 성기를 커튼자락 안에 감추었지요. 사실 움츠러든 것은 그 사람 전체였어요.

사라지고 싶어하고 새로운 출발을 갈망하는 그 사람 말이에요. 그 사람 전체가 갑자기 물러서고, 부정하고, 모든 것을 취소하고, 모든 것을 부인하고 싶어했지요. 도망쳐, 바로 그거예요.

　사실 모욕적인 것은, 그후에 ─ 심지어 바로 직후에 ─ 당신이 떠나거나 또는 우리에게 떠나기를 요구하는 것이 아니에요. 모욕적인 것, 다시 말해 우리로 하여금 죽음을 미리 맛보며 땅에 얼굴을 처박게 하는 것은, 그것은 당신이 고의로 당신에 관한 것은 아무것도 남기지 않는 거예요(정액, 체취, 당신에 대한 추억. 물론 당신이 그런 것을 당신 자신한테서 앗아갈 수 있다면 말이지요). 당신은 나약함을 고백하고 난 살인자처럼 움츠러들지요. 아무 말도 안 했고, 아무 짓도 안 했고, 심지어 거기에 있지도 않았다고 말이에요. 떠나면서 당신은 모든 것을 통틀어 부정해요. 당신을 봤다고 말하는 그 증인, 당신이 그 자리에 있었음을 증언하는 그 여자는 꿈을 꾼 것이겠죠. 그건 당신이 아니니까. 그건 당신이 아니에요. 어떤 슬픔이, 어떤 종말이 그 부정보다 더 슬플까요? 슬픈 동물, 그래요, 그건 라틴어로 '불길하다'는 뜻이고, '죽음을 예고하는 것'이죠. 사소한 죽음이 아니라, 커다랗고 진정한 죽음 말이에요.

　바로 그런 이유 때문에 난 "이제 그만 하고 남겨둡시다"라는 말을 좋아해요. 그 말은 '헤어지자'는 뜻이면서 동시에, 남아 있는 것이니까요. 출발할 때 공유할 수 있었던 공통의 관계, 비록 잘못

된 만남일지라도 만남의 혼적, 알고 싶은 욕망과 잊고 싶은 욕망을 타협시키는 방법, 인정하고 싶은 욕망과 부정하고 싶은 욕망을 타협시키는 방법, 당신의 내부에서 매혹과 취소, 유혹과 쾌락, 이곳과 다른 곳, 과거와 미래, 도약과 추락을 결합시키는 방법을 우리 사이에 유지해주는 말이기 때문이지요. 그 남아 있는 것, 모든 것이 상반되는 두 성(性) 사이에 남아 있는 찌꺼기, 죽음에, 슬픔에, 인간의 슬픈 운명에 저항하는 그 나머지, 그것은 사랑, 어쩌면 사랑이라 부르는 것이기 때문이에요. 애인이 떠날 때에도 사랑은 남아 있어요. 오늘은 여기서 그만 하고 남겨둡시다. 그러니까 오늘은 여기에 남읍시다, 남아 있어요, 잠깐 남아 있어요, 좀 남아요, 좀더 남아요.

하지만 난 가니까 아무 걱정 마세요, 난 가요.

남편

남편은 애인에 대해서 알고 있다. 그가 어떻게 알았는지 그녀는 모르지만, 실제로 그는 알고 있다. 그는 그녀에게 애인이 있다는 것을 알고, 그 애인이 누구인지도 안다.

그는 좋아, 멋진 일이야, 엎질러진 물이니 더이상 손쓸 도리가 없지라고 그녀에게 말하고, 상관없다고 한다. 우리가 결혼한 이후로 육 년 동안 내게도 몇 번의 연애사건이 있었는데 — 두 번인가 세 번인가, 그래 세 번이군 — 심각한 경우는 한 번도 없었어. 정말이야, 그러니까 당신이 눈치채지 못했지, 안 그래? 그는 신중했고, 어떤 연애도 오래 가지 않았다. 때때로 싫증이 나서, 자기 자신에 대한 혐오와 그녀에 대한 유감 때문에, 그리고 무엇보다 상대방이 원해서, 상대방이 그를 원하는데 거절할 수가 없어서 여자에 대한 욕망에 사로잡혔다. 그중에는 심지어 늙은 여자와 못생긴 여자도 있었다. 어쩌면 그들 부부 사이가 위험해지지 않도록, 그 여자들이 그녀의 라이벌이 되지 못하도록 일부러 그런 여자들을 택한 건지도 모른다. 그러니까 심각한 경우는 한 번도 없었고 — 아냐, 마리는 아니야, 당신 왜 그 여자를 생각하는 거야, 아냐, 내가 당신한테 줄곧 아니라고 말했잖아. 아냐, 난 그 여자에 대해서 당신한테 거짓말한 적 없어. 그런데 누군지 말하는 게 무슨 의미가 있어? 그게 무슨 쓸모가 있지? 무슨 이득이 있냐구. 아, 아냐, 그 암소는 정말이었어. 맹세해. 길 위에 암소가 한 마리 있었다구 — 관계라고 할 것도 없으니까 그런 단어를 쓸 수도 없고, 고작해야 일시적인 외도일 뿐인데. 그건 흔히 있는 일이고, 한바탕 싸움을 걸 일도 아니고, 모든 사람에게 일어나는 일이야. 심지어 서로 사랑할 때에도 일어날 수 있는 일이야. 욕망, 그래 맞아. 과거 일이니까 잊어버리고, 더이상 얘기하지 맙시다.

그녀는 그에게 아니라고 말한다. 그녀는 잊을 수 없다. 현재가 어떻게 잊혀질 수 있는가, 지금 생생하게 진행되는 일이 어떻게 잊혀질 수 있는가. 그건 그녀에게는 현재 일어나는 일이고, 현실이다. 그녀에게 그 일은 끝나지 않았고, 이제 막 시작하고 있다. 비밀스러웠던 두 달, 그 동안 그녀에게는 충분한 시간이 없었다. 그녀는 그를 알고 싶고, 더 잘 알고 싶고, 더 자주 만나고 싶고, 계속하고 싶다. 그녀에게 그건 미래이고, 그러니까 그것에 대해 얘기해야 한다.

그는 그녀에게 몹시 고약한 여자라고 하면서, "난 결코 남편을 배신하지 않을 거예요. 부정한 아내를 둔 남편의 아내가 되는 걸 참을 수 없을 테니까"라는 사샤 기트리*의 재담을 인용해 자기 생각을 말하던 그녀의 목소리가 아직도 들린다고 말한다. 그건 우스운 이야기였고, 사람들도 그 말에 많이 웃었다. 그리고 그는 바보같이 그녀를 믿었고, 그녀를 자신의 천사로, 우상으로 삼았다. 그녀는 알까, 그가 참으로 그녀를 숭배했다는 것, 그의 눈에 그녀는 항상 다르고 순수하고 순진하게 보였다는 것. 머저리, 그는 속았다. 그래, 깡그리 속았다. 모든 빌어먹을 일들과 치욕을 초월하여 그가 그 무엇보다도 높은 곳에 위치시켰던 여자에게 배신당하는 머저리가 되게 한 그 모든 일을 그녀는 알까. 가엾은 머저리, 나는 얼마나 바보짓을 한 건가.

그녀가 그에게 말한다. "왜 빌어먹을 일이라고 하죠? 왜 항상 모든 것을 비하시키려 들죠? 왜 항상……"

그는 그녀에게 광대짓을 계속할 필요가 없다고, 다 알았다고 말한다. 천사란 기회가 주어지기만 하면 팬티 내릴 생각만 하는 지독한 갈보라는 것도, 그리고 그 기회라는 게 어떤 건지도 알았고. 아, 물에 흠뻑 젖어도 45킬로그램밖에 안 나갈 한심한 놈, 반푼이, 못난놈. 어쩌면 그게 가장 가혹한 것인지도 몰라. 나 원 참, 솔직히 말해서 당신은 그자를 만났고, 그자에게 관심을 보였으니까. 빌어먹을, 분명 잠자리에서도 형편없을 그런 놈을 말야. 내가 확신하건대 그 머저리는 제 그림자보다도 더 빨리 뺄걸?

---

* 프랑스의 배우, 극작가.

그녀는 아무 말도 하지 않는다.

그는 소리지른다. "화냥년!"

그녀는 창문을 닫는다.

그는 소리친다. "아! 당신이 화냥년이라는 걸, 제일 먼저 오는 너절한 인간 앞에서 넓적다리를 벌리는 매춘부라는 걸 사람들에게 알려주기 싫은 게로군. 하지만 당신은 바로 그거야, 화냥년이라구. 대체 날 뭘로 보는 거야? 내게 조금이라도 관심 있었어? 서른다섯 살, 군살 한 군데 없는 완벽한 몸, 폐활량 칠 리터, 난 밤새도록 아무 문제 없이 섹스할 수 있어, 이보다 더 좋은 사람이 어디 있어? 당신이 눈치챘는지 모르겠지만, 여기서 내가 손가락 하나만 까딱하면 어떤 여자든 한 다스에 하나 더 얹어서 유혹할 수 있어. 길거리를 돌아다니지 않고도 여기서, 그것도 푸른 눈의 여자로 말이야. 알겠어? 정말 내가 원하는 곳에서, 내가 원할 때, 당신보다 더 아름다운 여자로, 더 젊고, 날씬하고, 순결한 여자로 말이야, 거기 뚱뚱한 엉덩이를 가진 당신, 대체 당신이 생각하는 게 뭐야. 자, 해봐, 당신의 터진 구멍을 가지고 그 불쌍한 녀석이랑 붙어보라구. 그 녀석 물건이나 빨아주러 가란 말야, 더러운 년. 하지만 조심해, 주의하라구. 내가 떠난다면 그건 진심일 거야. 그리고 아마 넌 날 그리워하게 될 거야. 생각해 봐, 그 빌어먹을 짓에 싫증이 났을 때 말이야."

"그렇게 빌어먹을 짓은 아니에요." 그녀는 이마를 잔뜩 찌푸리고 작은 목소리로 말한다.

그는 대꾸하지 않는다…… 그가 그들 사이에 놓여 있는 커다란 유리 탁자를 두 손으로 번쩍 들어 벽에 던지자, 탁자가 깨지면서 수많은 파편들이 소리를 내며 바닥에 떨어진다. 그는 그녀에게 다가가 호되게 따귀를 때리고, 그녀는 정신이 가물가물해지고 머리가 울리는 것을 느끼며 팔을 앞으로 쳐든다. 그는 튀어나온 눈에 입에는 침을 흘리며 그녀의 옷깃을 움켜잡고 사납게 흔든다. 옷이 북 하고 커다란 소리를 내며 완전히 찢어진다. 산 지 얼마 되지 않은 데다 그녀에게 잘 어울리는 옷인데. 마침내 그녀는 그의 주먹을 움켜쥐고 소리를 지른다, 그만 해, 그만 해. 그는 이번에는 꽃병과 안락의자의 팔걸이를 부수더니, 갑자기 무릎을 꿇고 말한다. "당신을 사랑해, 내가 당신을 사랑하는 거 모르겠어?" 그러고는 운다.

그녀는 벽난로 옆 그의 앞에 서서 꼼짝도 하지 않는다. 그녀가 주먹을 어찌나 세게 쥐었던지, 나중에 보니 둥근 결혼반지가 완전히 찌그러졌다. 결국 그녀는 그에게, 흐느낌으로 들썩이는 그의 어깨에 손을 올려놓으며, 늘어진 옷을 걸친 채 경직되고 마비된 몰골로 멀리 창 밖을 뚫어지게 바라본다.

의상은 도널드 카드웰의 것이 아니다.

애인

  당신은 아름다워요. 난 처음 본 순간부터 당신을 원했소. 당신의 눈은 훌륭해요. 난 사랑을 하면서 이토록 사랑받는다고 느껴본 적이 없었소. 당신은 아름다워요. 당신이 즐거워할 때가 난 좋아요. 당신을 원해요. 당신의 가슴은 아름다워. 당신을 사랑해요. 아내와 다투었소. 그 원피스는 당신에게 정말 잘 어울려요. 당신은 아름다워요. 난 아내와 헤어질 것 같소. 당신의 책은 훌륭하오. 난 사랑에 대한 당신의 글을 좋아하는데, 당신은 내 생각을 했소? 밤새도록 당신을 생각했다오. 아내와는 더이상 불가능하고, 하기야 한 번도 제대로 된 적이 없었지. 당신을 품에 안고 싶소. 다섯시에 당신을 기다리겠소. 아내가 질투하고 있소. 당신 남편은 묘한 태도를 보이고. 난 갈 수 없었소. 아내가 뭔가 의심하고 있는데 당신 남편은? 내가 할 수 있을지 모르겠소. 당신은 아름다워요. 모든 것을 다 팽개칠 만큼 당신을 사랑하지는 않아요. 아내는 불행하오. 새 향수가 있소? 나는 당신 입술이 좋아요, 너무 좋아요. 아내가 내게 끊임없이 질문을 해대는군요. 난 할 수 없어요, 어쩌면 다음주에. 이번 주말에 당신들은 뭘 했어요? 당신 슬퍼 보이는군. 무슨 일 있어요? 당신 눈은 훌륭해요. 당신은 나를 즐겁게 하지요―난 언제나 당신을 생각한다오. 그만둬야 해요, 더이상 가능하지 않아요. 당신 남편이 우리를 쏘아 죽일 거요, 그는 완전히 미쳤소. 그건 신중하지 못하고 합리적이지 못하고, 불가능해요. 생각 좀 해봅시다, 내 말을 들어요, 날 이해해줘요. 하여튼 그가 돌았다는 건 당신도 잘 알잖소. 당신은 그를 떠나야 할 것 같군요. 내 품으로 와요. 아니, 내일은 말고. 아내를 해변에 데려가야 하거든. 당신과 함께 있으면 좋은 건 사실이지만, 당장은 그만두는 게 더 낫겠소. 나를 찾아온 건 바로 당신이오. 나는 당신에게 아무것도 약속하지 않았소. 그건 불가능해요. 난 그러고 싶지 않소. 지금은 안 돼요. 아니, 내일은 안돼요. 이봐요, 그만둬요. 끝났어요. 이 말을 하기가 어렵지만, 이러는 게 더 좋겠소. 끝났어요. 당신을 진정으로 사랑하지 않았소. 물론 당신이 아름답다고 생각했지만, 그건 엄연히 다른 이야기지. 당신을 사랑하지 않아요. 그만둬요, 지겹소. 그만두고 싶소. 지긋지긋해요. 난 가겠소. 당신을 다시 만나고 싶소. 두 달 전부터 당신 생각만 하고 있어요. 당신을 원하오. 당신과 다시 사랑을 나누고 싶소. 목요일에는 아파트 열쇠가 생겨요. 당신이 날 사랑한다는 거 알아요. 당신을 사랑하오. 정말이지, 늘 당신을 사랑했소. 처음 본 순간부터 당신을 사랑했소. 당신 편지

를 받기 전부터. 난 밤마다 당신 꿈을 꾼다오. 날 사랑한다고 말해
줘요. 당신은 아름다워요. 당신 눈은 아름답고, 가슴도 아름답소.
아내가 삼 주간 프랑스로 떠났다오. 당신 슬퍼 보이는군. 무슨 일
이 있소? 내 품으로 와요.

그와 단둘이

나는 남자에 대한 책, 내 인생의 남자들에 대한 소설을 쓰지요. 사람들의 질문을 받을 때면 난 그렇게 말해요. 주제: 남자.

진실, 진짜 진실은 내가 남자들에게, 남자들을 위해서, 그들을 위해서 쓴다는 것이죠. 글쓰기는 분명 우리를 연결시키는 끈이에요. 글을 쓰면서 그들의 주목을 끌거든요. 주제: 나. 나는 남자들로 가득 차 있어요. 그게 바로 주제지요.

언제나 누군가를 위해서 글을 쓰는 게 사실이라면, 그럼 간단해요. 난 당신을 위해서 쓰는 거예요.

아직 다 끝내지 않았고 끝내려면 멀었지만, 서두에 아주 다른 색조의 두 가지 명구(名句)를 넣으려고 생각중인데, 곧 출판업자에게 보여줘야 해요.

하나는 마리보의 것인데, 외워서 인용해보죠. 여기서 후작부인은 바로 얼마 전에 과부가 됐어요.

"후작부인 — 난 모든 것을 잃었어요, 정말이에요.

리제트 — 모든 것을 잃었다고요! 당신 말을 들으니 떨리는군요. 남자가 모두 죽었나요?

후작부인 — 아! 남자들이 남아 있는 게 나한테 무슨 상관이람?

리제트 — 아! 부인, 무슨 말씀이세요? 그들에게 하늘의 가호가 있기를! 우리의 자원을 결코 무시하지 맙시다."

나는 자원이라는 생각, 원천으로서의 남자라는 생각이 좋아요. 18세기에 자원이란 글자 그대로 '난처한 상황을 개선시킬 수 있는 것'이었죠. 혼자라는 것, 그건 난처한 상황이에요. 하지만 갑자기 남자가 불쑥 찾아오고 — 그는 아무 데서고 튀어나온답니다 — 그러면 그와 함께 행복이 찾아오지요. 언젠가 나의 왕자가 올 거야. 내가 그 노래를 부를 수 있었던 건, 그 노래가……

또다른 명구는 좀더 무겁고 굉장히 선정적인데, 물론 클로델 거예요! 이제게 하는 아말릭의 말인데, 아말릭은 신(神)이 없는 육체, 영혼 없는 사랑을 나타내지요.

"내 손은 매력적입니다.

당신은 잘 알고 있지요,

나와 함께가 아니면 당신은 필요한 힘을 얻지 못하리라는 것을,

그리고 내가 남자라는 것을."

나는 남자다. 신기하지 않아요? 한 남자가 다가와서 난 남자다 하고 말하는 것 말이에요.

그렇다면 정면으로 서서 그의 눈을 바라보며 난 여자예요 하고 말할 수도 있어야겠지요.

다른 건 아무것도 없어요. 내가 지금 당신에게 말하는 그대로, 당신이 듣는 그대로, 난 여자예요. 단순히 그것뿐이죠.

그렇게 단순한 건 아니지요? 난 타잔, 넌 제인, 그렇게 단순하진 않아요. 자기 이름을 말할 수 있다면, 명백한 성(性), 확실한 자기 존재, 빛나는 그 이중의 진리 ─ 나와 상대방, 상대방과 나 ─ 이런 것들로 자신을 소개할 줄 안다면 글을 쓰지 않을 테고, 이야기도 없을 테고 주제도 대상도 없을 테지요.

당신이 남자라면, 난 글을 쓰지 않을 거예요. 아마 그냥 살겠지요.

출판업자

출판업자와 정기적으로 만날 때마다, 그토록 침묵이 찾아드는 까닭은 무엇인가? 해가 갈수록, 이 책에서 저 책으로 옮겨갈수록, 함께 나누는 말이 그토록 무뎌지고, 개인적인 표현이 어려워지거나 불가능해지는 것은 무엇 때문인가? 이 유폐된 관계에 부족한 것은 무엇이며, 그녀가 그들의 관계를 믿기 위해서는 무엇이 부족한가?

매번 그와 만나고 나면 그녀는 곧 다시 닫히는 유리문을 끼운 도서관의 선반 구석으로 돌아가는 것 같은 생각이 든다. 어쩌면 그녀는 그 선반을 떠난 적조차 없었고, 그가 그녀를 꺼내기 위해 선반을 향해 손을 뻗친 것인지도 모른다. 어쩌면 그는 그 투명한 창 뒤에서 말을 했고, 따라서 모든 것이 질식된 채 그녀에게 이르는 것인지도 모른다. 사실은 섬광이나 햇빛인데, 약해진 빛으로 보이는지도.

그녀는 한 권의 책처럼 대우받기를 바라고, 또 그런 대우를 받아들이지만 아무 책이든 상관없는 것은 아니다. 그녀는 사람들이 계속해서 다시 찾는 책, 그 책에 대한 모든 것을, 모든 페이지를 알지만 그 무궁무진한 수수께끼를 간파하지는 못하는 그런 책이고 싶다. 가장 좋아하는 책, 절대로 옆으로 치워지지 않고 언제고 다시 찾을 수 있도록 손이 닿는 거리에 남겨지는 책, 머리맡에 놓이는 책 말이다. 세속적인 대화를 통해 책과 독자를 연결해주는 결합을 헛되이 바라기보다 그녀는 오히려 아무 말도 하지 않고 침묵하는 쪽을 택한다(할말이 없을 때는 침묵을 지키는 것이다).

그 침묵, 혹은 침묵을 은폐하고 채워주는 농담이 알려주는 것은 특이한 고통이다. 그 고통은 샘 많던 그녀의 어린 시절을 생생하게 떠올린다. 그녀의 집안엔 딸이 여럿 있는데, 그녀는 자신이 가장 사랑받는 딸로 선택되기를 늦게까지 단념하지 않았다.

"모든 작가는 내게 유일무이한 사람입니다."

출판업자는 한 인터뷰에서, 친절하게도 모든 아이의 마음속에 언제나 자리잡고 있는 전형적인 아버지에 비유하면서 이렇게 말한다.

유일무이하다, 그녀는 생각에 잠겨 반복한다.

그러니까 책 한 권을 끝내고 또 한 권을 시작하는 그 일상적 행위를 계획하는 끈질긴 열중.

어쩌면 유일무이할지도 모른다. 그러나 그녀 혼자만 그런 것은 아니다.

그와 단둘이

금지된 남자들, 다른 사람의 접근이 금지된 남자들이 있어요. 나는 그 경건한 거리(距離)가 사랑 본래의 성격을 나타내는지 ― 여기와 저기, 양쪽에 있는 것 ― 아니면 불가능성을 나타내는지 때때로 궁금해요. 상대방의 아무 곳도 만지지 않은 채, 멀리 떨어져서 어떻게 서로 사랑할 수 있죠?

건너가고 싶은, 반대편 강변으로 가고 싶은 괴로운 욕망, 지나가고 싶은 괴로운 욕망, 그것 때문에 죽을 수도 있을 거예요.

첫사랑

거의 십 년 동안 그녀는 첫사랑을 만나지 못하고, 그를 잊어버린다.

어느 날(그녀가 남편과 함께 막 아프리카에 정착했을 때), 그녀는 리옹에서 온 푸른 봉투의 편지를 한 통 받는다. 그 사람이다.

그는 그녀의 언니 클로드에게 전화했다가 그녀의 아프리카 주소를 알게 되었다. 언니는 그녀가 결혼해서 바뀐 성(姓)도 알려주었다. 그는 어떻게 그녀가 결혼할 수 있었는지, 그 이유가 무엇인지 인정하지 않으려 하고, 이해하지도 못한다. 그는 홀몸이고, 혼자 산다. 그들이 다시 만날 수 있을까?

3구에 있는 옛 건물의 계단 꼭대기에서 그가 문을 열자, 전보다 더 희끗희끗해진 짧게 깎은 다갈색 머리카락이 우선 그녀의 눈에 들어온다. 그는 약간 뚱뚱해졌지만 그녀는 그를 알아보고, 그가 그녀를 껴안자 추억이 다시 찾아온듯 그의 체취를 들이마신다.

그는 그녀에게 자신의 삶을, 여러 해 동안 일어난 일들을 이야기한다.

그는 이공과대학에 들어갔다. 그것은 그녀도 알고 있는 사실이다. 그들이 마지막으로 마주친 것이 바로 이공과대학의 무도회에서였는데, 그때 그들은 서로 모르는 체했다. 그는 이공과대학에서 그다지 잘 견뎌내지 못했다. 그녀가 기억하고 있는지 모르지만, 그는 반(反)군국주의자였으니까*…… 맞아, 그래. 하지만 장군이었던 아버지는……

그는 지금 커다란 석유 공장에서 일하고 있는데, 직장을 옮기려고 여기저기 면접을 보러 다니지만 지금까지는 허사이다. 그는 직장생활이 편안하지 않고, 사람들에게 치이고 있으며, 학위에 걸맞는 월급도 받지 못해서 변호사를 찾아가 상담을 해볼 생각을 하고 있다.

그리고 또 하나, 놀랍게도 삼십여 년 동안 숨겨져온 비밀이 있다. 그는 얼마 전에야 비로소 그것을 알게 되었다. 그가 유태인이라는 것이다. 알제리에서 군인으로 복무하던 그의 아버지는 정숙한 분위기의 젊고 가무잡잡한 여자를 데려와서 결혼했다. 그녀는 미셸을 만나러 갔을 때 우울한 미소를 머금은 얼굴로 무서워하며

---

* 엘리트를 길러내는 그랑제콜 중의 하나인 파리 이공과대학은 나폴레옹 시대에 세워진 학교로, 아직도 그 시대의 분위기가 남아 있어서 모든 입학생이 얼마간 군복무를 해야 한다.

문을 반쯤 열던 그 여자를 기억한다. "엄마가 유태인인데, 넌 그걸 몰랐단 말야?"

그래, 그는 몰랐다. 그의 아버지는 가족들이 모두 그 비밀을 지키게 했고, 지금까지도 그것에 관해 말하기를 거부하고 있으며 — 유태인인가 아닌가 하는 것이 무슨 의미가 있겠는가? 어쨌든 그는 할례받는 것을 원하지 않았을 텐데 — 어머니는 자살했으니까.

첫사랑은 지친 모습으로 거기에 앉아 있다. 아, 너도 알겠지, 무참히 살해당한 민족과 "뭐가 중요해?" 라고 말하는 우리 아버지. 그녀는 그의 손을 잡는다. 이봐, 미셸…… 그는 그녀의 손길 아래 눈을 감지만, 얼굴은 고통스럽다. 그들 뒤에 있는 선반 위에는 그의 아버지가 웃음 하나 없는 얼굴로 금 장식줄, 씩씩한 어깨, 남성적인 용모를 과시하고 있다.

그는 저녁을 먹으러 정결한 식당으로 그녀를 데려간다. "그런데 당신 결혼했더군." 그가 그녀에게 말한다.

그에게도 연애사건이 있었고, 물론 지속적인 관계도 있었지만 언제나 임자 있는 여자들이었고 결코 그에게로 오지 않았다. 그가 무척이나 사랑한 여자가 한 명 있는데, 그 여자에게는 아이들이 있었다. 결국 이루어지지는 않았다 —"네가 들으면 웃겠지만"— 그녀의 이름은 카미유였다.

지금은 여기저기서 만나는 여자들과 아주 짧은 사랑놀음을 하며 여자를 낚으러 돌아다니고 파티를 휩쓸고 다니는데, 콘돔은 절대 사용하지 않고, 상호 신뢰를 바탕으로 하며, 어쨌든……

집으로 돌아오자, 그는 그녀를 껴안는다. 그녀는 그를 원하며, 열여섯 살 적의 일요일, 그들이 침대 속에서 꾸미던 미래의 계획을 회상한다. 그렇지만 그는 그녀에게 키스하지 않는다. 그녀의 귀에 대고 꼭 사랑을 나눌 필요는 없으며 그저 함께 침대에 누워 끌어안은 채 밤을 보낼 수도 있다고, 그녀가 거기서 자기와 함께 잠자도 좋다고 속삭인다.

예전에 그들의 관계가 끝나기 전 몇 달 동안, 그들은 더이상 성관계를 갖지 않았다. 그녀는 다른 사람과 잤지만 여전히 그들은 서로 사랑했고, 다정하고 우애 있게 행동했다. 그녀는 다른 사람의 아이를 밴 채, 그의 집에서 잠자던 때의 그들의 순결한 잠과 수술이 끝나면 차에 태워 데려가려고 그녀가 낙태수술을 받는 동안 여러 시간을 꼼짝 않고 대기실에 앉아 기다리던 정다운 그의 얼굴을 기억한다.

그들은 바로 그 시절, 반은 행복하고 반은 불행했던 그 순결한 애정으로 돌아간다. 그들은 바로 거기, 그의 방 문턱에 서 있고, 십년 전에 애끊는 심정으로 서로 껴안으며 헤어졌던 그 순간에 있는 것이다. 그들은 세월을 거슬러올라가서 바로 거기, 출발점에 있다. 마치 결코 서로 헤어진 적이 없었던 것처럼.

그녀는 그곳에 남지 않고, 핑계를 대며 도망친다. "기다려." 그녀가 이미 계단으로 들어서는데 그가 소리친다. "기다려." 그는 사진기를 가지고 다시 와서, 반쯤 돌아서는 그녀의 폴라로이드 사진을 두 장 찍는다. 하지만 그녀는 그 사진이 현상될 때까지 기다리지 않는다.

지하철에 앉아서, 그녀는 손가락 사이로 첫사랑의 냄새를 들이마신다. 터널 밑으로 빛에 구멍 뚫린 어둠이 쏜살같이 차례로 지나간다. 그녀는 때때로 이 세상에서 자신이 속할 자리를 갖지 못한 채 괴로워하고 있는 듯한 느낌을 주는 남자들을 생각한다. 적대적인 혹은 구속하려는 욕망에 들뜬 어떤 사람 때문에 어린 시절부터 무기력한 불행 속에 갇혀 있다가, 눈부신 경력이나 훌륭한 인격이 빛을 발하는 와중에 불가사의한 실패라는 예기치 못한 불행을 갑자기 맞닥뜨린 남자와 같은.

펜팔

그들은 회의에서 한 번 만났고, 그후로 서로 편지를 쓴다. 그는 결혼을 했고, 아이가 셋이다. 그는 그녀에게 자기 누이동생이 되어달라고 부탁한다.

그녀는 그의 편지를 받는 것을 좋아한다. 편지를 뜯어서 읽는 것, 그의 문장과 문장의 리듬과 삽입구를 통해 한 남자를 발견하는 것, 처음에 그것은 기쁨이다. 마치 정신을 들이마시는 듯하다, 그렇다, 지성이 넘쳐흐르는 편지인 것이다.

그녀는 그를 자극하고, 그를 생각한다고 말하고, 남자에 대한 자기 생각을 말한다.

그는 그녀에게 사랑한다고 편지를 쓴다. 그는 그녀가 읽고 싶어 하는 것을 쓰고, 그녀가 듣고 싶어하는 것을 말한다. 그녀를 사랑한다는, 바로 그 말 말이다.

그때부터 더이상 아무것도 가능하지 않다. 더이상 편지를 주고받지 않는다. 그를 사랑하지 않아서가 아니다. 그녀는 "저도요" "저도 당신을 사랑해요" "저 역시 당신을 사랑해요"라고 대답하고 싶은 유혹을 느꼈지만, 그런 말들이 석고 쇠시리처럼 공허하고, 주추나 천장 가장자리에 무한정 계속되는 장식띠의 모티프처럼 어리석고 단조롭다고 생각했다. "당신을 사랑해요", "저도요"—마치 북쪽에 있는 그와 남쪽에 있는 그녀가, 편지를 교환하는 두 사람이 서로 다르지 않고 똑같은 사람들인 것처럼. 비슷한 말, 그런 것이 설득력 있게 써질 수 있을까, 편지 배달이라는 여행을 할 수 있을까, 여행을 견딜 수 있을까?

그녀는 이따금 견딜 수 없이 펜팔이 그립다. 참고, 조바심 내지 않고, 거리(距離)가 주는 혜택을 더 잘 간직했더라면 좋았겠지만 그녀는 그 아름다움과 힘을 생각하지 못하고 거리를 나타내는 표지판을 부수려고 애썼다. 그녀는 참을성이 없고, 보이지 않는 것의 유혹에 동의하지 못하는 것이다. 그녀에게 부재란 사랑을 청하는 것이 아니고 욕망을 자극하지도 않으며, 언어라는 미사여구는 사람 사이의 관계를 은폐하는 무능력이다. "당신을 사랑해요", "저도요", 그건 장식이며 시시한 가짜다. 관계란 없는 것이다.

바로 그 때문에 그녀는 마음에 드는 남자와의 서신교환에는 철저히 폐쇄적이고, 오직 여자 펜팔하고만 오랫동안 관계를 유지한다. 여자 펜팔은 오히려 거리를 두고 떨어져 있는 게 좋다. 그렇지만 그녀는 종종 육체가 욕망의 끝없는 기대에 편지보다 잘 부응하지 못한다는 것을 알고 있다. 하지만 그녀는 유일하게 가능한 대답을 끊임없이 연기하느니 차라리 숨김없이 그 모습을 드러내고 산 채로 불태우기를 좋아한다. 모든 차이점을 찬양하는 동시에 비난하는 대답(당신은 내 펜팔이 아니기 때문에 내겐 당신에게 이 말을 해줄 의무가 있어요), 유일하게 가능한, 물리적으로 가능한 대답, "나 여기 있어요"라는 대답 말이다.

남자 형제

마침 그녀에게는 남자 형제가 없다. 그녀는 이따금 그게 더 좋다고, 한 남자의 누이가 되어 그의 육체를 제외하고 그와 접촉하는 것은 견딜 수 없었으리라고 생각한다. 그러나 그것은 어쩌면 그녀에게 남자 형제가 없기 때문인지도 모른다. 그녀는 누군가의 욕망의 대상이 되지 않은 채 그를 매일 사랑해야 할 필요가 없었고, 어린 시절에 불같은 시련도 겪어보지 않았으니까. 아버지나 앙드레는 문제가 되지 않는다. 그들은 세대가 다르니까. 아마도 그 때문에 오늘날 더 고통스러운 모양이다. 그녀는 그 고문에 익숙하지 않다. 육체적으로나 정신적으로 가까운 혈통이거나 살아온 인생의 시기가 비슷한 남자 — 부계 혈족, 동시대인, 교회에서 이웃이라 부르는 존재 — 의 면전에서는 애무라는 생각조차 금지되는 고문 말이다.

여러 번, 그녀는 버스 안에서 여드름이 나고 수단을 입은 새파

랗게 젊은 남자와 마주친다. 그녀가 그 청년 옆에 앉으면, 그는 언제나 그녀에게 미소를 지으며 "안녕하세요, 자매님" 하고 인사한다. 그녀가 그의 어머니(청년의 어머니)뻘이 될 수도 있다는 사실은 말할 것도 없고, 그녀는 사람들이 강요하고 싶어하는 그 가족이라는 것을 싫어한다. "사람들은 모두 형제예요", 그래 그래, 그녀는 그런 말을 기억한다. 어디에선가 그런 말을 읽었다. 그러나 버스 안에서 — 그녀도 미소를 짓는다 — 잠시 후 그녀를 안심시켜주는 것은, 만약 모든 남자가 형제라면 모든 여자는 그들의 여자 형제가 아니리라는 점이다.

그는 그녀를 영화관에 데려가고, 함께 외출하고, 그녀에게 자기 친구들을 소개하고, 자기가 읽은 책에 대해 말해주었을 것이다. 어쩌면 그녀를 감시하고, 염탐하고, 귀찮게 하고, 방해했을지도 모르고, 그녀를 질투하고, 놀리고, 미워하고, 감탄하고, 시중을 들어주고, 속이고, 떠나고, 뒤따라가고, 잊어버리고, 다시 찾았을 것이다.
　그러나 그가 그녀를 사랑했을까?
　오빠나 남동생이 어떻게 자기 누나나 누이동생을 사랑하는가? 다른 사랑과 똑같은 이름을 지니고 있는 그 사랑은 어떤 것인가?

　그녀는 있지도 않은 남자 형제를 아쉬워하지 않으며, 어느 누구도 그 역할을 대신하지 않을 것이다. "네 이웃을 네 자신처럼 사랑하라"·"내 동포 내 형제"·"우리의 다음 세대를 살아갈 인류의 형제들이여"·"내 아이여 내 누이여 감미로움을 꿈꾸어라"— 환원될 수 없는 이타성을 제기하는 그 모든 문학, 그녀는 거기에 익숙해지지 않는다.

그녀에게는 이 세상 어디에도 남자 형제가 없고, 그것은 잘된 일이다. 따라서 그녀는 단 한 가지 종류의 사랑밖에 모른다. 그녀는 안심시켜주는 친숙함보다는 불안하게 하는 생소함을 훨씬 더 좋아한다. 그녀는 이웃을 타인처럼 사랑한다.

그와 단둘이

아벨 베유. 당신 이름은 정말 묘해요. 형제, 물론 선량한 형제의 이름이죠. 자기 아들을 카인이라고 부르는 어머니는 분명 많지 않겠지만…… 그건 또한 귀에 들리는 소리에 지나지 않는다 하더라도 상당히 여성적이에요. 카인*에서는 부정관사 남성형인 '앵 (un)'과 비슷한 발음이 나는 반면 당신 이름에서는 여성을 지칭하는 대명사 '엘(elle)'의 소리가 들리잖아요. 더 그럴듯한 근거도 있어요. 가장 온순한 형제, 여자 같은 형제가 남성적인 형제의 공격에 죽는다는 얘기 말이에요.

하지만 당신은 아마 남자 형제가 없지요?

아벨 베유**, 밤샘하고 보살피는 선량한 형제. 난 내가 살던 나

---

* 프랑스어 발음으로는 '카앵'이다.

라에서 그런 사람들을 봤어요. 밤샘하는 수천 명의 형제들, 그들의 어머니들은 죽음을 면할 수 없는 유해한 표본을 끝없이 낳는데, 거기서는 남자 형제란 바로 여자들의 죽음을 뜻해요.

그러나 사실, 여기서는 굉장히 다르지요? 다행히도 스타일이 달라요. 하지만 그래도 그 호의적인 형제애, 남녀 사이의 형제와 같은 호의, 그런 것 역시 우리 모두를 죽이는 거라고 생각하지 않으세요? 우리 — 인류, 인간이라는 것 — 를 합체시키고, 형태를 알 수 없는 하나의 마그마 덩어리로 뒤섞기 위하여, 우리 존재를 하나하나 파괴하는 것이라고 생각지 않으세요? "죽음으로 우리가 한데 모이기를!"

우리가 모두 남자이고*, 우리가 모두 여자인가요?

우리가 모두 형제이고, 우리가 모두 자매인가요?

생각해보세요, 동일한 문법을 근거로 하는 주장의 모순을 집어낼 수 있잖아요. "우리가 모두 자매"라니 — 도대체 이게 어찌 된 일입니까!

연민, 자비, 인도주의에 반대하는 것은 아니에요. 그런 건 문제가 되지 않아요.

오직 정반대의 성에 의해서만 얻을 수 있는 것, 가족적인 일체

** 철자가 Weil인데, 동음이의어 veille는 '밤샘하다'라는 뜻을 갖고 있다.
* 프랑스어로 '인간'과 '남자'는 같은 단어 homme를 사용하므로, 이중의 의미를 나타낼 수 있다.

성이라는 어리석은 욕망 안에 포함되는 형제나 동료는 결코 주거나 받을 수 없는 것, 이를테면 내가 아닌 존재에 대한 심오한 인식, 즉 타인에 대한 이해력 같은 것을 관습과 무언의 금기라는 전체적인 망으로 사회 안에 확립하려는 시도에 반대하는 것이지요.

당신도 알고 있겠지만, 이 건물에는 아망—아망 동브르—이라는 이름의 사람이 있어요. 밤샘하는 아벨 베유와 그림자의 연인 아망 동브르—남자의 두 가지 유형이라고 할 수 있죠.

당신 이름에는 남성인지 여성인지 성(性)이 나타나 있지 않아요. 명백한 성이 없어요. 그런 이름이라면 당신은 사제가 될 수도 있었을 거예요.

또는 심리학자. 부부치료 전문가.

모든 사람에게 속한 우리의 형제.

모든 사람에게, 나를 제외하고.

예수

그리스도는 굉장히 멋진 남자다. 그녀는 그리스도를 남편으로 삼은 여자들을 이해한다. 그녀 자신도 교회가 눈에 띄면 그때마다 안으로 들어가보는데, 바로 그 사람 예수 때문이다.

예수는 운동선수 같은 멋진 육체, 전투와 춤과 사랑을 위해 만들어진 육체를 지니고 있다. 그건 예수라는 남자의 육체, 우리를 소위 영적인 존재로 돌아오게 하기 위하여 끊임없이 우리 눈앞에 들이대는 아름다운 나신이고, 죽거나 혹은 죽을 운명에 처한 공허한 육신이다.

그러나 동맥 어딘가에서, 목의 오목한 곳에서 피가 뛴다. 그녀가 꿈을 꾼 것이었을까?

그건 교회에서 볼 수 있는 시신이거나 창과 사람들의 시선에 노출된 채 버려진 고통스러워하는 육체가 아닌가? 때때로 그녀는 그 두 가지를 망각한다. 상처가 사라지고 미소를 띤 듯한 얼굴이 순교자의 모습을 대신하면, 그녀는 수영한 후 풀밭에 누워 있는 사람처럼 구름 아래 십자가 위에 팔을 벌리고 누워 창백한 모습으로 숨을 헐떡이며 구름 너머로, 스테인드글라스 너머로 따뜻한 온기를 향해 고개를 돌리는, 거의 벌거벗은 육체의 한 남자를 보고 감탄할 뿐이다. 그녀에게는 막바지에 이른 어느 봄날의 여전히 하얀 피부 밑에서, 힘을 쓴 후 이완되고 있는 불쑥 튀어나온 근육밖에는 보이지 않는다. 그렇다. 교회 안에서 예수를 바라볼 때 때때로 그녀는 그가 죽었다는 사실을 망각한다. 바흐의 미사곡을 들으면서 신이 존재하지 않는다는 사실을 잊어버리는 것처럼 신비스럽게, 새까맣게 잊어버린다.

그리스도는 고통을 받고 우리에게 자기 자신을 내맡기는 듯한 멋진 남자다. 그렇다고 해서 우리가 그를 행복하게 해줄 수 있을까? 그녀는 그렇게 생각하지 않는다. 바로 그 때문에 그녀의 신앙심은 소극적이고 냉담한 채로 남아 있는 것이다. 예수는 분명 모든 남성적인 특성 ─ 근육, 수염, 힘과 용기, 갓난아기 상태를 막 벗어났을 때부터 헝겊으로 점잖게 가리고 있는 성기에 이르기까지 ─ 을 소유하고 있다. 그는 남자이고, 인간의 아들이다. 그러나 그에게는 여자가 없고 여자에 대한 욕망도 없는데, 그것은 곧 형벌을 받기 전이든 후든 그가 절대로 당신을 품에 안아주지 않을 것이며, 또는 기적적으로 당신을 품에 안아준다 해도 그 포옹은 얼음장처럼 차갑고 기쁨을 남길 만한 여지가 전혀 없으리라는 것을 뜻한다. 그에게는 여자가 없고 가족이 없다—아버지인 아들, 절대로 아버지가 되지 않을 아들, 절대로 사랑에 빠지지 않는 사랑의 신. 그녀는 그 신을 믿지 않는다. 그가 그녀를 위해서 목숨을 주었다고? 하지만 그녀에게 준 것은 아니다. 그녀에게는 아무것도 주지 않았다. 손이 닿지 않는 곳에서 쳐다보기만 해야 하는 고난당한 그 육체, 차가운 피를 지닌 그 육체—날 만지지 마시오—를 제외하고는.

그녀는 어디에 가든 항상 교회 쪽으로 우회하여, 그리스도를, 그리스도의 몸을 보러 간다. 그녀는 사람들의 맹목적인 마음과 바라보는 시선에 대하여 그가 발휘하는 능력을 알고 있다. 영원히 그를 숭배하는 여자들의 불행. 그녀는 자기들 때문에 그가 죽었다고 생각하는 정신나간 여자들을 측은하게 여긴다. 그를 쳐다보기만 해도, 그 아름다움과 고통 너머로 부재의 형태가 보이기 때문이다. 도처에서 볼 수 있는 그 육체는 사랑을 보여주지 않으니까. 그 가슴 안에서, 그 품안에서 편안하게 지낸다는 것, 그것은 불가능하다. 그녀는 그것을 믿지 않는다. 거기에는 머리를 기댈 가슴도, 영혼을 쉬게 할 어깨도 없다. 공허함, 공허함뿐이다.

애인, 남편

　애인과 결별한 후, 그녀는 이 년 동안 운다. 슬픔을 암시하기 위한 상징적인 표현이 아니라, 그녀는 정말로 날마다 운다. 자기 방에 조용히 혼자 있을 때뿐만 아니라, 남편이 기분전환을 시켜주기 위해 저녁에 데리고 간 식당에서도 운다. 우는 것을 그치지 않는다. 눈물이 접시에 떨어져 음식에서 바닷바람처럼 짭짤한 맛이 난다.

　남편은 그녀를 죽이고 싶다. 어떻게 해서 망막이 떨어져나갔냐고 물어보는 안과의사에게 그녀는 사고를 당했다고 대답한다. 의사는 그녀에게 레이저 수술을 해주고, 렌즈를 끼지 말라고 충고한다. 그녀에게는 더이상 눈물이 나오지 않기 때문이라는 것이다.

　애인은 그녀의 편지에 답장하지 않고, 학교 문턱에서 그녀가 그의 팔을 붙잡자 한마디 말도 없이 몸을 빼낸다. 그녀는 울고, 그가 말한 모든 것, 그가 당신을 사랑해요, 하고 말하던 것, 또한 당신을 사랑하지 않아요, 하고 말하던 것을 회상한다. 눈물은 마치 그 두 문장을 하나의 풍경 안에 침수시키려는 비의 장막과도 같다.

그녀는 어떻게 그것이 가능한지 이해하지 못한다. 같은 입으로 당신을 사랑해요, 그 다음에는 당신을 사랑하지 않아요, 그러고는 침묵에 빠지는 것 말이다.

당신을 사랑해요.

당신을 사랑하지 않아요.

애인은 말이 없다. 그는 말이 없는 남자다. 그녀는 사랑의 편지를 쓰고, 진실이 무엇인지 알고자 한다. "당신과 얘기하고 싶어요", 그녀는 그에게 말한다.

애인은 대답하지 않는다. 그는 말을 하는 남자가 아니다.

그녀는 사랑의 편지를 쓰고, 불행하다고 말한다. 애인은 대답하지 않는다, 그는 책임이 없으니까. 그녀가 보내는 편지와 그녀가 주는 사랑에는 대답이 없다. 그녀는 그의 언어로 말하지 않으니까.

어느 날 오후, 교무실에 박하가 든 차가 준비된다. 그녀는 자동차 뒷좌석에서 밤새도록 울었고 ─"꺼져, 꺼지라구, 그러지 않으면 죽여버릴 거야" 하고 남편이 소리쳤다 ─ 날이 밝는 것을, 여명이 차츰차츰 장밋빛으로 물드는 것을 백미러 안에서 보았다. 당신을 사랑해요, 당신을 사랑하지 않아요. 김이 모락모락 나는 뜨거운 차를 잔에 따르고, 쟁반이 돌려진다. 남편은 손가락 끝으로 잔

하나를 집어서 애인의 얼굴에 던진다. 그는 "It' s your cup of tea, I guess"라고 말하고는 아연실색하여 화석처럼 굳어진 그녀를 쳐다보지도 않고 나가버린다. 애인은 모욕당한 자세로 몸을 구부리고, 마치 눈물처럼 보이는 뺨 위의 찻물을 휴지로 닦는다.

그녀는 이 년 동안 운다. 그가 떠난 후에도 여전히 운다. 그리고 첫 아이 — 그 아이는 죽게 되지만, 그녀는 아직 모른다 — 를 임신한다. 그제서야 그녀는 애인을, 무책임한 애인을 잊는다. 사랑과 혐오를 구별하고 애인과 그녀 사이를 갈라놓은 거리를 메우려는 일을 단념한 것이다. "당신을 사랑해요, 당신을 사랑하지 않아요"라는 그 풀리지 않는 수수께끼에 영혼이 굴복하고, 그 수수께끼에는 명확한 대답이 없다는 것을 육체가 받아들인다. 다른 모든 것을 해결해주는 "난 살아 있고, 그 다음에는 죽었다"라는 또다른 신비에 대한 답이 없는 것과 마찬가지로.

소설적인 결말이라면 다르게 끝날 것이다. 여러 해가 지난 후, 인내와 망각, 세월의 길이, 세월이라는 차량의 행렬, 세월의 칸막이, 그리고 그 칸막이 사이에 가장 상반되는 사건과 가장 모순되는 말들이 완전히 밀폐되는 것을 상기시키면서. 그녀는 사소한 것에 반응하지 않고, 어떤 것에도 일치되지 않는다. 매 순간이 초연하고, 어떤 말에도, 어떤 사소한 것에도 집착하지 않는다. 그리고 그녀를 사로잡은 것은 미친 듯한 웃음이다. 어느 날 아침, 남편이 막내딸의 우윳병에 뜨거운 물을 따르는 동안, 그녀는 웃는다. 멈추지 못하고 눈물이 날 정도로 웃다가 딸꾹질까지 한다. 깜짝 놀란 남편에게 그녀는 말한다. "당신, 내 애인한테 준 차 생각나요?"

아들

그녀에게는 아들이 하나 있었다. 그 아이는 죽었다. 아이가 있냐는 질문을 받으면, 그녀는 자기 어머니와 똑같이 "딸이 둘 있어요" 하고 대답한다. 처음에는 사연을 명확히 밝히면서 그 아들을 거론하곤 했다. 그러나 이제 그렇게 하지 않는다. 사람들이 잘 이해하지 못했기 때문이다. 그래서 그녀는 그러기를 그만두었고, 아들에 관해 더이상 말하지 않는다.

모든 여자는 아이를 갈망한다. 이미 예닐곱 명쯤 아이를 두었건 하나도 없건 간에. 아이를 원하지 않는 여자, 아무 이유 없이 결코 아이를 갖지 않을 여자, 아이를 고대하는 여자, 아이를 낳는 여자, 아이를 원하는 여자, 모두 아이를 갈망한다. 낙태하고 아이를 지키지 않는 여자, 버리고 거부하는 여자, 양자를 들이는 여자도 아이를 갈망한다. 임신한 여자, 임신을 못 하는 여자, 더이상 아이를 가질 수 없는 여자, 늙은 여자도 아이를 갈망한다.

그것은 거기 있기도 하고 있지 않기도 한 아이이다. 아이는 굴러갔다가 다시 돌아오는 실패처럼 가고 또 온다. 사람들은 아이의 부재에 익숙하다. 그녀에게는 아들이고, 다른 사람에게는 딸이다. 그러나 아이는 존재한다. 모든 여자에게는 아이가 있다.

남자들 역시 아이를 갈망한다. 그 아이, 그 아들, 그들 자신의 분신, 그들 자신의 미래, 피, 얼굴, 이름. 그들은 그 모든 것을 갈망한다. 아이를 갖지 않도록 조심하고, 때맞춰 빠져나가고, 안전하게 덮어쓴 채 나오고, 그런 것에 아랑곳하지 않고, 일이 너무 많고, 싫다고 말하고, 비명과 눈물과 속박과 구속을 싫어하고, 아이들을 감당하지 못하는 남자조차 갈망한다. 모든 남자, 심지어 아이를 죽이는 남자조차 아이를 갈망한다. 모든 남자는 아버지이다.

그녀에게는 몹시 사랑하는 딸이 둘 있다, 이건 상대방의 이해를 돕기 위한 말이다. 그러나 그 아이, 어느 누구의 품에도 없고, 영원히 없을 것이라서 그리운 그 아이, 그 아이 역시 그녀의 아이이다. 그녀에게는 아들이 하나 있다. 바로 그 아이다.

남편

그는 하루 종일 돌아다녔지만 너무 늦게 도착한다. 아이는 이미 태어났고, 이미 죽었다. 그는 그녀가 기다리고 있는, 이제는 오직 그만을 기다리고 있는 방으로 들어간다. 그녀가 팔을 내밀자 그가 다가갔고, 그녀는 두 손으로 살아 있는 그의 살을 잡는다.

몇 달 전 — 절망에 빠지기 직전이었다 — 사랑을 나눌 때, 그들은 서로의 입과 손가락과 배를 합했고, 서로의 얼굴과 사지를 뒤엉키게 했는데, 그 즐거움이 기적을 불렀다. 아이를 만든 것이다.

기쁨은 상상도 할 수 없는 것이었다. 죽음은 그렇지 않다. 죽음은 상상할 수 있다.

우리는 모두 두 가지 미지의 순간에 늘 사로잡혀 있다고 할 수 있다. 기원(起源)의 순간과 종말의 순간이 그것이다. 서로 껴안는 육체, 남자와 여자, 즐거움과 죽음이 쌍을 이루듯 한 쌍을 이루는 순간. 그녀는 예전에 그들이 네, 하고 대답한 관용적인 문구, "기쁠 때나 괴로울 때나"를 상기한다. 모든 것이 둘로 이루어지고, 남편이 자신의 짝인 그녀와 함께하듯 그녀는 남편과 함께하고, 그들은 함께 나아간다.

영안실에서 죽은 아기를 품에 안고 흔드는 그녀를 남편이 감싸 안을 때, 그녀는 자기가 수천 명의 남자를 알게 되더라도 남편보다 더 가까워지지 않으리라는 것을 깨닫는다. 갑자기 남편과 그녀 사이의 거리가 완전히 사라지고, 땅속에 묻힐 때나 밤에 이불 속에서처럼 그들의 몸은 서로의 몸 안으로 들어가 박혔다.

의사

　의사는 모든 게 잘되고 있다고, 걱정할 필요 없다고, 미리 준비할 처치가 아무것도 없다고 단언하고 그녀의 얼굴에서, 그녀의 두려움에서, 그녀의 신뢰에서 시선을 돌린다. 두 시간 후 아이가 죽었는데, 그 사실을 말해주러 온 사람은 그 의사가 아니라 간호사였다. 아이(당신의 아이가 아니라 그냥 아이다. "아이가 소리를 내지 않는데요." 그 아이는 당신 아이가 될 시간이 없었어요), 아이가 죽었다고.

　의사는 간호사와 같은 도시에서 공부했는데 대단히 공부를 잘했다고 한다. 그는 그녀보다 네 살이 적고, 그녀가 중학교 과정을 마쳤을 때 그는 중학교 1학년이었지만, 일반 학교가 아니라 아마 생 장 학교를 다녔던 것 같다. 그녀가 보기에 그는 가톨릭 신자인 것 같다. 그렇다, 분명히 가톨릭 신자다. 아들은 죽을 운명이니, 어머니는 고통스럽겠지만 사실을 받아들여야 한다. 그는 아이가 죽었을 때 어떻게 해야 하는지, 부모에게 무슨 말을 해야 하는지 배우지 않았다. 그런 것은 학교에서 배우지 않아서 알 수 없다. 그는 임기응변으로 대하지도 않는다. 자기보다 먼저 그 병원에서 근무했던 아버지처럼 엄격하고, 꼼꼼하고, 조리 있는 의사니까.

그녀는 장례를 치른 후 그를 보러 간다. 약속을 하고, 그의 진찰실로 그를 보러 간다. 서로 아무 말도 없이, 서로 이해하지도 못한 채 그렇게 헤어질 수는 없는 법이다.

그러나 그는 할말이 아무것도 없다, 아무것도. 그녀가 진료기록을 원한다면, 동료의 손을 거쳐야 할 것이다. 환자는 직접 진료기록에 손을 대지 않으니까. 그는 금속을 깎아 만든 페이퍼 나이프를 만지작거린다.

환자.

그녀는 환자가 아니다. 그녀는 불행한 여자다.

그가 대화를 끝내려고 일어설 때, 어떤 영상이 그녀의 눈앞으로 지나간다. 그녀는 칼만 남겨둔 채 손등으로 그의 책상 위에 있는 것을 모두 쓸어버리고, 니스 칠이 된 나무판 위에 그를 쓰러뜨리고 거칠게 그를 강간한다. 왜, 왜? 그에게 다시 하나를 만들어주기 위해, 그뿐이다. 그가 망가뜨린 것을 다시 만들어주기 위해, 고쳐주기 위해. 그래, 그녀가 아이를 원하니까. 그뿐이다. 그가 그녀에게 아이를 돌려주어야 하니까. 그는 금발이고 안색이 창백하다.

그에게는 틀림없이 그를 닮은 아이들, 그녀가 그 눈매를 알지 못하는 죽은 아이를 닮은 아이들이 있으리라.

그녀가 나온다. 남편이 밖에서 그녀를 기다리고 있다. 그녀는 남편이 오는 걸 원치 않았지만, 남편은 냉정함을 유지할 수 없었을 것이다. 그녀는 남편 품에서 울고, 수치심으로 울고, 죽은 여자처럼 늘어진다.

처음에는 그 영상이 줄곧 그녀의 머리에서 떠나지 않는다. 수치스럽고, 이루 말할 수 없는 그 끔찍한 환영. 거칠게 그를 올라타며 깔고 앉는 자신의 모습이 보인다. 땅에 구멍이 파이고 씨가 뿌려진다. 다음 장면은 더 잘 보인다. 그녀가 거기서 벗어나는 장면이다. 그 기괴한 몸싸움에서 그를 뚫고 들어가는 것은 그녀이고, 그의 몸 위에 자리잡은 그녀는 거칠다. 무기를, 남자 같은 힘을 휘두르며 삽을 찔러 넣어 그의 몸에 붉은 점토 구멍을 판다. 그 잔인한 싸움에서 망가뜨리고, 파괴하고, 유린하는 사람은 바로 그녀이다. 고칠 게 더이상 아무것도 없고, 그래, 그런 남자는 그 무엇도 구해주지 못한다. 아무것도 줄 수 없고, 아무것도 제공할 수 없다. 그래서 그녀는 그를 죽인다. 그렇다, 그녀는 그를 죽이고, 죽이고, 또 죽인다.

할아버지. 아버지. 아들

그녀는 첫 임신중이다. 해산하려면 겨우 한 달이 남았다. 아기는 아들이다. 그녀는 어머니와 함께 쇼핑을 하고, 자동차를 타고, 방금 산 아기용 조끼에 대해 이야기한다. 그녀의 어머니가 지하로 흐르던 강물이 다시 솟아나는 것처럼 갑자기 이런 말을 꺼내는 걸 보니, 분명 숨겨진 비밀스런 대화를 시작할 모양이다.

"사실 내 시대에는 여자로 산다는 게 힘들었다. 그렇지만 난 아버지를 사랑했고, 아버지는 나를 많이 귀여워해주셨지. 난 아버지가 가장 사랑하는 딸이었어. 하지만 얘야, 이제 와서 생각해보니 아버지는 내 길을 막은 거였어. 정말로 그랬어. 나는 운동을 아주 잘해서, 백 미터 달리기에서는 날 당할 자가 없었단다. 콜레트 베송 같은 챔피언이 될 수도 있었어. 프랑스 선수권 대회에 뽑혔거든. 정말이지, 난 훌륭한 선수였어. 재능을 살리려면 파리에 가야 했는데 아버지가 반대하셨어. 아버지는 그건 내 자리가 아니라고,

여자는 다리를 드러내서는 안된다고, 남자들은 오직 그것 때문에, 짧은 바지를 입은 여자들을 보기 위해 경기장에 가는 거라고 말씀하셨지. 아버지는 스포츠맨이었고 럭비에 대한 열정이 대단했단다. 하지만 나는 안 된다는 거야.

그리고 있잖니, 난 내 결혼에 대해서도 아버지를 원망해. 난 친척인 조르주─넌 그가 누군지 모르겠구나, 나도 그를 다시 만나지 못했으니까. 벌써 사십 년이 넘었네─를 사랑했어. 어머니 쪽의 먼 친척인데, 그가 어떻게 되었을지 궁금하고 때때로 그에게 편지도 쓰고 싶단다. 그가 릴에 산다는 걸 알고 있지만, 가만히 있는 게 더 낫지. 그가 눈뜨고 볼 수 없는 몰골이 되었을지도 모르니까. 남자들은 지독히 변해. 배도 나오고 머리카락도 빠지고 하거든. 나에겐 운 좋게도 앙드레가 있지만, 남자들은 노력하지 않는 경우가 많아. 넌 그렇게 생각하지 않니? 그러니까 내 말은 우리 여자들에 비해서 남자들은 노력하지 않는다는 거야. 요컨대 간단히 말해서, 그가 눈부시게 멋지던 시절에 난 그에게 홀딱 반했던 거지─내 첫사랑이야. 그러나 그는 공부를 별로 많이 하지 않았고, 직업이 세일즈맨이었어. 그래서 아버지가 반대하셨지.

사실 아버지는 무자비했어.

아버지는 내 전부였다. 하지만 나는 아버지의 전부가 아니었지.

남자들은 더 자유롭잖니, 넌 그렇게 생각하지 않니? 아들을 갖는다는 건 좋은 일이야. 더 나은 일이지. 지금은 좀 달라졌다고 해도 말이야. 난 정말 아들을 하나 갖고 싶었단다. 네 아버지도 아들을 무척 원했어. 이제 곧 손자를 갖게 될 테니 틀림없이 만족할 거다, 그렇지? 그는 정말 아들을 원했어. 만약 아들이 있었다면 모든 게 더 잘되었을까? 아들이 있었다면 아마 네 아버지가 날 사랑했겠지?"

그와 단둘이

민을 수 없는 일이에요. 내가 여기서 이렇게 당장, 남자들과 나에 대해서 당신에게 뭔가 말하고 싶어했다니. 어쩌면 내가 가지고 있는 생각이 대단치 않은 것이었을지도 모르지만 난 그것에 집착했는데, 음, 날아가버려서 기억할 수가 없군요.

애쓰고 있어요, 정말 애쓰고 있어요. 기억이 날 듯 말 듯한데 딱 떠오르질 않아요. 생각이 안 나서 신경질이 나는데, 떠오르지 않아요.

남자들과 나의 차이점에 대한 것이었어요. 심지어 내가 편안히 지내는 순간에도, 남자들 중 어느 누구와도 충돌이 없는 순간에도, 나 스스로 강하다고 느끼는 순간에도, 그 모든 것에도 불구하고, 나로 하여금 차이를 느끼게 하는 것, 육체적으로 차이를 경험하게 하는 것, 그것에 대해서 당신에게 뭔가 말하고 싶었어요.

사실 나는 남자라는 느낌을 꽤 자주 갖기 때문이에요. 그러니까 말하자면 전통적인 의미에서 나 자신이 여성적이라고 느껴지지 않고, 오히려 남성적으로 느껴진다는 거지요. 아마 내게 남자의 특성에 속하는 기질이 있어서 그런가봐요. 직업적인 활동, 글쓰기, 출판, 자립 같은 것 말이에요. 종종 나는 남자처럼 행동하고, 심지어 내가 남자의 풍자화 같기도 해요. 연애의 유희에 대한 혐오, 주도권을 쥐고 먼저 시작하려는 의욕, 어쨌든 그런 건 전통적으로 남자의 속성이잖아요.

누군가 나에 관한 일화를 들려주더군요. 내가 임신했다는 사실이 직장에 알려졌을 때—그러니까 벌써 거의 십 년 전 일이네요—동료 한 사람이, 내가 여러 해 동안 알고 지냈고 꽤 접촉도 많았던 사람인데, 그 동료가 "아 그래? 그럼 그녀에게 난소가 있단 말야?" 하고 탄성을 질렀다나봐요.
아무튼 우스워요.

이건 내가 말하고 싶었던 게 아닌데. 아니에요. 아! 금방 생각날 것 같은데 포착할 수가 없군요. 떠오르질 않아요.

아뇨, 정말 안 돼요. 소용없어요, 생각나지 않을 거예요.

내 기억에 구멍이 뚫렸어요.

정신과 의사

그녀는 아이 — 첫 아이 — 를 잃었기 때문에 그를 보러 간다. 아무도 그녀에게 그 이유를 정확히 말해줄 수 없었지만, 아이는 태어나면서 죽었다. 그녀는 아이를 저기, 프랑스에 묻고, 여기, 모든 것이 낯선 땅으로 돌아왔다. 이 땅은 아프리카의 어떤 나라인데, 여기서는 날마다 수천 명씩 아이들이 죽고, 그러다보니 많은 사람들이 웬만해선 울지 않는다. 모두 신을 믿고, 신이 모든 걸 결정한다고 믿는다.

도시 전체에 정신과 의사가 한 명밖에 없는데, 그 이유를 알 만하다. 그래서 그녀는 선택의 여지 없이 그곳으로 간다.

대기실은 사람들로 온통 새까맣다. 적어도 서른 명은 되는 사람들이 바닥에 앉아 있거나 벽에 머리를 기댄 채 서 있거나 긴 의자 위에 모로 누워 있다. 그녀가 입구 문 옆에 그대로 서 있자, 한 남자가 그녀에게 머리카락을 가리라고 말한다. 원한과 흡사한 광기에 사로잡힌 여자들이 미친 눈으로 신음하고 있다. 손이 꼬이고 눈이 풀려 있다. 그들은 당신을 원망하고 있어요. 무엇 때문이냐구요? 당신은 모릅니다.

비서가 제일 먼저 그녀를 찾으러 온다. 그녀의 순서가 다른 사람들보다 앞당겨졌다. 그녀가 백인이고, 전화로 예약했기 때문이다. 게다가 그녀는 미치지 않았다. 사람들이 기다리고 있다는 것을 잘 알지만, 그들에게는 기다리는 일이 습관이 되어 있고, 따라서 그 시간은 기다리며 보내는 한평생 중의 하루일 뿐이다. 기다림은 시간을 흘러가게 하고 고통도 거의 지나가게 한다. 무엇보다도 그들은 할 일이 그것밖에 없다.

정신과 의사는 학창 시절 랭스에서 이 년간 살았다고 하지만 그녀는 모르는 일이다. 샴페인을 들겠냐고 그가 묻는다. 네, 좋아요. 그녀가 아는 샴페인이다. 그는 그녀에게 어디서 태어났는지 묻고, 그녀는 그에게 대답을 해준다. 무슨 일로 왔나요, 무슨 일이 있었나요, 당신을 위해 내가 할 수 있는 일이 뭡니까?

그녀는 이야기한다. 그 일이 일어난 후 처음으로, 그녀는 자기 이야기에 흥분하지 않고 냉정함을 유지한다. 마치 천한 역을 맡은 서투른 여배우 같다. 그는 그녀에게 물론 이해한다고 말한다 ─ 그러나 그리 심각한 경우는 아니고, 극복해야 합니다. 당신은 극복하게 될 겁니다. 제가 도와드리죠. 여기서도 뉴욕이나 파리에서와 똑같은 치료를 하니까 염려하지 마십시오.

그는 그녀에게 아이를 또 가지게 될 거라고 말하지 않는다. 여자의 인생에는 아이만 있는 게 아니라고 말한다. 그는 프랑스에서의 자기 과거를 이야기해주고, 책장에 가서 가제본된 책 한 권을 꺼내온다. 앙리 에의 축하 메시지가 들어 있는 그의 학위논문이다. 그녀는 그것을 읽어본다.

앙리 에는 훌륭한 정신과 의사이다. 그는 그녀가 당연히 앙리 에를 알 거라고 생각한다.

진찰실을 나오는 순간, 그녀의 손에는 처방전이 들려 있고, 그는 거의 아버지와 같은 태도로 그녀를 포옹한다. 그녀의 입술을 찾지도 않고 다른 아무것도 찾지 않지만, 그가 그녀를 안을 때 그녀는 머리카락에 닿는 그의 입술을 느낀다. 그녀는 부모님이 이혼했을 당시 아주 가끔 한 번씩 편지 끝에 "아버지로서 네게 키스를 보낸다"는 말을 덧붙이던 아버지가 생각난다. 그의 키스도 약간은 그런 느낌이다. 하지만 그녀가 원한다면 달라질 것이다. 그러니까 그녀는 원하기만 하면 된다. 그는 자기 몸을 그녀에게 대고 있으면서도 그녀에게서 약간 떨어져 있다. 결심은 그녀의 몫이다. 그녀는 그가 그 모든 것을, 대기실에 있는 사람들을 지겨워하고, 미친 사람이나 히스테리 환자 — 마침 한 여자 환자가 비명을 지르고 울부짖는다 — 를 지긋지긋해한다는 것을 잘 안다. 그는 그런 것, 날마다 똑같은 일에 진저리가 나고, 더이상 참을 수가 없다. 생활을 좀 바꿔보고 싶고, 다르게 살고 싶고, 다른 곳에 가거나 아니면 거기에 있더라도 그녀와 함께 있고 싶으리라. 그녀는 비교적

정상인처럼 보이고, 게다가 금발이 아닌가.

그녀는 잠시 주저하며, 그를 기쁘게 해줄까 말까 망설인다. 아니다. 너무 많은 사람들이 그를 기다리고 있다. 그녀는 그로 하여금 그 사람들을 잊게 할 수 없으리라는 것을 느낀다. 또한 그에게 그럴 마음도, 그럴 힘도 없음을 느낀다. 건물 아래층에 있는 약국에서 그녀는 처방전을 내민다. 약국에는 없는 게 없다.

그와 단둘이

그 당시 난 잘 지내지 못했어요. 완전히 혼자였죠. 어머니도 정부도 없었고, 아이도 연인도 없었어요. 엄마가 될까 창녀가 될까 선택할 필요조차 없었지요. 모든 역할은 다른 사람들 ─ 공원에서 사륜 유모차를 끌거나 거리에서 남편과 스쳤던 여자들 ─ 이 차지했으니까요.

그해 ─ 아들이 죽었을 때부터 딸이 태어났을 때까지니까 거의 두 해로군요 ─ 그 두 해는 내게 유일하고 기이한 경험이었어요. 갑자기 남자가 없었거든요, 단 한 명도. 나 자신 또한 더이상 여자가 아니었어요. 모든 것이 침몰해버린 도랑이고 구멍이었어요. 땅이 비어버린 셈이었죠.

전에는 남자들을 바라보는 데 대부분의 시간을 보냈어요. 물론 그것을 눈치챈 사람은 거의 없었고, 그 사실을 안 사람도 거의 없었지요. 그건 비밀이었어요. 난 남몰래 그들을 사랑했죠. 남편은 항상 눈에 잘 띄었어요. 몸을 떨면서 망을 보는 바람에 더 눈에 잘 띄었죠. 그는 숨기려고 애를 썼지만, 난 거울을 들여다보듯 그의 욕망을 볼 수 있었어요.

그런데 갑자기 땅이 비어버린 거예요. 남편조차 내 시야에서 거의 사라졌어요. 내가 그에게서 간직한 것이라고는 성적 기능으로 축소되고 세분된 육체뿐이었어요. 온전한 하나를 다시 만들어보기 위해, 남자를, 아들을 다시 만들기 위해서 내 몸의 잔해가 된, 수선해야 할 육체의 조각 말이에요.

난 미쳐 있었어요. 두려움 때문에, 남자를 만든다는 희망 때문에 미쳐 있었어요.

이 년 동안 내 남편은 어떻게 되었을까요? 페니스와 정액, 정액을 주는 사람, 그 이상은 아니었어요. 난 남자를 만들기 위해 그가 필요했어요. 그는 이름 없는 사람으로, 무가치한 존재로 추락했지요.

이 년 동안, 내가 만들려고 했던 남자 이외에는 내게 결코 어떤 남자도 없었어요.

이 년 동안, 아이에 대한 욕망 외에는 결코 어떤 욕망도 없었어요.

남자를 낳는다는 것, 그것이 여자들의 승리일까요? 여자들 뱃속에 있는 남성, 그것은 여자들의 도전인가요, 여자들의 망상인가요?

그런데 딸이 태어났어요. 딸아이와 함께 남자들이, 그들의 눈, 팔, 얼굴이 돌아왔어요. 그리고 그들과 함께 내 욕망도 겸손해졌지요. 내가 알아야 했던 것을 알게 되었거든요. 여자가 남자를 결정하지 않는다는 것, 남자를 만드는 것은 여자가 아니라는 것 말이에요.

남편

    남편은 여자를 좋아한다. 예전에 남자들이 존재했을 때 그녀가 남자를 필요로 했듯이 그는 여자를 필요로 한다. 그는 그 때문에 전전긍긍한다. 그녀는 그를 비난할 수 없다. 그 사랑은 그녀가 처음 본 순간부터 사랑했던 그의 일면이니까. 비록 그가 그녀를 당황하게 해도 그녀는 그 사랑을 사랑한다. 그가 그녀를 당황하게 하면서 동시에 그녀를 이해하기 때문이다.

    남편은 쉽게 뭔가를 시작한다 ─ 그녀는 종종 그를 지켜보았다. 사소한 것, 작은 것으로 만족하고, 하찮은 일로 실패한다. 그녀는 때때로 그가 실패하리라는 것을 그보다 먼저 안다. 그녀는 그의 반영처럼, 그의 그림자처럼 그를 알고 있다.

    처음에는 그녀도 질투를 한다(그녀는 언제나 그의 욕구를 채워주는 그 하잘것없는 존재가 되기를 꿈꾸었다). 나중에는 질투를 하지 않지만 큰 불행에서 나타나는 특별한 고통을 경험한다. 사람들이 죽음에 점령당하여 나란히 누워 있을 때, 그들의 운명이 아무리 공통된 것이어도 소용이 없고 더이상 서로 아무 관계가 없는 그런 불행 말이다. 때때로 일이 잘 안 풀릴 때(남편이 거절당하는 일이 생길 때) 그녀에게는 좁은 의미에서 동정심을 발휘할 시간이 정말로 없다. 날 봐요, 나도 비슷한 여자예요, 날 봐요, 나도 똑같은 여자예요, 그녀는 이렇게 말하고 싶은데 말이다. "당신은 몰라, 당신은 몰라." 그가 두 손에 머리를 파묻고 말한다.

하지만 그녀는 안다. 모르는 사람은, 그녀가 똑같은 비밀을 추구했고 똑같은 먹이를 뒤쫓았다는 것을 모르는 사람은 바로 남편이다.

그녀는 안다. 모르는 사람은, 그것이 아무짝에도 쓸모가 없고 필요가 없다는 것을 모르는 사람은 남편이다.

땅이 비어 있는 이 년 동안, 남편은 고통스러워하는 욕망일 뿐이고, 격렬한 육체를 찾아 헤매는 길 잃은 육체에 불과하다. 그는 그것만 생각한다. 어쨌든 그녀에게는 들리지 않으니 고백하고 소리를 지를 수도 있다. 그에게는 여자가 필요한 것이다. 병일까? 예를 들어 심농*이나 채플린처럼? 그럴까? 그는 자기 자신에게 물어본다. 섹스 성향이 정신병과 비슷하다고 그는 생각한다. 미친 사람들이 병원에서 무엇을 하며 시간을 보내는지 보기만 하면 알

---

* 벨기에 태생의 프랑스 소설가.

수 있다. 섹스가 인간을 결합시키는 대신 고독의 망상으로 내몰아 분리시킬 때, 그 섹스는 차라리 광기이다.

이 년 동안 광기가 퍼진다. 그들은 둘 다 미친다. 그녀는 한 남자만 원하는 것에, 그는 모든 여자를 원하는 것에.

그녀는 질투했다. 죽은 아이를, 기다리던 그 육체를. 원하던 육체를 품에 안은 후 그녀는 더이상 질투하지 않는다. 그녀에게는 종교적인 신앙심이 전혀 없는데도 부정을 저지른 사람에 대해 화를 내는 순간, 그녀에게 부드러움이 찾아들고, 천진난만함이 숨쉬는 그 가련한 죄가 용서된다. 그녀는 영혼을 믿지 않지만, 오 절대로. 하지만 그녀는 육체를 불쌍히 여긴다.

행인

　　임신 8개월의 그녀는 인도 위에서 혼자 천천히 걷고 있다. 행인 한 명이 그녀와 같은 자리에서 멈추더니, 그녀의 보조에 맞춰 발걸음을 늦춘다. 오늘 정말 날씨가 좋네요. 하지만 더운데요, 네, 정말 덥군요! 그녀는 신호등 있는 곳까지 가서, 파란불인데도 꾸물대면서 건너가지 않는 그 남자에게 시선을 고정시킨 채 고개를 똑바로 쳐들고, 차도 가장자리에서 꼼짝도 하지 않는다. 아주 예쁘군요, 그 꽃무늬 블라우스 말이에요. 당신한테 아주 잘 어울려요. 그게 정확히 뭐죠? 튤립인가요, 장미인가요? 다시 그녀가 발걸음을 재촉하여 건너가자 행인은 그녀를 다시 따라가고, 그들의 팔이 서로 닿자 그녀는 비켜 걷는다. 아! 웬 더위람! 우리 콜라나 한잔 마실까요, 네? 자, 이런, 좋은 생각이잖아요. 제가 한잔 살게요. 멀지 않은 곳에 조용한 카페가 하나 있는데, 좋죠?

　　그녀는 인도 한가운데 종려나무 앞에서 갑자기 멈추더니, 그를 쳐다보지도 않은 채 가라고, 자기를 내버려두라고 말한다.

그러자 그녀가 다시 길을 가기도 전에, 그가 단단하고 정확한 집게손가락으로 그녀의 배를 찌르며 퉁명스런 목소리로 말한다. "그럼 이건, 이건 태양 에너지에서 얻었나?"

잊혀진 남자

그녀는 「르 몽드」를 읽으면서 잊혀진 남자를 떠올린다. 이름과 성이 희귀해서 혼동할 리가 없다. 그녀가 그를 알게 되었을 때 그는 오늘의 소식란에 언급된 직업에 연관된 공부를 끝낸 상황이었다.

그녀는 그와 사촌지간인 한 친구를 통해서 그를 만난다. 그는 모든 사람이 마음에 들어하는 전형적인 미남인데, 자신에 대한 여자들의 그런 만장일치의 평가를 싫어한다. 될 수 있으면 그는 여자와 대면하는 일을 피한다. 그는 대체로 여자를 어리석고 경박하며 히스테리 증세가 있고, 그리고 ― 그녀에 대해서는 그런 말을 하지 않는다 ― 특히 남자보다 열등하다고 평가한다.

그녀와 좀더 가까워지자, 그는 평생 딱 한 번, 오래 전에, 아주 오래 전에 사랑에 빠진 적이 있다고 이야기한다. 도대체 몇 살 때였는데?―여덟 살.

그는 그 상대였던 어린 소녀를 다시 만나고 싶었지만, 그녀의 혼적을 찾을 수 없었다. 틀림없이 성(姓)이 바뀐 모양이었다. 여자들에게는 그게 문제다. 성이 바뀌면 찾을 수 없으니까.

어느 날 저녁, 그녀는 그와 나란히 긴 의자 위에 앉아서, 손을 내밀어 그의 어깨를 부드럽게 어루만진다. 그러자 곧바로 그가 팔을 앞으로 내밀며 그녀에게 달려든다. 키스도 없이 기계적으로 그녀의 옷을 벗기고 파고든 그는 그녀의 알몸에 자기 몸을 바싹 붙이고 비빈다. 그녀는 살갗 위로 까슬까슬한 모직옷의 촉감과, 신경질적인 경련과, 무능한 노력으로 흔들리는 옷 입은 육체를 느낀다. 그리고 십오 분 후, 그녀가 그에게 친절하게 미소를 보내자(별일 아냐), 그가 일어나서 외투를 집어들며 말한다. "아니, 별일 아냐. 단지 내가 익숙지가 않아서…… 그러니까 창녀와 섹스할 때 말야. 너도 알겠지만, 창녀는 내게 아무 흥미도 없고, 나를 흥분시키지도 않거든."

「르 몽드」의 소식란에서 그의 이름을 보고 그녀가 뭔가 떠올렸을 때, 그때 그는 이미 오래 전에 그녀의 기억 속에서 사라진 후이다. 한 여자가 "그날 그는 스스로 목숨을 끊었어요"라고 상기시켜준다. 그날은 삼 년 전 그녀가 딸을 낳은 날, 정확히 똑같은 날짜, 딸아이의 생일과 같은 날이다. 그녀는 때때로 남자가 여자에 대해 갖는 증오, 남자와 여자를 대립시키고 어쩌면 어느 쪽이든 몇 사람만 살아남을 수도 있게 하는 그 투쟁을 생각한다(그러자 그들이 쓰디쓴 입과 고약한 눈으로 거리를 거니는 것이 보인다). 그녀는 또한 그가 어떤 방법을 썼을까, 목을 맸을까 독약을 먹었을까 물에 빠졌을까 생각한다. 그의 모습이 보이는 것 같다. 그렇다, 그가 3월의 그날 센 강에 몸을 던지는 것이 보인다. 여자들은 훨씬 더 자주 실패하는 일을 완전하게 성공시키고, 여자들에 대한 최후의 승리를 끌어내는 그를 그녀는 경탄하며 바라본다.

그와 단둘이

난 어제 한 생물학자 — 아마 유전학자였던 것 같아요 — 의 인터뷰를 읽었어요. 기차 안에서였는데, 한참 동안 그 내용을 생각했죠…… 그의 주장에 따르면 아이에 대한 욕망은 엄밀히 여성적인 것이고, 그는 그런 욕망에 사로잡힌 남자는 평생 단 한 사람도 만나본 적이 없대요. 예를 들어 인공수정이나 의학적인 도움이 필요한 출산에서 남자들은 언제나 뒷전에서 끌려다니는 입장이고, 도망치고 싶은 비장한 갈망을 지닌 얼굴로 단지 아내를 기쁘게 해주려고 거기 올 뿐이라는 거예요.

당신, 당신도 그렇게 생각하세요? 당신은 정확히 그 반대라고 생각하지 않나요? 남자들이 여자에게 아이를 배게 하기를 원한다고. 그들은 생식이나 수태에 대한 끝없는 꿈을 추구한다고. 사랑을 만들다, 아이를 만들다, 그건 논리적으로 어느 정도 비슷한 거예요, 안 그래요? 같은 통사구조를 가지고 있잖아요. 갖고 싶어하다라는 말도 그래요. 남자를 갖고 싶어하다, 여자를 갖고 싶어하다, 아이를 갖고 싶어하다, 문법이라는 게 때때로 거슬릴 수도 있지만 또한 얼마나 의미심장한지.

나는 종종 남편에게서, 또한 낯모르는 남자들에게서 그런 걸 느꼈어요. 나 자신을 초월해서, 미래에 놓인 나를 갖고 싶어했다는 것을 말이에요.

내 생각에는, 남자들이 더 젊은 여자 때문에 자기 아내와 헤어진다면(예를 들어 나를 만났을 때의 남편처럼) 그건 아내의 젖가슴이 늘어졌다거나 엉덩이가 이러저러하기 때문이 아니에요. 그런 게 아니에요. 남자들은 아내가 더이상 아이를 가질 수 없기 때문에 아내를 떠나는 거예요.

여행자

  잿빛 머리카락에 약간 살이 찐 그 남자는 긴 기차 여행을 하는 오랜 시간 동안 통로 반대편에 앉아 그녀를 마주 보고 있다가, 〈프레르 자크〉 노래를 부르는 어린 소녀의 졸린 목소리가 객차 뒤에서 들리자, 욕망과 애정이 함께 반짝이는 빛을 내뿜으며, 일찍이 애인과 남편에게서 본 적이 있는 그런 시선으로 그녀에게 미소를 짓는다.

남편

어느 날 그는 프랑스로 귀국한 이후 영어를 가르치고 있는 ZEP*
의 중학교에서 돌아온다. 3월이었고, 그녀는 출산휴가중이라 일
을 하지 않고 다가올 탄생 — 딸이라는 걸 그녀는 알고 있다. 둘째
딸이다 — 에 대한 불안 속에서 지내고 있다. 그가 외투걸이에 비
옷을 거는데, "당신 등에 그게 뭐예요? 뭐지? 이리 와봐요……"
그가 다가온다. 그의 밝은 색 모직 윗옷이 검고 푸른 점으로 촘촘
히 덮여 있다. 잉크, 잉크다. 그는 옷을 벗어서 미심쩍어하며 한참
을 들여다보다가, 두 손으로 얼굴을 감싼 채 긴 의자에 털썩 주저
앉는다. 학생들은 간단하고 조용하게 장난치는 방법을 발견했다.
그가 칠판에 글씨를 쓰거나 개별적으로 학생들을 도와주려고 책
상 사이를 지나갈 때, 간단히 손목만 움직여서 마치 화살 놀이를

---

* 교육 우선 지구.

하는 것처럼 만년필의 잉크를 분출시키는 것이다.

다음날, 그는 수업 시간에 훈계를 한다. 모욕과 멸시에 대해, 관용과 다른 사람에 대한 존중에 대해 이야기한다. 다른 사람의 명예를 더럽혀서는 안 된다 ― 절대로, 어떤 방법으로든 ―고 말한다.

그는 집에 돌아와서, 윗옷의 등부분을 쳐다볼 생각조차 하지 않는다. 먼저 얼룩을 보는 사람은 그녀이다. 그녀는 감히 그에게 말을 하지 못하고, 가슴이 미어진다. 그녀에게 그것은 그들 두 사람 다 살아서 나오지 못할 시련인 것처럼 생각된다.

남편은 모든 타협을 거부하며, 한치도 물러서지 않고 전쟁에 돌입한다. 자존심이 걸린 문제인 것이다. 천만에, 설령 그의 우아함이 증오의 대상이 된다 할지라도 그는 다른 옷차림을 하지 않을 것이고, 아무것도 바꾸지 않을 것이다. 틀림없이 그는 스스로를 바꾸지 않을 것이다. 그것은 자기 자신에 대한 부정을 받아들이는 것이고, 그를 특징 없는 사람으로 깎아내리려는 편협함에 굴복하는 것이고, 그에게 유니폼을 걸치게 만드는 것이고, 그를 대중 속에 섞어놓는 것이 될 테니까. 웬 대중이란 말인가, 아니다, 그는 런던에서 산 양복과 넥타이를 티셔츠와 진으로 바꾸지 않을 것이고, 어떤 대가를 치르더라도("세탁소 계산서예요." 그녀가 웃으려고 애쓰면서 말한다) 자기 자신으로 남을 것이며, 그것이 바로 그가 학생들에게 줄 수 있는 가장 좋은 교훈이고, 가르쳐주고 싶은 유일한 것이다. 다른 사람들 속에서 자기 자신으로 존재하는 것 말이다.

날마다, 여러 주 동안, 그의 옷에는 잉크가 묻는다.

그는 더이상 책상 사이로 지나다니지 않고, 칠판에 글씨도 거의
쓰지 않고, 학생들과 얼굴을 마주 본다.

집에서도 그는 더이상 말하지 않고, 아직 아기인 첫딸만 겨우
쳐다볼 뿐, 태어날 아기에 대해서는 잊는다. 그는 굳은 얼굴로 주
먹을 꽉 쥔 채, 의기소침하여 몇 시간 동안 그대로 있는다. 그는 혼
자이다.

그녀는 그에게 휴가를 내라고 말한다. 교장과 동료 교사들에게
알리라고 권한다. 그녀는 본부에 편지를 쓰고 보고서를 작성하라
고 권고한다.

그러나 그는 아무것도 하지 않으며, 학교에서는 모두 학생들과
같은 생각이라고 대답한다. "카미프* 토탈 룩의 동료들"이라고 볼
멘 소리를 한다. 그를 속물에 허황된 멋이나 부리는 잘난 체하는
사람으로 생각한다는 것이다. 그의 책상에는 T. S. 엘리엇의 「텅
빈 사람들」의 똑같은 페이지가 여러 날 동안 펼쳐진 채로 있다.

This is the way the world ends
This is the way the world ends
This is the way the world ends
Not with a bang but a whimper

---

* 프랑스의 종합 생활용품 체인점.

그녀는 남편 대신 영어 담당 장학관에게 편지를 쓴다. 그녀는 비탄조의 편지에 서명을 하고, 남편을 위한 도움을 호소한다. 그가 불안정한 상태이고 그들이 아이를 잃었으며, 이대로라면 남편이 일을 계속할 수 없다고 말한다.

수취인은 삼 주일 후 답장을 보내온다. 편지는 파리에서 왔다.

"친애하는 선생님,

선생님의 부인께서 선생님의 직업적 상황에 대하여 자상하게 걱정하고 계십니다. 선생님의 교육 방식을 명철하고 어느 정도 초연한 태도로 검토해보아야 한다고 생각합니다. 새로운 자리이므로 조금 어렵긴 하겠지만, 틀림없이 적응하실 것입니다. 사실 선생님처럼 교수 자격을 갖춘 분들이 가장 열악한 환경의 아이들을 교육하시는 것이 바람직하지요. 그것은 학교를 위해서는 민주주의를 보장하는 것이고, 젊은이들에게는 성공과 평등의 증표가 되며, 선생님께는 매우 풍부한 경험이 됩니다. 게다가 폴 발레리*와 조르주 브라상스**의 고장에서 살다보면, 만사를 어둡게 보는 일이 오래 지속될 수 없으리라 생각합니다.

그럼, 친애하는 선생님, 안녕히……"

이틀 후, 남편은 갑자기 돌아서다가 팔을 치켜들고 그를 향해

---

* 1871~1945. 프랑스의 시인, 비평가, 사상가. 남프랑스의 항구도시 세트에서 태어났으며, 지중해는 그의 작품에 깊은 영향을 주었다. 대표작으로 시 「해변의 묘지」가 있다.
** 1921~. 프랑스의 상송 가수, 작사가, 작곡가. 역시 남프랑스의 세트에서 태어났다.

만년필을 세우고 있는 한 학생을 붙잡는다. 그가 그 학생에게 다가가 주먹으로 가슴을 치자, 학생이 반격을 하고, 두 사람은 학생들이 아우성치며 서 있는 가운데, 책상 사이에서 격투를 벌이며 죽도록 서로 때린다.

　다음날, 남편은 수업에 들어가기 위해 가장 좋은 넥타이를 맨다. 그의 적수는 결석을 한다. 그의 밝은 색 윗옷에는 잉크 자국이 없다. 그날도, 그 다음날들도. 저 멀리, 저 위에서는 태양이 해변의 묘지 위에서 빛난다.

　　우리는 텅 빈 사람들이다
　　짚으로 만든 사람.

　　눈을 똑바로 뜨고, 또다른 죽음의 왕국을 향하여
　　가버린 사람들
　　우리에 대한 기억 — 그들이 간직하고 있다면 — 을 간직하고 있네 —
　　길 잃은 사나운 영혼으로가 아니라, 단지
　　텅 빈 사람으로
　　짚으로 만든 사람으로.

남성

"거리의 얼굴들, 얼마나 막연한 말인가
당신은 언제나 그것을 지우기 위해 이렇게 글을 쓰나요?
그리고 언제나 다시 시작되어야 하나요?
당신이 말하려고 또는 더 잘 말하려고 애쓰는 것 말이에요."

　그녀는 남자들을 바라본다. 물론 남자가 여자를 바라보는 것과 똑같은 식으로 바라보는 것은 아니다. 남자에겐 가장 예쁜 여자만 주목을 끌 수 있는 반면, 그녀는 남자들에게서 그들을 남자로 만들어주는 부분을 찾을 뿐이기 때문이다. 남자들이 아름다움을 바라보는 곳에서, 그녀는 신비를 캐낸다. 남자들은 잠시 존재하는 독특함에서 개개인의 얼굴과 윤곽을 읽지만, 그녀는 보편적이고 숨겨진 의미, 그러니까 비밀, 남자의 비밀을 밝히려고 애쓴다.

비행기 안에, 통로 반대편 그녀의 앞줄에, 노트북으로 작업을 하고 있는 남자가 있다. 젊은 남자인데 벌써 머리가 벗어졌고, 테에 비늘 모양이 새겨진 안경을 썼으며, 방금 전 새 책 소식란을 제외하고는 『리베라시옹』을 전부 읽었다. 아마 다른 사람이 쓴 것을 알고 싶어하지 않는 작가인 모양이다. 그는 꽤 빠르게 자판을 두드리며, 생각을 하기 위해 이따금 멈추고 손으로 쓴 메모를 들여다보고, 엄지손가락과 집게손가락으로 콧등을 집어보고, 눈을 반쯤 감은 채 좌석의 등받이에 기대어 고개를 뒤로 젖히고, 긴 한숨으로 호흡을 가다듬더니 다시 자판을 두드리기 시작한다. 비행기가 착륙을 알릴 때, 타자 친 종이 한 장이 그의 서류철에서 빠져나와 통로에 떨어진다. 그녀는 그것을 주워 그에게 돌려주면서 첫줄을 살짝 읽어본다. "1998년 3월 1일: 염교*의 3개월간 생산비용 추이."

또다른 비행기 안에, 자기 사원들과 함께 CAC 40 지수에 대해 이야기를 하며, 브로냐르 궁**으로부터의 중요한 전화를 기다리고 있어서 휴대폰을 끌 수 없다고 하는 남자가 있다. 스튜어디스가 사탕이 가득 든 바구니를 내밀자, 그는 바구니 위에서 손가락으로 한참 동안 동심원을 그리다가 급강하하여 오렌지색 사탕으

---

* 파처럼 재배하는 백합과의 다년초.
** 파리 증권 시장이 있는 건물.

로 돌진한다. 믿을 수 없을 만큼 짧은 시간 동안에 그는 여섯 살배기 아이가 된다.

젊고 아름다우며 눈부신 금발에 푸른색 스웨터를 입은 안색이 창백한 남자가 있는데, 멀리서 보니 작은 도화지 케이스처럼 보이는 것을 몸에 꽉 붙인 채 생 미셸 거리에서 그녀를 향해 다가오더니, 바로 그녀 앞에서, 그녀의 발치에 털썩 주저앉아, 행인들이 비켜가는 가운데 팔 끝으로 도화지를 흔든다. 거기에는 대문자로 이렇게 쓰여 있다 : 배고파요.

식당에서 다른 사람과 토론을 벌이는 남자가 있다. 그의 얼굴은 지적이고, 눈매가 날카로우며 손이 아름답다. 그는 그 분야 — 그녀는 정확히 그게 무슨 분야인지 모른다 — 에서 많은 돈을 벌 수 있다고 설명하고, "최대한의 돈" "슈퍼 판돈" "잭팟"이라고 덧붙인다. 마침내 상대방이 게걸스럽게 피자를 먹던 것을 멈추고 기분 좋게 "멋지군!"이라는 말로 관심을 드러내 보이자, 그는 잠시 뜸을 들이다가 상대방에게 말한다. "원한다면, 내 아이디어를 자네에게 팔지."

성냥을 사러 갔다가 두 번 다시 보이지 않는 남자가 있다.

지하 주차장에서 주먹으로 어떤 여자를 두들겨팬 남자가 있다.

"나는 그녀의 재킷과 블라우스를 열어젖히고, 바지와 팬티를 벗기고는 젖가슴, 배, 성기를 손으로 더듬었죠. 그녀는 내 애무에 즐거워했어요. 난 그녀와 섹스를 할 생각이었는데, 그녀의 얼굴에 난 상처를 보자 발기가 안 됐어요." 그가 말한다.

자살 시도 후에 혼수상태에 빠져 있는 아가씨를 강간한 남자가 있다. 그런 짓을 할 수 있는 사람은 야간 당직중인 남자 간호사 또는 고통스러워하는 그녀를 밤새워 보살피러 온 아버지밖에 없었다. 그 남자는 아버지였다.

밀항하려고 탄 배에서, 자신을 조사하려는 헌병을 저지하기 위해 바다로 자기 아이들을 하나하나 던지는 남자가 있다.

스무 살의 낯선 여자를 스무 번 칼로 찌르고 그녀의 머리를 잘라 옛 애인에게 보낸 남자가 있다. "이 여자를 죽이고 나서 난 행복했다."

한 소녀를 치어 쓰러뜨린 후 그 소녀가 자동차 범퍼에 그대로 걸려 있자, 소녀를 떼어내려고 여러 번 난폭하게 브레이크를 밟는 남자가 있다.

여자친구가 보는 앞에서 그들의 갓난아기를 산 채로 땅에 묻는 남자가 있다. 그는 어머니가 매우 독실한 신자여서 아이를 용납하지 않을 것이기 때문이라고 그녀에게 설명한다.

주먹 안에 면도날을 숨긴 채 'fuck you'의 손짓을 하는 남자가 있다.

욕설을 하고, 죽이고, 고문하고, 학살하는 남자가 있다.

남자 — 남자들 — 가 있다. 그녀는 그들을 이해하기 위하여 남자와 여자를 구별해주는 것이 무엇인지 알고자 한다. 그러나 비밀은 손에 잡히지 않는다. 그녀는 그들을 남자로 만드는 것이 무엇인지 궁금하고, 그 점에 그녀의 관심이 집중된다. 어떤 여자도 하지 않는 행동을 하거나 여자와 다르게 행동하는 것 같은 점 말이다. 그러나 그녀는 그들의 폭력, 그들이 세상에 존재하는 난폭한 방식, 지배하려는 열정 — 혹은 그 반대의 것으로 잘못 생각되는 것, 그러니까 그들의 잔인성의 진정한 매듭일지도 모르는 불안정하고 뒤떨어지고 무한한 그들 내부의 유년 시절과 결부시키면서 — 과 같은 공통점을 끝끝내 넘어서지 못한다. 그래서 애석하다. 때때로 그녀는 아들이 없어서 기쁘다. 왜냐하면, 이상적인 남자가 곡예사처럼 서 있을 그 균형점을 찾기 위해 어린애 같은 낭패감과 승리에 대한 열광을 갈라놓는 공간을 두루 돌아다녀보니, 자신의 사랑에도 불구하고 다음과 같은 사실을 인정하지 않을 수 없었기 때문이다. 그 부동점(浮動點) — 강인함과 나약함 사이에서 줄타기하는 조화 — 을 멀지 않은 곳에서 발견하게 될 때, 그리고 거기에서 누군가를 만나게 될 때, 그 누군가는 항상 여자라는 것을.

그와 단둘이

남자와 여자는 영원히 서로 떨어져 있어요.

쿠프랭의 음악 — 예를 들어 〈신비로운 바리케이드〉— 을 듣기만 해도 알 수 있어요. 곡이 이 분간 계속되던가…… 아무튼 사랑의 노래보다 짧은데, 모든 것이 물처럼 투명하게 말해지죠. 시도하고, 다가가고, 오고, 다시 오고, 곡조가 떨리고, 이렇게 저렇게 말하고, 미묘한 변화가 주어지며 반복되는 똑같은 문장 혹은 거의 같은 문장을 말하는데 — 어쩌면 '당신을 사랑해요'일 거예요. 그런데 정지, 중단되고 말아요. 거기 누구야, 너 누구야, 도대체 너 누구야? 그러면 침묵이 형성되고, 신비가 머물게 되죠.

남자, 여자, 그건 신비로운 바리케이드예요. 밤이라는 게 만약 배울 수 있는 거라면, 어둠 수업이구요.

배우

그들은 오랫동안 다시 보지 못하고, 어쩌다 한 번씩 전화를 하며, 편지는 거의 쓰지 않는다. 그녀는 그에게 자신의 책을 보낸다. 아이를 잃었을 때, 그녀는 그에게서 편지 한 통을 받는다. 봉투에서 그의 화려한 달필을 알아볼 수 있고, 안에는 다정한 말이 들어 있다.

아프리카에서 돌아온 후 그들은 잔치를 열고, 흩어진 단원들을 모두 초대한다. 배우도 온다. 그들은 다시 만나 춤추고 웃는다. 추억의 광채 안에서 그들의 모든 열정이 빛으로 반짝인다.

새벽에 그녀는 자기 방에서 잠을 잔다. 집이 너무 멀어서 그곳에서 밤을 보내는 사람들을 제외하고는 모두 돌아갔다. 배우가 그녀 곁에 와서 눕는다. "사랑해요, 당신을 언제나 사랑했어요. 당신도 알죠, 그렇죠, 당신도 알죠. 당신은 나의 천사, 일찍이 내가 바라볼 수 있었던 가장 아름다운 천사예요." 그는 두 손으로 그녀의 얼굴을 감싼다. "오래 전부터, 처음부터, 첫날부터, 당신은 나의 요정이고, 나의 꿈이에요. 당신도 그걸 안다는 걸 알아요, 귀여운 천사." 그는 그녀의 잠옷 밑에서, 경련을 일으키는 다리와 말없는 입술 사이에서 적절한 표현을 찾는다. "당신도 기억하겠지만, 당신이 내게 집 열쇠를 맡기고 휴가를 떠났을 때, 난 날마다 당신 집에 가서 당신 옷과 속바지와 향수에 파묻혔어요. 날마다요, 사랑하는 천사." 그는 거부하는 그녀에게 자기 몸을 대고 짓누른다. 도대체 몇시쯤일까, 거리에 가로등은 아직 빛나고, 모두 자는 것 같은데. 그런데 남편은 어디로 간 거야? "첫날부터, 당신은 그 사실을 잘 알고 있었어요." 그녀에게는 더이상 욕망에 대한 기억이 없다.

그녀는 그를 밀어내고, 꼼짝 못하게 붙잡혀 있는 침대에서 일어나려고 애쓰면서 "그만해, 그만해" 하고 말하고, 그의 이름을 여러 번 부르다가 마침내 그에게서 풀려난다.

그러자 그도 일어난다. "나보다 운이 더 좋은 사람이 있어요." 그가 말하기 시작한다. "아니, 그럼 당신은 아무것도 몰라요? 그가 어디 있는지 알아요? 이상적인 남자? 완전한 남편? 그럼 차고에 가봐요. 그들은 서로 엉덩이를 핥아주고 있어요. 하녀와 그 사람 말이에요, 당신이 그리로 가야 해요. 그는 그녀의 성기를 빨고, 그녀는 그의 성기를 부풀리고 있다구요. 저런, 가요. 가서 적어도…… 그는 움직이는 모든 것에 대고 발사하는데, 더러운 놈, 그동안 나는…… 그런데 당신은 페넬로페*의 역할을 하는군요! 적어도 복수는 해야죠. 제기랄, 복수합시다."

그들은 오랫동안 꼼짝도 하지 않고, 서로 쳐다본다.

그녀는 빛이 비치는 곳으로 나아간다.

"해가 뜰 때를 뭐라고 부르죠? 오늘처럼 모든 것이 망가지고, 모든 것이 유린되지만 그래도 공기가 숨쉬는……"

그는 커튼을 향하여 팔을 올린다.

"거기에는 아주 아름다운 이름이 있습니다, 나르세스 부인. 바로 여명이죠."

장면은 천천히 환해지고, 각자 상대방에게서 햇빛을 본다. 그러고는 암흑이다.

---

* 『오디세이아』의 주인공 오디세우스의 아내로, 남편의 오랜 출타중에도 절개를 굳게 지켰다.

그와 단둘이

요즘 나는 누구든 만나려고 애쓰고 있어요. 약간 의도적이긴 하지만 그래도 기분 좋아요. 한없는 방종이요, 목적 없는 산보예요. 나는 방황하고 있어요.

나는 신문의 구인광고를 읽고, 다른 사람이 쳐다볼 때 시선을 떨구지 않고, 옛 관계를 다시 시작하지요. 남자들이 다가오도록 내버려두고요.

주말 내내, 난 책 전시회 때문에 오를레앙에 있었어요. 첫째날 밤에, 내가 묶는 호텔에서 오해가 있었지요. 자정쯤 내가 들어갔는데, 야간 당직자가 "아! 손님 열쇠가 열쇠걸이판에 없는데요. 누군가 이미 가져갔나봅니다" 하는 거예요. 난 웃었어요. 정상적으로라면 난 혼자인데, 이런 매혹적인 배려를 해준 것에 대해 지배인에게 감사드린다고 대답했죠. 그는 얼굴이 빨개지며 웃더니, 열쇠를 찾아주었어요.

다음날 저녁, 몹시 지루한 하루를 보낸 후 지친 태도로 방 번호를 말하는데, 야간 당직자가 내게 차 한잔 하자고 하는 거예요. 난 승낙했어요. 그가 내 머리카락을 어루만질 때, 난 그의 눈을 보려고 곧바로 돌아섰어요. 낯모르는 사람을 대하는 한 가지 기술이 있는데, 그건 눈―손이나 말이 아니라, 눈 말이에요―을 읽을 줄 알아야 한다는 거예요.

내 생각에, 가장 나쁜 남자, 비열한 남자는 여자의 욕망을 무시하는 남자예요. 여자가 마음에 들지 않거나 다른 여자를 사랑하고 있기 때문에 그녀를 거절하는 남자를 말하는 게 아니라, 그녀를 원하고 그녀의 욕망을 부추겨놓았으면서 그것을 무시하는 남자를 말하는 거예요. 그렇게 되면 그가 여자의 눈을 보고, 아 네가 원하는 게 그거로군, 네가 관심 있는 게 바로 그거야, 하고 알아차렸음을 여자도 그의 눈을 통해 알게 되는데, 그것은 일종의 천한 빛이 되어 단검처럼 상대를 꿰뚫거나 혹은 상대의 얼굴에 돌처럼 딱딱한 가면을 씌우죠. 그러면 더이상 웃을 수도 없고, 얼굴이 없어지는 거예요. 난 그런 천한 빛을 종종 봤어요, 심지어 진지하고 매우 다정한 연인들에게서조차. 나를 사랑하는 사람에게서조차 볼 수 있는 내 내면의 성(性)에 대한 무시, 상처에 대한, 나라는 존재에 대한 공포. 그래요, 그건 아주 멀리서 유래하는 것이고, 사랑의 배후에서 오는 것이죠. 마치 증오가 사랑의 숨겨진 면인 것처럼. 그에게 그 자신이 되기를 강요하는 다른 사람에 대한 증오 말이에요. 그러니까 그는 자기 자신을 증오하는 것처럼, 자기 부모를, 더

불어 땅을 증오하는 것처럼 상대를 무시하는 거예요. 정욕과 죽이려는 욕망 사이의 경계선보다 더 희미한 것은 아무것도 없는 듯해요. 남자와 여자를 갈라놓으면서도 연결해주는 것, 그들이 경험하는, 이를테면 공통적인 그 공포, 즉 살인의 두려움만큼 남자와 여자를 멀어지게 하고 또 가까워지게 하는 것은 아무것도 없어요. 상대방을 없애버리는 것, 압박하여 증발시켜버리는 것, 뭐랄까, 무효로 만드는 것, 욕정을 품은 상대방의 육체와 많은 것을 요구하는 그의 영혼을 제거하는 것, 죽음 안에서 간격을 없애는 것, 차이를 제로로 줄이는 것, 압도하고, 가슴을 짓누르고, 처치하는 것. 네, 그거예요, 피로 처치하는 것 말이에요. 내가 이따금 그들의 눈에서 보는 것은 바로 그런 거예요. 살인. 남자에게 살인은 아주 가까이, 바로 피부 밑에서 떨고 있으며, 욕정처럼 머리에 닿을 듯 눈가에 도사리고 있지요. 어떤 의미에서 살인은 욕정의 한 형태일 뿐이에요. 상대에게서 욕정을 사라지게 하려는 욕구니까요.

남자의 눈에서 그런 것을 보게 되면, 물론 확실하게 도망가야 해요. 종종 그대로 남아 있기도 하죠. 여자들은 삶을 가진 남자를 찾지만, 때때로 그 남자는 죽음을 가진 남자와 흡사해요. 그건 이따금 똑같은 것이지만요.

개개인

개개인은 멋진 청년이고 운동을 잘하고 우아하고 세련되고 육감적인 편이고 활동적이고 상냥하고 정중하고 보호를 잘해주고 성실하고 직관력이 있고 신중하고 관대하고 진실되고 낙천적이고 통찰력 있고 예의바르고 키가 크고 날씬하고 휴머니스트이고 정열적이고 아름답고 호기심이 많고 예민하고 예술 애호가이고 단순하고 낭만적이고 고집스럽고 자발적이고 개방적이고 자유롭고 아주 자유롭고 낮 열두시와 두시 사이에 시간이 있고 의지가 강하고 사려 깊고 이지적이고 생활력이 있고 능동적이고 호감이 가고 추위를 타지 않고 담배를 피우지 않고 좌파이고 이혼했고 결혼했고 유태인이고 교회에 충실하지 않고 남성적이고 신자이고 교묘하게 엄격하고 자연스럽고 분석적이고 유머가 풍부하고 열광적이고 반(反)순응주의자이고 이상주의자이고 너그럽고 미소짓고 느긋하고 품위 있고 안정되고 탐미주의자이고 쾌락주의자이고 몸도 편하고 마음도 편하고 어떤 점으로 보나 잘 지낸다.

개개인은 여행 긴 산책 진정한 가치 삶 바다 운동 예술 영화 외출 회화 음악 사진 책 아이들 브리지 게임 스키 요트 조종 삶의 질 고물 장사 인간적인 가치 연극 엑스포 커다란 가슴 최상의 교제 자연을 좋아한다.

개개인은 아름답고 관능적이고 예쁘고 미식가이고 공범자이고 말괄량이이고 다정하고 섬세하고 섹시하고 사람을 매료시키고 노련하고 날씬하고 여성적이고 환히 빛나고 성실하고 피어싱을 했고 성욕이 있고 육감적이고 젊고 발랄하고 솔직하고 균형이 잘 잡혀 있고 매혹적이고 파트너가 되고 편견이 없고 시적 영감을 주고 허풍을 떨고 금발이고 북유럽 출신이고 부드럽고 민감하고 애정이 넘치고 한가하고 자유롭고 또는 결혼을 하지 않았고 기운을 돋워주고 방탕하고 라틴 계열이고 화려하고 정열적이고 애교가 있고 쾌활하고 낭만적이고 가슴이 풍만하고 성미가 까다롭고 몸매가 늘씬하고 균형이 잡혔고 혼혈이고 반갑고 장난기 있고 재치 있고 세련되고 벽에 붙여놓는 사진만큼 미인이고 눈부시고 명랑하고 예민하고 사랑에 약하고 이해심이 깊은 여자를 찾고 원하고 바라고 만나고 기대하고 기다리고 다시 찾는데

최상의 관계 아름다운 이야기 예외적인 순간 커플의 생활 도취의 순간 미친 듯한 사랑 지적인 결탁 에로틱한 기쁨 더하는 관계에다 곱하는 관계 성실한 약속 사랑에 빠진 도피 실제적인 공모 지속적인 우정 부드러운 조화 관능적인 만남 평온과 쾌락 기초적

인 유희 대단한 놀라움 강렬한 리비도 함께하는 방황 교태부리는 두 사람의 생활 탄트리즘* 달빛 아래서의 로맨스 전성기와 노년기를 규정할 순간을 위해서이고

기쁨과 쾌락 도피 여가 미친 듯한 감정 웃음 즐거움 사랑 열정 열광적인 삶 생활과 행복 생각 이상 자유를 함께하기 위해서 모든 것을 함께하기 위해서이고

즐거움을 사양하고 새로운 밀레니엄을 살고 미래의 사랑에 도달하고 설계하고 착수하고 황홀함을 발견하고 생명의 불꽃을 영원히 붙들어두고 우리의 삶으로 시를 만들고 거리낌없이 사랑하고 행복의 고속도로를 타고 주고받는 것을 철저하게 체험하고 타성에 젖지 않은 채 사랑을 만들어가고 방탕한 생활을 되풀이하고 다시 쾌락을 즐기고 열정을 실천하고 열반 제7천국 황홀함 그리고 그와 더 유사한 상태에 이르기 위해서이다.

---

* 남녀의 결합을 추구하는 성적 요소가 많이 포함된. 인도에 널리 퍼져 있는 교파.

독자

독자는 하나가 아니다. 그는 시기와 책에 따라 변화하는 얼굴을
보여준다.

독자는 당신에게 편지를 쓴다. 그는 당신의 말을 라디오에서 들
었고, 더 그럴듯하게는 텔레비전에서 보거나 잡지에서 사진으로
보았다. 그는 당신을 보고 당신에게 편지를 쓰고 싶었다(그는 당
신 글을 읽고 싶다고는 말하지 않는다. 그러니 때때로 독자가 읽
지 않는다는 것이 분명하다). 그 내용은 다음과 같다. 그의 이름은
브뤼노이고, 스물여덟 살이며, 학생이고, 학비를 벌기 위해 도서
관 사서로 반나절 일을 하는데(당신도 사서죠?), 그 일자리 덕분
에 다양한 사람들을 많이 만날 수 있어서 ― 만남은 중요한 거잖아
요 ― 불평하지 않는다. 게다가 그는 책과 함께 있는 것을 좋아하
고, 이야기가 가득 들어 있는 그 책에 대해 열정 ― 열정은 중요한
거예요 ― 을 가지고 있다. 그는 자기처럼 당신도 열정적이라는

것을 알고 있고(그는 당신의 책에서가 아니라, 판매부수 — 판매 부수는 중요한 것이죠, 그 증거로⋯⋯—가 많은 한 주간지와 가 졌던 당신의 인터뷰에서 따온 문장 하나를 인용한다), 시간이 있 으면 차나 한잔 하거나 에스파냐 식 볶음밥 — 저는 (당신처럼) 외 국에서 여러 해 살았기 때문에 에스파냐 식 볶음밥을 아주 잘 만 들어요 — 을 먹으면서 함께 얘기하면 행복하겠으며, 여행이란 중 요한 것이고, 자기는 여행, 발견, 교환에 대해서도 열정을 가지고 있다고 한다. 그는 당신에게 자기 주소, 전화번호, 이메일 주소, 휴대폰 번호를 남긴다(당신은 틀림없이 그를 만나서 당신의 느낌 을 교환하기를 고대할 것이다).

독자는 당신을 만나러 온다. 그는 잔다르크 거리의 초등학교에 서 당신과 함께 있었는데, 당신은 기억하는가? 그는 당신에 관한 신문기사를 모아 책을 만들었고, 당신에게 그것과 함께 교실 사진 을 보여주는데, 그가 거기, 저 멀리 오른쪽에, 지구의 뒤에 있다.

독자는 당신에게 말을 하고, 마이크를 달라고 했다. 최근 저서 에서 당신은 젊은이들이 독서에 흥미가 없다고 한탄하고 있는데, 당신은 중등교육기관에서 자료정리를 담당하고 있지 않은가? 그 는 선생님이었는데(진급했기 때문에 지금은 아니다) 독서 교육을 아주 강도 높게 진행했다. 중학교 3학년 사회 적응반의 수많은 열 성적인 학생들에게 볼테르, 라블레, 라신, 코르네유를 읽혔다. 간단히 말해 젊은이들이 독서에 심취할 줄 안다고 틀림없이 단언할 수 있다. 하지만 물론 모든 사람에게 그런 능력이 주어지는 것은 아니며, 게다가,─그 순간 그가 일어서는 바람에, 모두 독자가 서른다섯 살가량(따라서 당신보다 더 젊다)의 미남이고 옷을 잘 입었고 어떤 점으로 보나 흠잡을 데 없는 남자라는 것을 볼 수 있다(문학의 생명력을 입증하기 위해 하루 일과를 끝낸 후 부리나케 오느라고 머리를 매만질 시간도 없이 연단에 올라 물병을 앞에 놓고 앉아 있는 당신보다 더 흠잡을 데가 없다). 그는 일어서서 마이크에 대고 덧붙여 말한다. 게다가 당신은 단어의 관능성, 단어와의 육체적인 접촉을 언급하고 방금 전에 '에로틱'이라고 말했는데, 난 말이죠, 난 당신을 쳐다볼 때(그는 당신을 쳐다본다. 당신은 회색 옷을 입고 있는데, 고속도로 카페테리아에서 급하게 차를 마시다가 스웨터에 흘린 자국이 있으며, 땀이 나는 것을 느낀다), 정말이지, 이런 말을 해서 미안하지만, 에로티즘이라는 것, 난 당신에게서 그런 것을 전혀 볼 수 없습니다.

당신은 품위를 지키며 그대로 있다가(멍청아, 난 단어에 대해서, 단어의 접촉에 대해서 말한 것이지, 잘난 네 주둥이에 대해서 말한 게 아니야) 대답한다. "선생님, 선생님이 오실 줄 알았더라면 그물 스타킹을 신을 걸 그랬군요." 당신은 상대방을 웃음거리로 만들지만, 앞으로 두 번 다시 독자에게─동포든 형제든─적대적인 독자에게 대답하지 않으리라 맹세한다.

독자는 당신에게 편지를 쓴다. 그는 편지를 쓰는 습관이 없고 실제로 한 번도 편지를 써보지 않았지만 억제할 수 없는 충동에 고무되었다. 당신의 최근 소설을 읽은 후부터 완전히 새로운 욕구를 느낀다. 그의 이름은 브뤼노이고, 스물다섯 살이며, 학생이고, 당신 책 속의 남자 주인공에게서 자기 자신의 모습을 본다. 완전히 그 자신이다. 주인공의 열정적이고 사랑에 약한 면, 그는 그런 사람이고, 그를 이해해줄 이상적인 여자를 찾고 있는데 ― 이건 굉장한 일이에요, 저는 당신 소설 속에서 저 자신이 이해되었음을 느꼈고, 당신을 만나고 싶습니다 ― S에서 도서관 사서로 있지만 당신이 원하는 시간에 당신이 원하는 곳으로 갈 수 있다며 연락처를 남긴다. 당신이 그에게 답장을 한다면, 이미 그의 연락처를 가지고 있으며 그의 '작가' 목록이 무질서하니 명확히 정리할 필요가 있겠다고 지적해줄 수도 있을 테지만, 지난 번 편지 이후로 세 살이 줄어든 것에 대해서 그를 치하해줄 수도 있을 것이다 ― 젊어지는 치료를 받았나?

독자는 당신에게 고마워한다. 그는 방금 서점 앞 인도 위에 선 채로 당신 책을 거의 반쯤 읽었다. 정확한 이유도 없이 그 책을 사 가지고 나오다가 반사적으로 책을 펴보았고, 감동을 받은 탓에 소진하여 카페에 가서 앉아 곧바로 탁자 한귀퉁이에서 당신에게 편지를 쓰는 것이다. 그 책에 대해 고맙다고, 깊은 인간미의 그 순간에 대해 고맙다고. 그는 서명만 할 뿐 성이나 주소도 알려주지 않고, 당신은 그를 그리워한다. 그는 익명을 쓰는 신중한 배려를 하는데 물론 그것이 당신에게 그를 알고 싶은 욕망을 불러일으키기 때문이다 — 오직 그 사람만.

　작가는 정당한 방식으로도 결코 독자를 만나지 않는다. 그녀는 확신하고 있다. 독자를 그녀에게서 영원히 멀리 떼어놓는 것, 그것은 그들이 그녀를 알고 그녀의 말을 통해 그녀를 이해한다는 환상 속에 그들을 가둬두는 것이고, 그녀와 그들 사이에 결코 뛰어넘지 못할 거리를 파놓는 진리의 속임수이다. 그녀는 남자 독자를 만나지 않는다. 여자 독자는 이따금 만난다. 그녀들이 우호의 영역을 침식해 들어가는 균열을 경험한 것처럼 보일 때, 간단하게 시작하는 관계이지만 그 관계의 한계를 그녀들이 알고 있다고 생각될 때. 남자 독자는 절대로 만나지 않는다. 고통의 기억이나 실패에 대한 확신을 피하듯, 남자들의 허영심과 분리되어 있다는, 그들 가운데 분리되어 있다는, 그들과 함께 혼자 있다는 두려움을 피하듯 그녀는 그들을 피한다.

　그녀는 유혹하고 싶은 남자에게, 그녀를 모르는 완전히 낯선 남자에게 결코 글을 쓴다고 말하지 않는다. 그녀는 독자를 찾지 않고, 사람들이 그녀의 눈을 읽어주는 것을 더 좋아한다.

학생

학생은 오직 복수로만 존재하고, 집단적인 젊은 남자이며, 일관
성 없는 집단이다. 모든 학생들이 모여서 학생을 이룬다.

그녀가 스물두 살 때, 학생은 열일곱이었다. 한 세기가 지나도,
학생은 여전히 열일곱일 것이다. 바로 그 때문에 학생은 그를 현재
모습 그대로, 일정하고 유명하고 영원한 존재로 지칭하는 내용만
을 용인하는 것이다. 학생은 모나리자의 초상이다 — 박물관에 있
는 그림, 조각 작품실에 있는 흉상, 동상. 그녀는 루브르에 있는 벌
거벗은 헤르메스를 떠올린다. 그것은 사람들이 너무나 자주 만지
고 쓰다듬고 스친 탓에 성기 부분의 돌이 닳아 반들반들 윤이 나고
거의 평평해져서 보호용 밧줄로 둘러싸이게 되었고, 그래서 욕망
에 대하여 두 가지 자세밖에 권하지 못했다. 즉 다른 동상처럼 손
을 내밀어 그 몸을 만질 수 없는 것을 안타까워하거나, 비록 같은
공간 안에 존재하고 우리 눈앞에 현존하며 뚜렷한 윤곽을 드러내

고 있다 하더라도 그것이 다른 시대에 속하며 영원하고 아름답고 만질 수 없는 것이라는 사실을 받아들이는 것 말이다.

학생이 어떤 무한한 대상에 얼굴을 기울인 채 글을 쓰거나 읽을 때, 그녀는 학생을 바라보고, 박물관을 돌아보는 듯한 기쁨과 즐거움에 빠진다. 그녀는 뒤에서 그를, 그의 어깨, 목덜미, 봄이면 짧은 소매나 걷어올린 소매 밑으로 보이는 팔, 관자놀이를 향하는 손의 움직임, 목을 관찰한다. 때때로 그가 그녀를 쳐다보면, 그녀는 화가의 온갖 솜씨가 다 발휘된 듯한 눈과 마주친다. 그것은 오래 전의 일이었지만 그 육체는 살아 있고 그 미소는 매혹적이다.

그녀는 학생에 대하여 헛된 욕망이라는 강렬한 감정과 아름다움으로부터 동시에 생겨나는 고상한 사랑을 품는다. 그녀는 그 신비를 만지기 위하여 손을 내밀지 않는다. 종종 작품이 생기를 띠고, 통통한 입술에서 말이 흘러나오는데, 그 하찮고 평범한 말이나 어리석은 억양은 모나리자의 콧수염 때문에 은밀한 공상이 깨지듯 사랑의 몸짓을 금지시킨다.

첫사랑

그녀는 어느 일요일 아침 그에게 전화를 한다. 집에 혼자 있고, 슬프고, 전화번호부를 지도 삼아 보물처럼 발굴해야 하는 과거가 반짝이는 그런 날이다. 그는 주소가 바뀌지 않았고, 오히려 팩스, 이메일 등 통신방법이 많아져서 연락하기가, 다시 연락하기가 아주 수월하다.

정오가 다 된 시각. 전화벨 소리가 한참 동안 울린다. 그녀는 그가 주말에 누군가와 여행을 떠난 게 아닌가 하는 생각을 한다. 그녀는 그에 대해서 아무것도 모르고, 그의 목소리조차 듣지 못하는 것이 애석하다. 이상하게도 그에게는 자동 응답기도 없다. 그 순간 그가 수화기를 든다. 목이 쉰 그 음색과 지루한 억양은 그녀의 귀에 익지 않지만, 바로 그다. "자고 있었어?" 그녀는 자기가 누구인지 밝힌 후 말한다. 자고 있었어? 그의 삶에서 사진으로 말고는 절대로 다시 나타나지 않으려고 그의 집 계단을 급히 내려갔던

게 몇 년 전 일이 아닌 것처럼. 자니, 내 첫사랑, 언제나 놀랄 만큼 그렇게 깊이 자니, 정말 그런 것 같다, 그래, 당신은 천둥치는 비바람 소리도 못 들었고, 반원형 눈썹 위를 손가락 끝으로 쓰다듬는 것 말고는 그 무엇도 당신을 깨울 수 없었던 것, 기억나. "아! 당신이로군." 그가 별로 상냥하지 않은 한숨을 쉬며 중얼거리자, 방해한 것(어쩌면 그는 혼자가 아니고, 어쩌면 어제 저녁에 여자를 집에 데려왔을지도 모른다)에 대해 사과하기 위해서라기보다는 자신의 전화를 논리적으로 정당화하기 위해서 그녀가 말한다. "낮 열두시야." 그녀는 과장된 비난의 어조로 말하는 자신의 목소리를 들으며 깜짝 놀란다. 마치 오래 전에 한 약속을 그녀는 정확히 지켰는데 그가 지키지 않았고, 그가 세심하지 못하고 정확하지 못하고 불성실하고 잊어버리기 잘하는 것처럼 — 그게 아니다, 그녀는 갑자기 생각한다(전화를 끊을 수도 있을 텐데), 그보다는 오히려 마치 몇 년 전 계단을 급히 내려갈 때 그의 실망도 달래줄 겸 도망가는 것을 감추고 싶은 마음에 계단 밑에서 희미하게 "내가 내일 낮 열두시에 전화할게" 하고 경솔한 약속한 것처럼. 어쩌면 그녀는 그날 그렇게 말하고는 기억이 나지 않는지도 모른다. 어쩌면 정말 그에게 "내일 낮 열두시에"라고 말했는데 십 년 후에, 나야, 낮 열두시야, 하고 전화를 하는 것인지도 모른다.

첫사랑은 영원한 것이고, 시간은 흐르지 않는다. 그것이 사랑의 법칙이다. 그 사랑 이야기는 객차가 떠나고, 역과 이별의 손수건은 더욱더 멀어지는 그런 수송열차의 이야기가 아니라, 황당무계한 형식의 이야기이다. 우거진 숲을 건너가지 않고서도 잠이 든 사랑하는 남자, 연인을 다시 만날 수 있고, 그가 신뢰가 가득 담긴 얼굴로 잠을 단념한 채 팔을 열어 우리를 기다리고, 우리의 손길 아래, 우리의 입술 아래에서 잠이 깨는 이야기. 변함 없는 매력을 지닌 그 왕자, 백 년이라는 세월도 사소한 것에 불과한 인내의 천사. 그는 눈을 뜨며 "당신이군요"라고 말할 것이고, 사실 당신 자신이 기다리게 만든 것일 테지만, 어린이의 꿈을 이루는 한없는 그 사랑으로 첫날과 다름없이 당신을 사랑할 것이다.

는 것, 비록 그가 다시 돌아온다 할지라도 결국은 우리를 고독 속에 내버려둘 거라는 것. 그의 것이기도 한 그 고독, 줄일 수 없는 그 차이를 난 알아요.

내가 사랑에서, 모든 형태의 사랑에서 즐기는 것도 바로 그것이에요. 나는 물리적으로 존재하는 것을 즐기고, 현재와 육체를 즐기거든요. 그래요, 남자들은 덩치 큰 어린애 같아요. 그들이 떠나면 난 붙잡지 않아요. 그들은 자유롭지요. 그들에게는 자유가 있으며, 사랑은 없고 사랑의 증거만 있어요, 안 그래요? 육체는 사랑의 유일한 증거예요 — 아니, 아니, 유일하지는 않아요. 자유로운 남자들은 떠날 수도 있고 때로는 남기도 하니까. 가장 아름다운 사랑의 증거는 이런 거예요. 가버릴 수 있는데도 자유의사로 남는 것 말이에요.

남자에 대한 사랑을 자식에 대한 사랑에 비유하는 것은 적절하다고 생각해요. 애인이나 남편에게 요구하는 성실성, 그의 살이 우리 몸 안에 있었다는 것을 핑계로 내세우는 살에 대한 일부일처제, 그런 것을 아들과 딸에게 요구하나요? 자식에게 어머니 뱃속에서 살았으니까 어머니 곁에 충실하게 남아 있으라고 요구하나요? 어리석고 공허한 그 감사 — 배〔腹〕에 대한 감사 — 를 영원히 자식에게 요구하나요? 떠나요, 가요, 떠나요. 당신들이 날 사랑한다는 걸 알고 있어요. 이미 수많은 사슬이 우리를 묶고 있는데 내가 왜 거기에 피와 피부의 끈을 더 보태겠어요?

낯모르는 사람

그녀가 낯모르는 사람으로부터 기대하는 것은 무한하면서도 아주 작은 것이다. 그녀는 그가 그녀를 발견하고 낯선 땅으로 미리 파견된 정찰대원처럼 그녀의 정체를 밝혀주길 기대한다. 남자가 자기 자신을 위하여 그렇게 하는 것처럼 그녀의 이름을 지어주고 그들이 함께하는 시간 속으로 그녀를 받아들여주기를 기대하고, 마치 그녀가 생명의 은인이라도 되는 양 다정하고 너그럽게 대해주기를 기대한다. 낯모르는 사람에게 그녀는 지위도 이름도 두려움도 없는 존재이며, 관계도 법칙도 없다. 낯모르는 사람에게 그녀는 낯모르는 여자인 것이다. 그렇지만 그가 다가오는 순간부터, 그는 다른 어느 누구보다도 더 많은 것을 알게 되고, 사랑을 나누면서 그녀를 알아보듯이 그녀를 알게 된다. 그가 알게 된 그녀는 잊혀진 단어를 다시 발견하듯 그의 품안에서 그를 기억해내는 바로 그 여자이다. 낯모르는 사람은 그녀에 대해서 아무것도 모르지만, 그녀가 누구인지 알고, 그녀라는 주체 속에서 그녀를 확인하고, 그녀의 존재 속에서 그녀를 확신한다. 그녀는 낯모르는 사람에 대해서 아무것도 모르지만, 그를 안다. 그렇다, 그녀는 마치 오래 전부터 알았던 것처럼 그를 안다.

　낯모르는 사람과의 성행위에서, 그녀는 그 상호적인 감정을 추구하고 발견한다. 그 감정은 시간이 함께하면 종종 사랑이라 불리는 것이고, 그들이 경험하는 동시에 불러일으키는 감동에 의해 육체가 동요되는 순간에는 "고마워요" "안녕하세요" 혹은 "당신이군" 하고 말해지기에 그녀는 단순히 그것을 알아보기라고 부른다.

그와 단둘이

　내 도덕성은 의심스러워요, 당신도 알죠, 내가 다른 사람들의 도덕을 의심한다는 것.

　성실성이라는 것, 그건 공허한 생각이고 맹목적인 허영이에요. 마치 뭔가에 집착하는 것처럼, 마치 자신이 죽지 않는다고 믿는 것처럼, 마치 그런 것처럼.

　사실 난 아이들—내 딸들—을 사랑하듯이 남자를 사랑하기 시작했어요. 난 그애들을 품에 안을 때, 어린 시절부터, 딸애들이 아주 어렸을 때부터, 그 따스한 체온이 날 버릴 것이고, 내가 사랑을 듬뿍 담아 어루만지는 그 육체가 날 떠날 것이며 더이상 어디에서 그들을 다시 찾아야 할지조차 모르게 되리라는 것을 알고 있었어요. 그들이 가버릴 거라는 것을 알고 있었고, 가장 다정한 품에 자리잡고 있는 그 부재를 처음부터 알고 있었어요. 비록 상대방이 우리를 사랑한다 할지라도 우리를 고독 속에 내버려둘 거라

남편

그녀는 남편이 아이들과, 딸들과 놀아주는 걸 보는 게 좋다. "그럼 애들아, 우리 뭐 할까?" 그가 말한다. 그녀는 딸들이 아버지의 몸을 점령하고, 공격하고, 등 위로 기어오르고, 소리를 지르며 그의 목과 품으로 달려드는 것을 바라본다. 아버지는 아이들이 하는 대로 내버려두고 모든 놀잇거리를 제공한다. 딸들은 그의 콧수염을 잡아당기고, 배 위로 뛰어오르고, 사정없이 때린다 — 아버지는 정복당한 영토이다.

그녀는 딸들을 쳐다볼 때마다 남편을 사랑한다. 그녀는 딸들과 남편의 닮은 점을 좋아한다. 심지어 결점까지도 말이다. 모든 것이 유쾌하다. 그녀는 사람들이 '아이들을 위해서' 그대로 함께 사는 것을 이해한다. 완전히 이해한다. 그것은 그녀가 보기에 완전하고도 충분한 이유가 된다. 그녀는 그 계속되는 놀라움, 한 남자가 가능하게 만든 그 경이로움 — 두 딸, 그들의 검푸른 눈 — 에 결코 무감각해지지 않는다. 사랑을 나누고 아이를 만드는 것, 그것은 결혼이라는 매듭을 정당화시키고 그것을 단단하게 유지하기에 족히 충분하지 않은가? 무엇보다도 어쨌든 선물, 누가 뭐래도 그건 본래 선물인데, 그 선물에 대해서 남자에게 항상 감사하는 마음을 가지면 안 되는 것인가? 그가 준 것, 그가 주기를 원했던 것을 잊을 수 있는가, 그것이 정당한 일일까?

그녀는 '애들 아버지'라는 낡아빠진 오래된 표현을 어리석다고 생각하지 않는다. 오히려 그들 사이의 관계를 가장 정확하게 표현하는 훌륭한 방법이라 생각하고, 더이상 그를 사랑하지 않아도 여전히 사랑하는 것처럼 보이게 하는 표현이라고 생각한다. 어쩌면 남편은 더이상 그녀 인생의 남자가 아닌지도 모른다. 그러나 공격을 당하여 양탄자 위에 쓰러지듯 주저앉는 그를 볼 때, 고함을 지르면서 바다를 향해 달려가는 세 사람을 바라볼 때, 그리고 그가 가르쳐준 대로 호흡을 하며 수영하는 딸들, 그들의 순수한 몸짓, 고동치는 그들의 가슴을 바라볼 때, 그녀는 여전히, 언제나 그를 사랑한다. 왜냐하면 그는 딸애들의 아버지니까, 엄밀한 의미에서 그는 딸애들 인생의 남자니까.

아버지

예순 살에, 아버지는 진찰실을 양도하라는 제안을 받는다. 그는 은퇴할 나이가 아니지만, 받아들인다. 치근(齒根), 치과 공구 소리, 고약한 마늘 냄새가 지겨워서. 그는 방 두 칸 짜리집에서 혼자 살고, 연금을 기다리며 검소한 생활로 만족한다.

예순 살에, 갑자기 아버지의 인생에 뭔가 살짝 열린다. 그가 행복해지는 것 같다.

그는 온갖 연수 과정에 등록하고, 래프팅, 패러글라이딩, 초경량 비행기, 스키스쿠터를 시작하고, 번지점프, 캐녀닝*, 모노스키를 한다. 이럴 수가, 아버지가 죽으려고 작정한 거야, 때때로 그녀는 생각한다. 그녀는 내출혈 이후에도 계속해서 담배를 많이 피우

---

* canyoning, 협곡이나 계곡을 따라 이동하며 그곳에서 만나는 상황을 몸으로 헤쳐가는 신종 스포츠.

던 할아버지 생각이 난다. 남자들에 대한 진실이 어디 있는 건지 그녀는 더이상 모른다. 남자들이 죽음을 두려워하지 않는 건지 아니면 자기들은 죽지 않는다고 생각하는 건지.

아버지는 비행장에서 조종 수업을 받고, 글라이더를 타고 하늘을 날고, 훈련 설명서를 집으로 가져가고, 자격증을 딴다. 그때부터 그는 늦봄부터 가을까지는 하늘을 날고, 겨울에는 차디찬 창고에서 동체를 수리하며 현장에서 지낸다. 그는 클럽의 무보수 비서이며 현장 정비사이고, 처녀비행을 제안하고, 생 루 봉우리에서 청년들과 함께 텐트를 치고 야영을 하며 떠나갈 듯한 웃음소리 속에서 그들에게 장 리고의 이야기를 해준다.

예순다섯 살에 그는 공중곡예를 시작하고, 공중회전과 급강하 수업을 받는다. 그는 이제 그것에 관한 이야기 ─ 하늘이 주는 감흥, 자유, 강렬한 쾌감을 느끼는 기쁨 ─ 밖에 하지 않는다. 내 평생 꿈꾸어온 거야……

그날, 아버지는 그녀의 집으로 그녀를 만나러 왔다. 딸들은 남편과 함께 수영장에 있고, 그들은 정원에 앉아 있다. 그가 생 크레펭에서 받은 최근의 연수와 산에서 아주 가까운 곳을 비행할 때 느끼는 기분을 한 시간이 넘도록 이야기한다. 그녀는 그의 말을 가로막고 그게 언제였는지 물어본다 ─ 지난 주말이었어요?

"아니다." 아버지가 말한다. "지난 주말에는 비행하지 않았어.

어머니 장례식에 갔거든."

그녀는 입 밖으로 튀어나오는 말을 자제하려고 했지만 얼굴이 어릿광대의 하얀 가면을 쓴 것처럼 변한다.

"아 그래요! 할머니가 돌아가셨어요?" 그녀가 말한다.

아버지는 장례식에 갔다. 많이 망설였지만 결국 갔다. 그는 거기서 다른 형제자매를 보았다. 그렇다, 그의 어머니에게는 다른 자식들이 있었는데, 그러니까 그후에……

"그 사람은," 그녀는 묻지 않을 수 없다(그녀는 아버지에게 절대로 아무것도 묻지 않지만, 이번만은 좋은 기회다. 지금 묻지 않으면 절대로 알지 못할 것이다). "그럼 그 사람은, 할머니의……, 그러니까 그 사람들의 아버지…… (그 사람, 그렇다, 할머니로 하여금 모든 것을 버리고 떠나게 만든 남자, 그 사람, 그는 누구였을까, 어떤 남자였을까, 한 사람의 어머니를 떠나게 만들 수 있는 남자는 대체 어떤 남자일까?) 그 사람도 왔어요?"

"그 사람? 아니. 그는 틀림없이 어머니보다 먼저 죽었을 거야. 어머니는 여든다섯 살이었거든."

"그런데 그 사람은 살아 생전에 뭘 했고, 어떻게, 그러니까 그분들이 어떻게 만났는지 아세요?"

"아니, 그건 몰라. 장사를 하는 사람이었을 거야. 아마 너도 기억하겠지만 — 이십 오 년도 넘었구나! 확실히는 모르겠다만 — 어머니가 집에 오셨을 때 내게 그렇게 말했단다. 난 그를 한 번도 본

적이 없지만."

　그는 한참 동안 입을 다문 채 마음을 닫고 있더니, 갑자기, 참으로 놀랍게도 마치 단숨에 기억이 되살아난 듯, 뜨겁게 달아오른 얼굴빛을 찻잔 뒤로 감추고 있는 그녀를 손가락으로 가리키며 말한다.

　"아니, 그 사람은, 내 기억으로는, 그 사람이 흥미를 가졌던 건, 그의 열정은 언제나―어머니는 광신자라고 표현하셨지―그의 열정은 비행기였어. 그는 조종사였거든."

그와 단둘이

당신 정말 그렇게 생각하세요? 사태를 바로 잡아보려고, 붕괴를 막아보려고 내가 얌전하게도 일 주일에 두 번씩 혼자 '부부치료'를 하러 온다고 정말로 생각하는 거예요?

나는 약속했기 때문에 오는 거예요. 당신이 필요하기 때문에, 약속을 하기 위해서 오는 거라구요. 나는 약속이 있기 때문에 약속에 응하기 위해서 당신에게 오는 거예요, 그뿐이에요.

물론 당신은 속으로 말하겠죠 ─ 난 당신 말이 들려요, 당신 말이 들리는 것 같은 느낌이에요 ─ 속으로 이렇게 말하겠죠. 그건 내가 아니야, 그녀는 나한테 말하는 게 아니야. 그녀가 쳐다보는 건 내가 아니야. 그건 감정의 전이, 다른 장면, 그래 그래, 난 막연한 개념일 뿐이야.

있는 그대로의 모습으로 사랑받지 못한다는 것, 언제나 다른 사람이고 결코 자기 자신이 될 수 없다는 것은 분명히 괴로운 일이죠. 그렇게 공공연히 주장하는 것, 그건 분명히 잔인한 일이에요.

　하지만 난 당신에게 말하는 것이고, 내가 쳐다보는 건 바로 당신이에요. 난 도(道)의 대가가 아니고, 선택하는 걸 피하지 않아요. 난 내가 뭘 하는지 알아요, 뭘 바라보는지 알아요. 그건 당신이에요, 당신일 수밖에 없어요.

아버지

할머니의 장례식을 치른 후 얼마 지나지 않아, 아버지가 그녀에게 전화를 한다. 그녀에게 알려야 할 일이 있는데, 그가 결혼을 한다는 것이다.

그녀는 예전에 아버지가 그랬던 것처럼 "누구하고?"라고 묻지 않는다. 그녀는 자기가 이혼할 거라는 사실도 말하지 않는다. 순간적인 기쁨의 무게에서 아무것도 덜어내서는 안 되며, 자기 인생을 살아가기 위해 집을 떠나는 아들을 바라보듯 그저 아버지를 바라보기만 하는 게 옳다고 느낀다. 게다가 그는 '재혼한다'가 아니라 "나 결혼한다"고 말하지 않았던가? 일흔다섯 살에는 인생을 다시 시작하지 않는다. 그러나 얼마든지 시작할 수는 있다.

그녀는 아버지가 샤워를 하고 나오면서 허리를 감쌌던 수건 속에 감춰진 것을 보려고 어린 시절 언니와 함께 주방의 식탁 밑에 숨곤 하던 것을 기억한다. 그녀들은 아무것도 볼 수 없었다. 어쩌면 아무것도 없었는지도 모른다. 어쩌면 더이상 쓰지 않아서 잘라버렸는지도 모른다. 그런 것을 요구하는 종교도 있으니까. 어쩌면 신교도 그런 종교인가? 그녀들은 알 수 없었다.

그 수수께끼는 오랫동안 그녀의 머릿속에서 떠나지 않았다. 아버지가 이따금 비밀을 희석시키는 가벼운 어조로 말했던, "그때 넌 아직 네 아버지 불알 속에 있었어"라는 그 말 때문에.

그녀는 그 이전, 그녀의 출생 전(前) 단계, 어머니 뱃속 이전의 장소, 아버지와 그녀가 서로에게 속해 있던 그 남성의 품─남성적인 근원지─을 그려보려고 애쓰곤 했다. 물론 그녀는 결코 그렇게 할 수 없었고, 분명 언니 말이 옳았을 것이다. 더이상 필요하지 않을 때는 남자의 물건을 잘라버리는 법이다. 셋째 딸은 태어나면서 죽었으니까, 아버지의 성기에 거주하여 그 사랑을 계속 유지시키고 구현시킨 여자로는 그녀가 마지막이었다. 물론 그녀가 유일한 여자는 아니었다, 클로드도 있었으니까. 유일한 여자는 아니지만 마지막 여자인 것이다. 그렇다면 아버지의 마지막 사랑이라는 게 아무것도 아니란 말인가?

그런데 사실, 그녀는 유일한 여자도 마지막 여자도 아니다. 마지막 여자는 아이가 셋 있고 치아를 모두 가지고 있는 쉰 살의 여자이다. 그녀는 치과 조수이다. 아버지가 삼십 년 전에 그녀를 알게 된 곳이 바로 아버지의 진찰실인데, 그녀는 그곳에서 육 개월간 연수를 받았다. 그 당시 이미 아버지를 사랑하고 있었던 게 분명하지만 그때는 아무것도 가능하지 않았다(아무것도, 사랑도).

운 좋게도 그들은 우연히 다시 만났다. 아버지가 한 카페에서 마주친 그녀를 알아본 것이다. 그렇게 된 것이다. 그들은 일 주일 후에 결혼한다.

그녀는 아버지의 허리에 두른 옷 밑에 오래 전부터 있던 것이 무엇인지 뒤늦게 깨닫는다. 그녀가 조심스럽게 지켜진 남자의 비밀이라고 생각했던 것은 귀한 보석이 아니라, 생명력이 강한 꿈, 오직 어머니에게만 영향을 미쳤다고 생각했던 그 열정, 사랑하고 사랑받는다는 두 가지 유산을 그럭저럭 오래 끌어갈 수 있는 변치 않는 열정이라는 것을.

남편

남편은 잘 지내지 못한다. 그녀가 들어가도 그는 고개를 들지 않고, 마치 노르망디 지방의 빗줄기처럼 굵은 빗줄기가 천천히 흘러내리는 창문 너머로 밖을 바라다본다. 그가 난파 직전에 처한 바이킹처럼 움직임 없는 푸른 시선으로 정원을 응시하자, 그녀는 외투를 벗으면서 "해적선에 수로라도 생긴 모양이지" 하고 생각한다. 하지만 그녀는 틀렸다. 그건 수로가 아니라 구멍이다.

몇 달 전부터 그가 사귀어온 여자가 임신을 했다. 그 여자는 피임약을 복용하지 않았고, 자기가 불임 — 계속되는 자궁내막증, 나팔관 폐쇄 — 이라고 생각했는데, 요컨대 그 반증이 나타난 것이다.

"당신……" 그녀가 그와 마주 앉으며 말한다. 그녀는 무정한 그의 옆모습, 팽팽하게 당겨진 힘줄이 팔딱거리는 그의 뺨을 바라본다. 유리창에 비친 얼굴의 다른 쪽은 눈물로 젖어 있다.

"난 그 여자가 아이 낳는 것을 결코 바라지 않아, 정말로 조금도 바라지 않는다구. 날 믿어줘."

"그 여자는요?"

남편은 침묵을 지킨다. 그 침묵의 자락에서 아이가 형태를 갖추어 나타나고, 그녀는 아이를 본다. 그녀는 일종의 즐거움 같은 것에 사로잡히는 것을 느끼며, 마치 실제로 일어나는 일인 것처럼 품안에서 아이를 본다.

십 년 전의 그녀라면 분노로 턱이 얼어붙고 주먹을 꽉 움켜쥐었을 것이다. 하지만 이제는 모든 것이 일상적인 인사말처럼 친근하고 만사가 삶과 죽음처럼 단순하다. 남자가 여자에게 아이를 배게 하고 인간이 죽음을 피하려고 애쓰는 세상, 그 세상이 확실하게 줄이 그어진 설계도로, 분명하고 단정한 도안으로 그려지는 것이다.

"그 여자는 유산을 시킬 거야."

그는 원하지 않는다. 그뿐이다. 하여튼 그가 그 문제를 어떻게 처리하겠는가? 그리고 무엇 때문에, 무엇 때문에 아이를 원하겠는가? 그는 사랑을 나누었다. 그것에는 대찬성이며, 그 여자가 마음에 들었고, 그녀를 원했고, 그녀를 가졌고, 만족한다—그녀는 멋진 여자인데다가 그는 그녀를 매우 좋아하니까. 하지만 그 이상은 아무것도 아니고, 그것이 다다.

어쨌거나 그녀 또한 아이를 낳자고 그를 설득하려는 건 아니지 않은가?

그녀는 모른다. 그녀는 진부한 말, 이를테면 "적절한 조치를 취

해야 해요"라든가 "그건 생명이에요" 또는 "심사숙고해요"와 같
은 말을 중얼거린다.

"생명이라구! 이것 참, 그만 해…… 생명이라구!"

그가 말한다. 그의 말이 심연의 깊이를 헤아리는 듯하다.

그가 여자를 좋아하는 것, 그것은 여자들이 그와 거리를 두기
때문이다. 그래서 그로 하여금 그 거리를 뛰어넘고 싶은 마음이
생기게 하기 때문이다. 그는 도박꾼이다. 도전에 응하고 싶어하
고, 사냥꾼이고 싶어하고, 정복하고 싶어한다. 그 다음에는(그녀
는 잘 안다) 쾌락이 있고, 잠시 상대방 안에서 자기 자신을 잊는다.
그러나 그에게는 달리 내어줄 것이 아무것도 없다 ─ 아무리 머리
를 쥐어짜도 아무것도 없다.

오랫동안 사랑을 나눈 후, 저녁 파티가 다 끝나가는 시간에 빈
잔들과 가득 찬 재떨이와 녹초가 된 몸냄새 사이에서 슬로 댄스를
춘 그 첫날 밤 내내 그녀의 허리를 감싸고 있던 그의 팔을 그녀는
기억한다. 그에 대한 신뢰에 이끌려, 그녀는 벙어리가 되고 장님
이 되고 그들 가슴의 고동 소리 외에는 아무것도 듣지 못하는 귀
머거리가 되어 표류하고 있었다.

생명 ─ 생명! 그녀는 정말로 알지 못하고, 그러니까 이해하지
못한다. 생명은 그와 관계가 없다는 것을. 그 이유는 아주 간단하
다. 그는 죽었기 때문이다. 사랑의 경쟁 외에는, 모든 것이 그에게
혐오와 거부와 공포가 된다. 예를 들어 그는 살의 부패, 육체에 내

포되어 있는 모든 것, 장, 창자, 똥을 증오하고, 언제나 그것을 생각한다. "그녀들은 사랑할 때는 아주 상냥하지만 내가 똥이 마려울 때는 무슨 일이 일어날까, 어디에 있게 될까? 그러면 내게는 한가지 생각밖에 없지. 도망가는 거야. 냄새가 풍겨오기 전에, 가스와 구린내로 숨쉬기가 어려워지기 전에 사라지는 것 말이야. 사람은 누구나 자신의 괴로움을 덜기 위해 물러가야 하는 법인데, 그녀들은 나를 품에 껴안고 '떠나지 말아요, 조금 더 있어요' 하는 거야—난 이미 떠났어야 했어, 내 명성이 절정에 달했을 때, 완전한 동의를 얻어 그녀들을 떠났어야 했어. 악화되기 전에, 죽기 전에, 그냥 있으면 죽으니까. 당신 알아?—그러더니 이제는 아이라니! 그건 정말 미친 짓이야. 난 이제 애 아버지가 될 수 없어, 이제 겨우 내 아이들과 함께 궁지에서 벗어났는데. 안 돼, 이제는 더이상 안돼, 더이상의 생명은 싫어, 더이상의 맹세는 싫다구. 설사 당신이 원한다 해도, 당신이, 당신이 말야. 난 그저 섹스만 할 수 있어. 아직은, 입을 다물고 있는다면, 입을 다물고 있는 것을 받아들인다면, 그러면 그래, 아직은 사람의 눈을 속일 수 있고, 그런 척할 수 있고, 살아 있는 것처럼 사랑을 나눌 수 있어. 하지만 그건 가짜야. 그보다 더 가짜는 없지. 난 당신에게 이렇게 말할 수 있어, 모든 것을 이해하는 당신에게 말야(같은 말을 반복하지 말아). 난 쾌락을 느끼는 죽은 사람이라고."

그와 단둘이

그때 난 생각했어요. 말하지는 않았지만 생각했어요. 사랑을 하는 살아 있는 사람이 더 좋겠다고.

남자들은 항상 더 깊이 죽음에 빠져 있어요. 망각을 통해 거기에서 벗어나고 싶어하는 탓에 그들은 어떤 죄를 저질렀나요? 폭력이나 사랑을 통해서보다, 그 망각의 나라에서 그들의 몸을 떠나는 것으로 죽음을 더 잘 떨쳐버릴 수 있을 것 같은가보죠?

앙드레

어느 날 아침, 매우 이른 시간에 어머니가 그녀에게 전화를 한다. 간밤에 앙드레가 죽었다. 그가 비명을 질러서 어머니가 불을 켰는데, 그가 죽어 있었다. 어머니는 시체와 단둘이 있을 수가 없다. 앙드레의 시체라니, 있을 수 없는 일이다.

그녀는 곧 기차를 탄다. 비가 오고, 눈이 오고, 그녀는 프랑스 전역을 가로지른다. 그녀는 지금껏 살면서 보아온 죽은 자들―그녀의 아기, 할머니―을 떠올린다. 남자는 한 번도 없었다. 그녀는 마지막으로 시를 암송해준 그날 저녁 이후로 더이상 할아버지 방에 들어가지 않았고, 사흘간이나 수염을 깎지 않은 탓에 위험한 여행을 무릅쓴 호전적인 사람 같은 인상을 풍겼던 그의 모습과 담배 냄새에 대한 추억만 간직한 채 지나쳤다. 그녀가 기억하고 있는 다음과 같은 이야기는 더 나중에 전해들은 것이다. 할아버지가 계속되는 음경 강직증 때문에 몹시 괴로워했고, 만일 마음이 내킨다면 죽은 자의 유해가 보기 좋았다고 증언해달라고 간호사에게 거대하게 팽창된 자신의 신체 일부를 보여주었는데, 할머니는 잘못 들은 것이라며 위독한 병자가 그를 겁쟁이 취급한 게 아니라고 신부를 설득시키느라 애를 먹었다는 이야기 말이다.

풍경이 그녀의 눈앞으로 열을 지어 지나간다. 과수원, 포도재배지, 초원, 시가지, 어스름한 연기가 화장터를 떠올리는 중심지, 살아 있는 사람들이 다시 만나고 헤어지는 역. 아니, 그녀는 죽은 남자를 본 적이 있다. 물론 보았다. 그토록 자주 보았는데, 어떻게 잊을 수 있었을까? 시체 공시소에서 볼 수 있는 것처럼 바퀴 달린 높은 탁자 위에 누워 있는 죽은 남편, 어쩌면 원한처럼 보이는 것인지도 모를 슬픔에 응고된 표정으로 눈을 감고 꼼짝도 하지 않은 채 말이 없는 그녀의 사랑 말이다. 처음 몇 해 동안 그녀는 죽어서 끝장나고 자취를 감춘 그의 모습을 수없이 많이 보았다. 그가 오 분씩 늦게 올 때마다 그녀는 그에게 영원한 내세를 안겨주곤 했다. 자 끝났다, 그는 이제 결코 그녀를 품에 안지 못하리라. 그는 질주하는 자동차와 함께 도로를 벗어나 벽을 들이받았다. 그녀는 울기 시작했고, 그가 열쇠를 손에 든 채 복도 끝에서 부활했을 때, 그녀는 그에게 달려갔다. 이리 와요, 안아줘요. 그러니까 그것이 사랑의 비밀이었던가? 뺨을 갖다대는 그 육체, 심장이 고동치는 그 육체가?

앙드레는 거꾸로 된 V자 무늬가 있는 아주 멋진 푸른색 양복을 입고 있는데, 나무랄 데 없는 옷가지가 너무 많아 선택이 곤란할 따름이었다. 그녀는 남자의 우아한 멋에 민감하고, 그것이 하찮은 허영심을 나타내기는커녕 여자에 대한 예의바른 겸양의 표시이며, 여자가 남자를 위해 그러는 것처럼 여자의 마음에 들고자 하는 감동적인 욕망의 표시라고 생각한다. 그녀는 앙드레 곁에 그대로 앉아 있다. 스스럼없이 침대 가장자리에 앉아, 병든 애인의 손을 잡듯 한참 동안 그의 손을 잡고, 그에게서 시선을 돌리지 않는다—그 사람, 앙드레, 그 사람이다. 그녀는 평생 동안 그토록 오랫동안 한 남자를 바라본 적이 없었다.

나중에, 다음날, 그녀는 사진이 가득 들어 있는 커다란 상자를 뒤진다. 그녀는 자기가 어렸을 때 보았던 앙드레를 다시 본다. 검은 머리카락, 푸른 눈, 상아로 만든 컬렉션용 파이프. 성냥갑 곁에 그들 두 사람이 있다. 흑백의 어머니와 그는 칸 영화제의 스타처럼 관자놀이를 서로 맞댄 채 렌즈를 향해 웃고 있고, 뒷면에는 주앙 레 팽*의 한 나이트클럽 이름이 쓰여 있다. 그 드라마는 더이상 〈오늘 저녁 극장에서〉가 아니라, 〈라 돌체 비타**〉이다. 다른 배경 속에서, 다른 사진에서 비슷하게 인생을 즐기며 사는 장난기 가득한 어린 소녀는 물론 그녀이다. 마치 사랑받기 위해서는 뭔가 해야 할 일이 있는 것처럼, 사랑받는 자신의 능력, 자기 자신을 사랑

---

* 프랑스 남부 지중해 연안 코트 다쥐르에 있는 해수욕장이자 동계 휴양지.
** La Dolce Vita, 이탈리아어로 '달콤한 인생'이라는 뜻. 제13회 칸 영화제에서 황금 종려상을 수상한 페데리코 펠리니 감독의 1960년작 영화 제목이기도 하다.

하게 만드는 능력을 사진사의 눈을 통해 시험해보려고 하는 그녀 말이다. 그녀는 성냥갑을 가로채고 싶지만, 감히 그러지 못한다. 그녀는 앙드레 곁으로 돌아가 앉아, 다시금 그를 응시하며 그들의 공통된 젊음을 한탄하고, 그 동안 그녀의 어머니는 전화에 대고 옥신각신한다 — 내가 그의 연금을 받게 되요, 어떤 서류를 준비해야 하지요, 시체를 방부 처리하는 사람은 계산서를 준비했나요, 불가피한 사정이 있어 당장 돈을 지불할 수가 없을 것 같은데 좀 기다려주시면 당좌예금이…… 네, 물론, 달리 방법이 없다면 시체를 창문으로 통과시켜도 좋아요. 정말로 계단 모퉁이에서 시체의 방향을 바꿀 수 없다면요, 물론 장미나무를 짓밟지 않는다는 조건이에요. 그녀는 반점이 있는 뻣뻣한 그의 손을 꼭 쥔다. "정말이지, 앙드레, 당신은 죽어서까지도 로미오이고, 결혼해서까지도 애인이군요. 창문으로 달아나니 말이에요."

그들은 거기 사흘 동안 머문다. 그녀는 시간의 흐름을 느끼지 못한다. 더이상 남편도, 자식도, 일도, 미래도 없다. 그녀는 죽은 앙드레를 바라본다.

조용한 대담. 죽음은 그녀에게 영향을 미치지 못한다. 그렇다, 과거가 느린 왈츠처럼 움직이는(장미, 키스, 샴페인, 커튼 가장자리에서의 기다림) 이 정지된 순간에 그녀를 불안하게 하는 것은, 사랑이 끝나는 것이다 — 남자의 사랑.

그와 단둘이

끝. 끝날 때, 사람들은 어떻게 그것을 알죠? 어떻게 하죠? 어떻게 끝나죠? 책이든, 분석이든, 사랑이든 말이에요.

난 다시 오지 않을 거예요, 마지막 만남이에요. 자, 내가 앉아서 당신을 바라보며 계약을 파기하고, 그러면 끝이죠.

내 눈 속에 한 남자가 있어요. 당신은 그가 보이나요, 당신이 있는 곳에서 그를 볼 수 있어요?

가까이 오세요, 어서요. 당신 자리에서는 아무것도 보이지 않아요. 당신은 너무 멀리 있거든요.

당신과는 이걸로 끝인가요? 시작인가요? 당신이 말할 차례예요. 난 다시 오지 않을 거예요. 난 책을 끝냈고, 거의 끝냈고, 당신과 함께 인생의 첫 무대를, 사랑의 사건을 시작하고 싶어요. 당신에게는 이게 끝인가요?

당신은 너무 멀리 있어요.

끝날 때를 어떻게 알죠—내가 남편을 사랑하나요, 당신을 사랑하나요—내가 알 수 있을까요?
만약 내가 미쳤다면, 당신이 그것에 대해서 뭘 알까요?

이리 오세요, 자, 이리 오세요, 내게 오세요. 제발, 거기 그대로 있지 말아요, 거기서 멈추지 말아요, 한 발짝 내디뎌요. 내가 모든 걸 주도하도록 내버려두지 말아요. 당신이 하세요, 뭔가 하세요. 몸짓을 하세요. 나를 위해 그렇게 해줘요.
난 여기 있어요, 날 쳐다봐요.
내가 무릎 꿇고 애원하기를 바라나요?
날 당신 품에 안아줘요.

당신은 그대로 멀리 있군요. 당신이 있는 그곳에 그대로 있군요. 하지만 내가 없는 당신은 뭐죠? 여자는 남자의 몸이고, 남자는 여자의 몸이에요. 우리는 서로 생명을 유지시켜주는 존재라구요.
이리 오세요, 난 당신이 몹시 아쉬워요. 내겐 당신이 없는데, 당신이 없으면 아무것도 없는 것이거든요. 당신은 죽은 자들로부터 나를 지켜주는 유일한 대상이에요.
가까이 오세요, 나는 당신의 육체를 원하는 거예요. 내가 원하는 건 오직 육체, 말이 없는 육체—단순한 육체—예요.

이리 오세요, 우린 아주 가까이 있어요. 내 존재는 오직 당신한테 달려 있고, 당신 존재는 오직 나한테 달려 있어요. 우리 두 사람만의 몸으로 유일한 하나의 몸을 이루는 거지요. 당신은 외로운 사람이에요. 그걸 알아요?

난 더이상 모르겠어요. 당신은 예전과 똑같은가요? 달라졌나요? 날 사랑해요? 아니면 무관심한가요?

난 당신을 사랑해요. 그건 당신과 관계 있는 거죠?

출판업자

1

　출판업자가 어느 일요일 그녀에게 전화를 한다. 그는 알 수 없는 이유로 한동안 중단된 소설의 마지막 몇 장을 곧 읽을 수 있는지 알고 싶어한다. 그녀는 그의 목소리로 보아, 그가 그 이유를 짐작하고 있다고 생각한다. 그는 확정된 날짜를 받아내거나 기한을 정하기 위해 목에 칼을 들이대는 것이 아니라, 그저 오래 전부터 약속된 그 페이지들을 읽고 싶을 따름이다.

　그녀는 그가 처음에 그랬던 것처럼 일요일에 전화를 건 것에 감동한다. 그것은 우연일 수도 있지만 어쩌면 우연이 아닐 수도 있다. 그녀는 끝났다고, 다 끝냈는데 이름을 정하는 일만 남았다고, 딱 들어맞는 제목을 생각해내기만 하면 된다고 말한다. 그녀는 또한 여건이 허락한다면 어디에라도 좋으니 "이 책은 소설이다. 모든 남자들은 상상의 인물이다"라는 문구를 삽입하고 싶어한다. 판단은 출판업자에게 맡기지만, 그녀는 그러기를 몹시 희망한다.

그녀는 문의하고 물어보고 안절부절못하는 그의 목소리, 알고 싶어하는 그의 목소리를 좋아한다. 그녀는 숨김없이 드러나는 열정, 불현듯 사랑의 대단한 표식처럼 생각되는 일종의 미리 맛보려는 기쁨을 좋아한다.

그리고 어떤 영상이 나타나, 소름 끼치는 진부함과 강렬한 진실로 그녀를 압도한다. 그녀가 볼 수 없었던 것에 대한 영상이지만 이제는 보인다. 담배를 입에 물고, 불안한 모습으로, 아직 무엇인지, 누구인지 모르는 채 행복해하며, 자기가 기다리는 것에 대해, 앞으로 일어날 일에 대해, 생길 일에 대해 기뻐하며 복도를 성큼성큼 걷는 아버지. 걱정하며 흥분하고 있는 아버지. 그녀는 그의 딸인 동시에 아내가 되고, 새로 태어난 아이인 동시에 사랑받는 여자가 되고, 기다리는 동시에 좋아하는 여자가 되고, 기대하는 동시에 애지중지하는 여자가 되리라. 바라던 목소리와 육체, 그것은 사건, 행복한 사건이요, 출현이다. 희망으로 빛나고 또한 기다린 만큼의 실망으로 위협받는 아버지. 더이상 기다리지 않는 아버지. 누구인지 알고 있는, 바로 그녀라는 것을 알고 있는 아버지.

욕망에 응하는 것, 기다림을 채워주는 것, 아이, 여자, 책과 같은 모든 소원의 대상이 되는 것 ─ 사랑의 대상이 되는 것.

아벨 베유

그녀는 다시 오지 않을 것이다. 그녀는 그에게 말한다. 무슨 일이 있어도 이게 마지막이라고. 그녀는 진료비를 지불하며 책상 위에 표 두 장을 놓는다. 그 위에 다음날 저녁 〈라 트라비아타〉의 초대장도 놓는다.

그녀는 무릎 위에 프로그램을 올려놓고 앉아서, 묵직한 푸른 벨벳 장막에 눈길을 고정시킨 채, 마치 그것이 바다라도 되는 양 뚫어지게 꿈꾸듯 바라본다. 웅성거리는 수많은 대화로 소란스런 객석. 사람들이 자기의 삶을 서로 이야기하나보다, 자기 삶을 이야기하며 시간을 보내는구나 하고 그녀는 생각한다.
불이 꺼지는 순간, 침묵이 자리잡는 바로 그 순간 그가 도착한다. 망설이다가 온 것일까, 그녀와 눈이 마주치는 것을 피하고 아무 말도 하지 않는 것이 더 낫다고 생각했기 때문일까? 그녀는 고개를 돌리지 않는다. 그녀는 그라는 것 ─ 어쩌면 그라는 것 ─ 을 안다.

그녀는 그의 집 소파 위에 길게 누워서, 한 전문잡지에 싣기 위해 그가 방금 쓴 기사를 읽는다. 그녀가 그에게 영감을 불어넣은 것일까? "사랑은 아무리 상호적인 것이라 할지라도 무력하다. 그것은 하나가 되고자 하는 욕망에 불과한 것으로, 그 욕망이 우리로 하여금 둘의 관계를 수립하지 못하게 만든다는 것을 모르기 때문이다. 둘이란 누구를 말하는가? ─ 두 성(性)이다." 그것은 다음과 같은 라캉의 인용문으로 끝난다. "사랑은 없고, 사랑의 증거만 있을 뿐이다." 그녀는 자기가 그 내용을 제대로 이해하고 있는지, 예전에 탐독했던 몇몇 통속소설에 나온 다음과 같은 졸렬한 대화에서와 똑같은 의미인지 궁금하다.

"날 사랑해?"

"응."

"그럼 증거를 보여줘."

그는 책상에 앉아 있고, 그녀는 컴퓨터 자판을 두드리는 그의 뒷모습을 본다. 최근에 그는 신(新)경제에 관심을 갖고 있다.

"다음달에 제임스 바우만의 독창회가 있어요."

그녀가 말한다.

"우린 거기 갈 수 있을 거예요. 내 딸들도 없고 당신 아들들도 없는 토요일이니까(그녀는 카운터테너 ─ 여자처럼 노래하는 남자

목소리 — 를 좋아한다).”

"다음달? 그래, 당신이 꼭 가고 싶다면……”

그는 숫자의 열이 이어지는 컴퓨터 화면을 응시하며 말머리를 꺼내더니, 그녀를 쳐다보기 위해 뒤를 돌아본다. 언제나 그랬듯이 그녀는 그의 얼굴 앞에서 예리하게 파고드는 똑같은 느낌에 사로잡힌다. 그가 누군가를 상기시킨다는, 뭔가를 생각나게 한다는 느낌 말이다. 그녀는 그를 앞에 두고, 그에 대한 향수를 느낀다. 그는 돌아보며 의자의 팔걸이 위에 팔을 올려놓은 채 말한다.

"왜냐하면 난 말야, 최대한 정직하기 위해 말하는 건데, 실은 언제나, 아주 어렸을 때부터 음악을 싫어했거든.”

수신인

수신인은 자기에게 주어지는 것을 받는다. 그는 침묵하고, 답장하지 않는다. 수신인은 편지를 주고받는 상대가 아니다. 그는 침묵하고, 침묵의 그늘에 남아 있도록 정해진 운명이지만, 사람들은 그가 듣고 있다는 것을 안다. 눈에 띄지 않는 자신의 운명에 대한 수신인의 동의는 꼭 필요한 것이고, 그것을 절대로 의심하지 않고 확신하는 것이 중요하다.

난 당신을 위해서 쓰고, 당신한테 써요. 글을 읽는 것은 여자들이라는 것을 알지만, 어렴풋하게라도, 역광을 받은 희미한 윤곽으로라도, 당신이 남자라고 생각하지 않는다면 난 글을 쓸 수 없을 거예요. 난 당신한테 말하고, 당신에 대해서, 당신과 나에 대해서 말해요. 나는 당신이 누군지 모르지만, 당신을 보고, 당신을 짐작하고, 당신을 묘사하고, 당신에게 말하고, 당신을 꾸며내요. 당신한테 글을 쓰는 거지요.

당신은 누구죠? 난 당신이 누군지 몰라요. 난 당신을 알지 못해요.

무엇보다도 답장하지 마세요. 소용없는 일이에요. 우리는 편지를 주고받을 수 없고, 우리 사이에 가능한 교신은 없어요. 당신은 멀리 있고, 다른 사람이고, 남자예요. 배달되는 편지의 여정처럼 우리 사이에서 표류하는 그 거리를 난 받아들였어요. 난 당신의 답장을 받기 위해서 쓰는 게 아니지만, 그래도 당신한테 써요. 놀라지 마세요. 난 당신을 붙잡는 것은 포기했지만, 당신을 붙잡는 몸짓마저 포기하지는 않았으니까. 글쓰기가 바로 그 몸짓이에요. 난 당신을 향해서 글을 쓰는 거예요. 그건 기차가 떠날 때 손을 흔드는 것과 같아서 소용없는 일이지만, 그래도 무의미한 것은 아니지요.

예전에는 확실히 답장을 기다렸어요. 당신이 내게 설명해주기를, 당신이 내게 말해주기를. 나는 책을 쓰는 남자들, 시인, 유명인사들에게 물었고, 언젠가 우리의 팔로 만들어진 다리 밑으로 인생이 흘러갈 거라고 상상했어요. 그러다가 나는 세상을 글쓰기에 바치는 이야기를 읽었어요. 잠자기 전에 어머니의 키스를 받고 싶어하고, 사랑의 쪽지에 대한 대답으로 "답장이 없다"는 유일한 고독의 말만 듣게 되는 어린아이의 이야기였지요.

그 의미는 그렇게 해서 내게 전해졌고, 또한 그토록 많은 부재와 그토록 많은 기다림에서 나를 해방시켜 주었어요. 난 당신의 답장을 받기 위해서 쓰는 게 아니라, 답장이 없기 때문에 쓰는 거예요. 난 절대로 당신 품에 있지 않을 것이고, 당신도 내 품에 있지 않을 거예요. 절대로 껴안지 않을 거예요.

하지만 때때로 난 우리가 다시 만나는 방법을 꿈꾸기도 해요. 종종 잠을 자면서 말이에요. 모르페우스*가 나를 흔들어 재우고, 난 남자인 그 신이 주관하는 사랑스런 잠을 어떻게 연장할지 막연히 예감하죠. 그러면 당신이 보여요. 당신은 망각의 끝에 있지만, 내게는 당신이 보이고, 당신이 나를 향해 팔을 내밀면, 난 다가가요. 나에게 예정된 당신, 나의 수신인을 향해 다가가요. 당신이 여자라고 누가 그랬나요? 터무니없는 소리! 죽음은 바로 당신의 눈을 닮았을 거예요. 틀림없이 난 당신의 가슴에 머리를 기울이고, 당신의 어깨에 손을 올려놓겠지요. 당신이군요, 건너편 물가에 있는 바로 당신이군요. 우리 사이의 거리가 줄어들고, 곧 사라져버리네요. 우리 춤춰요, 어서요. 아, 안아줘요, 날 데려가줘요. 당신을 다시 만나고 당신이 날 안아주니 얼마나 좋은지, 네, 정말 좋아요, 그 품안에서!

---

* 꿈의 신.

옮긴이의 말···

한 남자 문학비평가가 당신의 작품을 읽으면서 당혹감과 거부
감을 느꼈으며 아마도 대부분의 남성 독자들이 자신과 같은 느낌
을 가졌으리라고 이야기하는 글을 읽었습니다. 나는 남성이 아닌
데도 불구하고, 당신의 작품을 번역하면서 적지 않은 당혹감과 때
로는 거부감을 느끼기도 했어요. 그래서 당신과 허심탄회하게 작
품에 대하여 얘기를 나누고 싶다는 생각이 들었지요. 보통 번역자
들이 번역한 작품 말미에 그 작품을 소개하는 내용의 글을 첨부하
는 것이 관례입니다만, 이 작품은 형식적인 소개가 필요하지 않은
작품이라고 생각합니다. 간단히 말하자면 이 작품은 남자를 사랑
하고 이해하고자 하는 한 여자가 여러 각도에서 남자를 고찰하는
이야기, 사랑하지 않고는, 사랑 받지 않고는 살 수 없는 한 여자의
이야기라고 할 수 있지요. 당신은 일반적인 서술구조를 사용하지
않고 단편적인 에피소드들로 이야기를 전개함으로써 독자로 하

여금 여러 장의 스냅 사진을 보는 듯한 느낌을 갖게 합니다. 다양한 의미가 함축되어 있고 때로는 신선한 영상을 제시하기도 하는 그 사진들에 대해 구구한 소개나 설명을 덧붙이는 것이 오히려 그 색채를 퇴색시키는 것이 아닐까요? 무엇보다 눈앞에 제시된 사진을 보고 그 영상의 묘미를 직접 느끼는 것이 중요하니까요. 그런 까닭에 나는 당신의 작품을 번역하면서 품게 된 몇 가지 의문을 당신에게 던지는 것으로 옮긴이의 말을 대신하고자 합니다.

당신은 화자가 당신과 같은 이름을 지니고 있기는 하지만 이 작품은 허구이므로 화자와 당신을 혼동하지 말아달라고 당부했습니다. 화자가 당신 자신은 아니라고 말이에요. 그렇다면 이 글은 당신이 아니라 작품 속의 화자에게 보내야 하는 것인지도 모르겠군요. 한 비평가는 당신의 작품이 새로운 문학 장르를 예고한다고 하면서, 오토픽션(autofiction)이라는 용어를 사용했더군요. 살짝 위장된 자서전이며, 변형된 일기와도 같은 형태라는 것이죠. 당신 스스로도 화자가 곧 당신 자신일 수도 있다는 것을 한편으로는 인정하고 있고요. 어쨌거나 실제의 이야기이든 허구이든 그것은 독자들에게 그리 중요하지 않다고 생각합니다. 허구라 하더라도 화자를 만들어낸 사람은 작가인 당신이니까요. 그래서 나는 당신에게 질문을 할 수밖에 없습니다.

당신이 관심을 가지는 대상은 정말 남자뿐인가요? 당신 말처럼, 남자, 그리고 남자의 사랑만이 당신에게 유일하게 가치 있는 주제인가요? 얼마 전에 들었던 라디오 진행자의 이야기가 생각나는군요. "여러분은 무슨 낙으로 사십니까? 어떤 사람들은 퇴근길에 포장마차에서 소주 한잔하는 낙으로 살고, 어떤 사람들은 자식 키우는 낙으로 살고, 어떤 사람들은 손주 재롱 보는 낙으로 사는데…… 그래도 인간에게 가장 큰 낙은 사랑이 아닐까요?"라고 그는 말했습니다. 나는 그 이야기를 들으며 코방귀를 뀌었습니다. 사랑을 낙으로 삼아 살기에는 우리가 너무 순수하지 못한데 그런 동화 같은 이야기나 한다고 말이죠. 하지만 다음 순간, 그럼 도대체 우리는 무슨 낙으로 사는 것일까 하는 의문이 생기더군요. 사실은 누구나 사랑을 갈망하면서도 상처받지 않을까 하는 두려움에 애써 사랑을 외면하고 인정하지 않으려 하는 것인지도 모른다는 생각이 들었어요. 사랑을 잃으면 상처를 받고 의욕을 상실하게 되는 것은 사실이지요. 사랑을 잃고 나면 그때부터 삶은 무채색으로 바뀌어버리니까요. 사랑은 당신 말처럼 이 세상에서 유일한 것은 아니더라도 분명 가치 있는 것이겠죠. 그런 의미에서 당신처럼 사랑에 대해, 남자에 대해 철저하게 파헤쳐볼 필요는 있을 것입니다. 좋아요, 남자의 사랑에 대한 당신의 관심, 그것이 삶에 대한 당신의 관심에서 나온 솔직함의 발로임을 인정합니다.

그런데 당신은 너무 완벽한 사랑을 추구하는 탓에 만족에 이를 수 없을 것처럼 보입니다. 당신이 원하는 건 사람들과 일체를 이루는 것이라고 하지 않았나요? 결혼하는 것은 둘이 되는 것이므로 의미가 없으며, 당신은 그저 일체를 이루고 싶을 뿐이라고 했죠. 당신 안에 남자를 가지고 싶고 또한 남자 안에 존재하여 더이상 당신과 그 사이에 경계가 없기를 바란다고 말이에요. 그런 것이 정말 가능할까요? 아마도 당신은 그 경계를 허물기 위하여 섹스에 집착하는 것 같습니다. 하지만 섹스를 통해 일체를 이루는 것은 단지 한순간이 아닐까요? 그 순간을 연장하기 위해서, 그 순간적인 일체감을 맛보기 위해서 당신은 끊임없이 섹스를 필요로 하는 것인가요? "속이고, 연기하고, 배반하는 것, 그것이 사랑의 비결이다"라는 자조 섞인 당신의 단언은 그런 바람의 허황됨을 드러내주는 것 같습니다. 남편이 거짓말을 하더라도 그가 품안에 있는 이상 아무렇지도 않는다는 당신의 이야기는 왠지 쓸쓸하게 들리는군요.

당신의 사랑은 언제나 열정적이었어요. 비록 이혼으로 끝나긴 했지만 남편에 대한 사랑도 그랬고요. 당신은 모든 것을 원하며, 모든 것이 아니라면 아무 것도 원하지 않고, 거의 모든 것을 갖느니 차라리 아무 것도 갖지 않는 편이 낫다고 하면서 남편의 모든 것을 갖고 싶어했지요. 그런데 왜 당신은 남편에게 당신의 모든 것을 주지 않았나요? 당신에게는 애인도 있었고, 스쳐 지나가는 다른 남자들도 있지 않았나요? 물론 당신의 남편에게도 몇 번의 연애사건이 있었습니다. 다른 남자들에 대한 당신의 사랑은 남편에 대한 복수심 때문은 아니었지요. 남편의 모든 것을 갖고 싶다면, 당신 역시 남편 말고 다른 이를 욕망해서는 안 되는 것이 아닐까요?

그럼에도 당신은 남편을 많이 사랑하고 이해했지요. 영안실에서 죽은 아기를 품에 안고 흔드는 당신을 남편이 감싸안았을 때, 당신은 수천 명의 남자를 알게 된다 하더라도 남편보다 더 가까워지지 않으리라는 것을 깨달았다고 말했습니다. 갑자기 당신과 남편 사이의 거리가 완전히 사라지고, 서로의 몸 안으로 들어가 박혔다고 말했습니다. 그것이 바로 당신이 그토록 원하던 일체의 이룸이 아니었나 생각합니다. 대개 부부는 큰 불행 앞에서 더욱 사이가 돈독해진다고 하지요. 부부간의 사랑이 위협받을 때는 오히려 힘든 일 없이 평온하게 지낼 때인 것 같아요. 일상의 편안함에 젖어 느슨하고 나태해지면, 강렬한 사랑의 순간을 체험하기가 어려워지잖아요. 아마도 그래서 당신이나 당신 남편은 끊임없이 열정의 순간을 찾아 헤맨 것이 아닌가 합니다.

당신은 남편이 "그건 가짜야. 그보다 더 가짜는 없지"라고 말하는 것을 이해하는 것 같더군요. 처음에는 질투도 했지만, 여자를 좋아하는 남편을 비난하지 않고 그의 그런 일면도 사랑한다고 말한 것을 보면 말이에요. 사랑을 나누고 아이를 만드는 것으로 결혼을 정당화하고 '애들 아버지'라는 표현이 부부 사이를 가장 정확하게 표현하는 훌륭한 말이라고 생각할 만큼 당신은 마음이 넉넉해졌어요. 하지만 그런 이해와 여유는 당신 역시 다른 사랑을 해보았기에 얻어진 것이 아닐까요? 만약 당신이 오직 남편만 사랑했다면, 여러 사랑을 경험하지 않았다면 그렇게 이해하는 마음을 가질 수는 없었을 거예요. 경험이 풍부해질수록 이해의 폭이 넓어지듯, 많이 사랑할수록 남을 품고 보듬을 수 있는 넉넉한 품을 지닐 수 있는 것이 아닐까요.

　그러나 당신은 끝내, "남자란 무엇인가?"라는 의문에 대한 답을 찾지는 못했습니다. 당신이 찾고자 하는 보편적이지만 숨겨진 의미, 즉 남자의 비밀을 찾아내지는 못했지요. 당신이 마침내 그 비밀을 찾아내어 남자란 무엇인지, 사랑이란 무엇인지 답해줄 수 있었다면 좋았을 텐데…… 나도 무척 알고 싶거든요. 나뿐만 아니라 모든 여자들이 마찬가지겠지요. 하지만 대부분의 여자들은 용기가 없어서, 또는 그만한 열정이 없어서 사랑이 무엇인지 알지 못하고 삽니다. 그런데도 당신은 끊임없이 사랑하며 살아가니 정말 열정적인 사람이라는 생각이 듭니다. 사랑을 하면서 행복하기도 했지만 그에 못지 않은 수많은 상처도 겪었는데 어떻게 그렇게 지치지 않고 사랑을 갈구할 수 있는 것인지! 남자들 때문에 겪은 고통이 남자들 덕분에 느낄 수 있는 사랑을 고갈시킬 수 없기 때문이겠지요. 그래요, 당신은 죽는 것은 사랑이 아니라 사람일뿐이라고 말했지요. 그렇기에 당신은 죽을 때까지 사랑을 추구하고 남자의 비밀을 밝히고자 하겠지요.

　당신은 줄곧 남자와 여자를 갈라놓는 성의 차이를 거부하고 일체를 이루고 싶어했지만 결국 그 거리를 받아들이기로 했습니다. 그러나 남자를 붙잡는 것은 포기해도 남자를 붙잡는 몸짓만은 포기할 수는 없다고 했습니다. 그리고 몸짓은 글쓰기를 통해 계속될 거라고도 했습니다. 하지만 많은 여자들은 붙잡으려 해도 끊임없이 달아나버리는 남자들 때문에 채워지지 않는 갈증이 괴로워 차라리 그들을 놓아버리고 말지요. 특히 당신이 살고 있는 프랑스라는 나라와 멀리 떨어진 이곳에서는 더욱 그런 것 같아 마음이 아픕니다.

당신의 글쓰기가 계속되는 한, 남자와 사랑에 대한 당신의 탐구를 계속 지켜보면서 갈증을 달랠 수 있을 것 같아 무척 기쁩니다. 끝으로, 지칠 줄 모르는 당신의 몸짓이 거쳐갈 여정에 응원의 박수를 보냅니다.

2004년 겨울
진인혜

옮긴이 **진인혜**

연세대학교 불문과 및 동대학원을 졸업하고 파리 4대학에서 D.E.A.를 취득하였다. 현재 배재대
에 출강중이다. 저서로 『프랑스 리얼리즘』이 있으며, 『부바르와 페퀴셰』 『플로베르』 『말로센 말
로센』 『티아니 이야기』 『통상 관념 사전』 『해바라기 소녀』 등을 우리말로 옮겼다.

문학동네 세계문학

그 품안에

초판인쇄 │ 2004년 1월 3일
초판발행 │ 2004년 1월 10일

지 은 이 │ 카미유 로랑스
옮 긴 이 │ 진인혜
펴 낸 이 │ 강병선
책임편집 │ 최정수 김지연 김다운
펴 낸 곳 │ (주)문학동네
출판등록 │ 1993년 10월 22일 제406-2003-045호

주 소 │ 413-832 경기도 파주시 교하읍 문발리 출판문화정보산업단지 513-8
전자우편 │ editor@munhak.com
전화번호 │ 031) 955-8888
팩 스 │ 031) 955-8855

ISBN 89-8281-725-5 03860
* 잘못된 책은 바꿔드립니다.
www.munhak.com

연금술사 파울로 코엘료 장편소설 | 최정수 옮김

내 안의 '神'을 찾아가는 영혼의 연금술.
전 세계 2천7백만 독자들이 격찬하는 전설적인 베스트셀러.
『어린 왕자』, 『예언자』, 성경의 감동적인 우화를 떠올리게 하는 영혼의 필독서.
"그 어떤 책도 이만큼의 희망과 환희를 담고 있지 않다."

11분(근간) 파울로 코엘료 장편소설 | 이상해 옮김

"걷지 말고 춤추듯 살아라!"
사랑은 오직 고통을 줄 뿐이라 믿는 창녀 마리아는 우연히 제네바에 갔다가 진정한
사랑의 의미를 깨닫게 해줄 젊은 화가를 만나는데… 성(性)과 사랑이 가져다주는 '내
면의 빛'을 이야기하는 아름다운 우화.

그리고 일곱번째 날… 3부작

사랑, 죽음, 부와 권력, 이 세 가지 문제에 맞닥뜨린 인간의 내면, 그리고 일 주일 동안 벌어지는 사건들.
세계적인 작가 파울로 코엘료가 보여주는 영혼 3부작!

피에트라 강가에서 나는 울었네 이수은 옮김

'사랑하는 순간에는 누구나 기적을 행하는 자가 된다.'
사랑과 신성에 대한 빛나는 잠언들로 가득한 소설. 무미한 삶을 황홀한 마법의 순간으
로 바꾸어놓는, 진정한 사랑을 발견해가는 영혼의 구도행.

베로니카, 죽기로 결심하다 이상해 옮김

선택한 죽음과 선택하지 않은 죽음 사이에 놓인 생에 대한 열정.
인생에 꼭 필요한 한줌의 '광기'에 대한 경이로운 이야기. 살아 있음을 축복으로
만드는 예기치 못한 반전이 놀랍다. 영혼을 뒤흔드는 매혹과 경이로 가득 찬 소설.

악마와 미스 프랭 이상해 옮김

인간의 영혼 안에서 일어나는 빛과 어둠의 싸움.
탐욕과 비겁함, 그리고 공포가 잠식해버린 외딴 마을에서 기이한 난투극이 벌어진다.
부와 권력의 문제를 통해 인간에 내재된 선과 악의 본모습을 탐사하고 있는 작품.

단순한 열정 아니 에르노 | 최정수 옮김

"한 남자를 기다리는 일 외에는 아무것도 할 수 없었다."
기억 속에서조차 탕진시켜버려야 하는 사랑의 열정, 그 지독한 사치에 대한 놀랍도
록 단순한 고백을 통해 사랑의 미혹을 극적으로 증언하고 있다.

포옹 필립 빌렝 | 이재룡 옮김

『단순한 열정』의 아니 에르노와 나눈 5년간의 격렬한 사랑!
서로의 육체와 영혼을 광적으로 탐하는 지독한 사랑, 불같은 질투, 채워지지 않는
결핍감을 고요하고 냉정한 어조로 풀어낸 소설.

피아노 치는 여자 엘프리데 옐리네크 | 이병애 옮김

욕망과 몽상, 이 두 단어가 독일 현대문학에서 가장 주목받는 이 작품을 낳았다.
미하엘 하네케 감독이 영화화하여 다시 한 번 화제가 된, 천재성과 노골적인 성(性)
묘사로 격찬과 비판을 동시에 받는 작가 엘프리데 옐리네크의 대표작.

늦어도 11월에는 한스 에리히 노삭 | 김창활 옮김

독일 최고의 문학상인 게오르크 뷔히너 상 수상작. 한 남자에 대한 사랑, 오직 그 때
문에 모든 것을 버리는 한 여인의 이야기. 이 짧고 강렬한 사랑 이야기에는 삶의 환
희와 죽음의 비극, 모순되는 생의 양면이 절묘하게 결합되어 있다.

나 이뻐? 도리스 되리 | 박민수 옮김

영화 〈파니 핑크〉의 원작자 도리스 되리의 소설집. 인상적인 단편영화와도 같은 다
채로운 작품들로 처음에는 우리의 '웃음'을 훔치고, 그 다음엔 우리의 '열망'에 상처
를 낸다. 지금까지와는 '다른' 삶을 원하는 모든 이들에게 바치는 책.